中等职业学校机电类规划教材

计算机辅助设计与制造系列

Pro/ENGINEER 中文野火版 4.0 基础教程

谭雪松　胡谨　编著

人民邮电出版社

北　京

图书在版编目（CIP）数据

Pro/ENGINEER中文野火版4.0基础教程 / 谭雪松，胡谨
编著.—北京：人民邮电出版社，2009.6
中等职业学校机电类规划教材. 计算机辅助设计与制
造系列
ISBN 978-7-115-19811-2

Ⅰ. P… Ⅱ.①谭…②胡… Ⅲ.机械设计：计算机辅助
设计—应用软件，Pro/ENGINEER Wildfire 4.0—专业学
校—教材 Ⅳ.TH122

中国版本图书馆CIP数据核字（2009）第045772号

内 容 提 要

　　本书将理论讲述和实例相结合，全面介绍使用 Pro/ENGINEER wildfire 4.0 进行三维产品开发的基本方法和技巧，帮助读者全面掌握参数化设计的基本原理和一般过程。

　　本书内容丰富，条理清晰，选例典型，针对性强，可作为中等职业学校机械类专业学生学习现代 CAD 技术的教材，也适合从事产品开发设计的工程技术人员自学使用。

中等职业学校机电类规划教材
计算机辅助设计与制造系列

Pro/ENGINEER 中文野火版 4.0 基础教程

◆ 编　　著　谭雪松　胡　谨
　　责任编辑　张孟玮
　　执行编辑　王亚娜

◆ 人民邮电出版社出版发行　　北京市崇文区夕照寺街 14 号
　　邮编　100061　　电子函件　315@ptpress.com.cn
　　网址　http://www.ptpress.com.cn
　　北京铭成印刷有限公司印刷

◆ 开本：787×1092　1/16
　　印张：16.75
　　字数：418 千字　　　　　　　　2009 年 6 月第 1 版
　　印数：1－3 000 册　　　　　　　2009 年 6 月北京第 1 次印刷

ISBN 978-7-115-19811-2/TP

定价：27.00 元
读者服务热线：(010)67170985　印装质量热线：(010)67129223
反盗版热线：(010)67171154

丛书前言

　　我国加入 WTO 以后，国内机械加工行业和电子技术行业得到快速发展。国内机电技术的革新和产业结构的调整成为一种发展趋势。因此，近年来企业对机电人才的需求量逐年上升，对技术工人的专业知识和操作技能也提出了更高的要求。相应地，为满足机电行业对人才的需求，中等职业学校机电类专业的招生规模在不断扩大，教学内容和教学方法也在不断调整。

　　为了适应机电行业快速发展和中等职业学校机电专业教学改革对教材的需要，我们在全国机电行业和职业教育发展较好的地区进行了广泛调研；以培养技能型人才为出发点，以各地中职教育教研成果为参考，以中职教学需求和教学一线的骨干教师对教材建设的要求为标准，经过充分研讨与论证，精心规划了这套《中等职业学校机电类规划教材》，包括六个系列，分别为《专业基础课程与实训课程系列》、《数控技术应用专业系列》、《模具设计与制造专业系列》、《机电技术应用专业系列》、《计算机辅助设计与制造系列》、《电子技术应用专业系列》。

　　本套教材力求体现国家倡导的"以就业为导向，以能力为本位"的精神，结合职业技能鉴定和中等职业学校双证书的需求，精简整合理论课程，注重实训教学，强化上岗前培训；教材内容统筹规划，合理安排知识点、技能点，避免重复；教学形式生动活泼，以符合中等职业学校学生的认知规律。

　　本套教材广泛参考了各地中等职业学校的教学计划，面向优秀教师征集编写大纲，并在国内机电行业较发达的地区邀请专家对大纲进行了多次评议及反复论证，尽可能使教材的知识结构和编写方式符合当前中等职业学校机电专业教学的要求。

　　在作者的选择上，充分考虑了教学和就业的实际需要，邀请活跃在各重点学校教学一线的"双师型"专业骨干教师作为主编。他们具有深厚的教学功底，同时具有实际生产操作的丰富经验，能够准确把握中等职业学校机电专业人才培养的客观需求；他们具有丰富的教材编写经验，能够将中职教学的规律和学生理解知识、掌握技能的特点充分体现在教材中。

　　为了方便教学，我们免费为选用本套教材的老师提供教学辅助资源，教学辅助资源的内容为教材的习题答案、模拟试卷和电子教案（电子教案为教学提纲与书中重要的图表，以及不便在书中描述的技能要领与实训效果）等教学相关资料，部分教材还配有便于学生理解和操作演练的多媒体课件，以求尽量为教学中的各个环节提供便利。老师可到人民邮电出版社教学服务与资源网（http://www.ptpedu.com.cn）下载相关的教学辅助资源。

　　我们衷心希望本套教材的出版能促进目前中等职业学校的教学工作，并希望能得到职业教育专家和广大师生的批评与指正，以期通过逐步调整、完善和补充，使之更符合中职教学实际。

　　欢迎广大读者来电来函。

　　电子函件地址：wangyana@ptpress.com.cn, wangping@ptpress.com.cn

　　读者服务热线：010-67143005, 67178969, 67184065

前 言

　　Pro/ENGINEER（以下简称 Pro/E）作为当今流行的三维实体建模软件之一，内容丰富、功能强大，在我国设计加工领域中的应用越来越广泛。随着现代职业教育的不断发展和完善，大量的新兴技术逐渐进入中等职业教育的课堂，为了帮助读者迅速掌握 Pro/E 软件的使用方法和基本技巧，我们根据使用该软件进行产品开发的基本经验和心得体会，策划编写了本书。

　　本书重点介绍软件中各种基本设计工具的用法以及参数化建模的基本原理。主要内容包括各种基本建模工具及其应用、曲面建模方法及其应用、特征的常用编辑和操作方法、创建参数化模型的基本方法、组件装配的基本方法、创建工程图的一般过程、机械仿真设计以及现代模具设计的基本过程。

　　全书内容完整、层次清晰，在介绍基本设计方法的同时安排适当的应用实例引导读者动手练习；在阐明基本设计原理的同时为读者推荐好的设计方法和设计经验，并指出设计中存在的误区，让读者少走弯路。

　　全书共分 10 章，各章具体内容如下。

- 第 1 章：介绍 Pro/E 的设计思想和设计功能。
- 第 2 章：介绍绘制二维平面图形的基本方法与技巧。
- 第 3 章：介绍基础实体特征的创建方法和技巧。
- 第 4 章：介绍工程特征的创建方法和技巧。
- 第 5 章：介绍特征的阵列、复制和其他基本操作。
- 第 6 章：介绍曲面特征在设计中的应用。
- 第 7 章：介绍组件装配的基本过程和技巧。
- 第 8 章：介绍创建工程图的方法和技巧。
- 第 9 章：介绍机构运动仿真设计的基本方法和技巧。
- 第 10 章：介绍现代模具设计的基本方法和技巧。

　　本书兼顾基础理论和典型案例，内容涵盖中职院校 Pro/E 课程的基本教学内容，可作为相关课程的专业教材，也可供相关工程技术人员学习参考。

　　参加本书编写工作的还有沈精虎、黄业清、宋一兵、向先波、冯辉、郭英文、计晓明、董彩霞、郝庆文、滕玲、田晓芳、管振起等。由于编者水平有限，书中难免存在疏漏之处，敬请读者批评指正。

编者

2009 年 2 月

目 录

第 **1** 章

Pro/E 的设计思想和设计功能

CAD 技术产生于 20 世纪 60 年代。船舶、汽车以及航空航天等高精尖的技术领域中大量复杂的技术问题对 CAD 软件的发展提供了强大的推动力，其中，参数化造型理论是 CAD 技术在设计理念上的重要突破。使用参数化思想建模简单方便，设计效率高。美国 PTC （Parametric Technology Corporation，参数技术公司）率先使用参数化设计理论开发 CAD 软件，其主流产品就是本书将要向读者介绍的 Pro/ENGINEER（以下简称 Pro/E）软件。

学习目标

- 了解 CAD 技术中模型的主要形式及其用途。
- 理解 Pro/E 的典型设计思想及其特点。
- 熟悉 Pro/E 的典型设计功能模块及其用途。
- 掌握 Pro/E 的三维建模原理。

1.1 模型的基本形式

在 CAD 软件中，模型的描述方式先后经历了从二维图形到三维模型，从直线和圆弧等简单的几何元素到曲线、曲面和实体等复杂的几何元素的发展历程。当前，模型的用途非常广泛，包含了产品从设计到制造的全部信息，是生产中重要的技术资料。

图 1-1 所示为现代 CAD 技术中由曲线到曲面再到实体建模的一般规律。这也是我们后续将重点介绍的"打点—连线—铺面—填实"的重要建模原则。

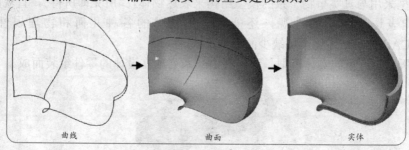

曲线　　　　　曲面　　　　　实体

图1-1　曲面建模

在 CAD 软件的发展过程中，先后使用过多种模型描述方法，下面分别介绍。

一、 二维模型

二维模型使用平面图形来表达模型，模型信息简单、单一，对模型的描述不全面。图 1-2 所示为工业生产中的二维零件图（局部）。这种图形不但制作不方便，而且识读也很困难。

二、 三维线框模型

三维线框模型使用空间曲线组成的线框描述模型，主要描述物体的外形，只能表达基本的几何信息，无法实现 CAM（计算机辅助制造）及 CAE（计算机辅助工程）技术，如图 1-3 所示。

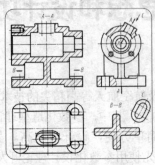

图1-2　二维零件图

图1-3　三维线框图

三、 曲面模型

曲面模型使用 Bezier、NURBS（非均匀有理 B 样条）等参数曲线等组成的自由曲面来描述模型，对物体表面的描述更完整、精确，为 CAM 技术的开发奠定了基础。但是，它难以准确表达零件的质量、重心、惯性矩等物理特性，不便于 CAE 技术的实现。

不过，在现代设计中仍可以方便地对曲面模型进行实体化操作获得实体模型，如图 1-4 所示。

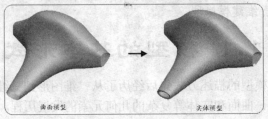

图1-4　曲面模型实体化

四、 实体模型

实体模型采用与真实事物一致的模型结构来表达物体，"所见即所得"，直观简洁。实体模型不仅能表达出模型的外观，还能表达出物体的各种几何和物理属性，是实现 CAD/CAM/CAE 技术一体化不可缺少的模型形式。

图 1-5 所示为汽车的实体模型，该模型由一系列独立设计的零件组装而成。

图1-5　汽车实体模型

> 在现代生产中，实体模型从用户需求、市场分析出发，以产品设计制造模型为基础，在产品的整个生命周期内不断扩充，不断更新版本，是产品生命周期中全部数据的集合。使用实体模型便于在产品生命周期各阶段中实现数据信息的交换与共享，为产品设计中的全局分析创造了条件。

1.2 Pro/E 的典型设计思想

Pro/E 突破了传统的 CAD 设计理念，提出了实体造型、特征建模、参数化设计以及全相关单一数据库的新理论。在这些思想的指引下，使用 Pro/E 进行三维建模操作简便，易于实现设计意图的变更。

1.2.1 实体造型

三维实体模型除了描述模型的外部形状外，还描述了模型的质量、密度、重心以及惯性矩等物理信息，能够精确表达零件的全部几何和物理属性。使用 Pro/E 可以方便地创建实体模型，使用软件提供的各个功能模块可以对模型进行更加深入和全面的操作和分析计算。

【案例1-1】 认识实例模型。

1. 启动 Pro/E。
2. 选择【文件】/【打开】命令，打开教学资源文件 "\第 1 章\素材\pen_box.prt"，这是一个笔筒模型，如图 1-6 所示。
3. 选择【分析】/【模型】/【质量属性】命令，打开【质量属性】对话框。
(1) 设定该模型的材料为陶瓷，密度为 $2.3g/cm^3$，如图 1-7 所示。
(2) 单击【质量属性】对话框底部的 ∞ 按钮分析模型的物理属性。结果如图 1-8 所示，可以获得模型的体积、质量和曲面面积等物理属性参数。

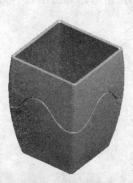

图1-6 笔筒模型

图1-7 【质量属性】对话框

图1-8 物理属性参数

> 通过这个实例可知，由 Pro/E 创建的实体模型不再仅仅是一幅图像，其中包含模型更多的重要的几何物理信息。深刻理解实体模型的这个特性，能够帮助我们更好地利用它来指导工业分析和生产过程。

1.2.2 参数化设计

根据参数化设计原理，用户在设计时不必准确地定形和定位组成模型的图元，只需勾画出大致轮廓，然后修改各图元的定形和定位尺寸值，系统根据尺寸再生模型后即可获得理想的模型形状。这种通过图元的尺寸参数来确定模型形状的设计过程称为"尺寸驱动"。只需修改模型某一尺寸参数的数值，即可改变模型的形状和大小。

此外，参数化设计中还提供了多种"约束"工具，使用这些工具，很容易使新创建图元和已有图元之间保持平行、垂直以及居中等位置关系。总之，在参数化设计思想的指引下，模型的创建和修改都变得非常简单和轻松，这也使得学习大型 CAD 软件不再是一项艰苦而麻烦的工作。

【**案例1-2**】 理解尺寸驱动。

1. 启动 Pro/E。
2. 选择【文件】/【打开】命令，打开教学资源文件"\第 1 章\素材\triangle.sec"，这是一个三角形，其上所有尺寸已经在图上标出，如图1-9所示。
3. 用鼠标双击角度尺寸77.80，将其修改为60.00，然后按 Enter 键。图形将依据新的尺寸自动改变图线的长度并调整图形的形状，如图1-10所示。

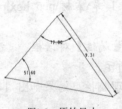

图1-9 原始尺寸

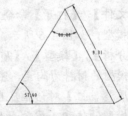

图1-10 尺寸驱动1

4. 使用同样的方法修改尺寸57.60为60.00，最后获得一个正三角形，如图1-11所示。
5. 修改边长尺寸9.31为100.00，按 Enter 键后得到边长为100的正三角形，如图1-12所示。

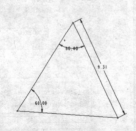

图1-11 尺寸驱动2

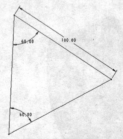

图1-12 尺寸驱动3

> **注意** 有了"尺寸驱动"的设计理念后，设计者不必再拘泥于线条的长短以及角度大小等繁琐工作。把粗放、宏观的工作交给设计者完成，把细致、精确的工作交给计算机完成，这样就增强了设计的人性化。

在参数化设计中，"参数"是一个重要概念，在模型中设置参数后，使得模型具有更大的设计灵活性和可变性，下面结合一个案例来理解参数的含义。

【**案例1-3**】 理解参数化模型。

1. 启动 Pro/E。

2. 选择【文件】/【打开】命令，打开教学资源文件 "\第 1 章\素材\gear.prt"。

3. 在界面左侧窗口中按住 Ctrl 键选中如图 1-13 所示的项目，然后在其上单击鼠标右键，在弹出的快捷菜单中选择【恢复】命令。

4. 在如图 1-14 所示的菜单中选择【输入】命令。

图1-13 选择项目

图1-14 选择【输入】命令

5. 在如图 1-15 所示的菜单中选中 4 个复选框，然后单击鼠标中键。

6. 根据系统提示输入齿轮模数 M 的新值 2.0，然后按 Enter 键。

7. 根据系统提示输入齿轮齿数 Z 的新值 40，然后按 Enter 键。

8. 根据系统提示输入齿轮压力角 THETA 的新值，直接按 Enter 键，使用默认数值。

9. 根据系统提示输入齿轮齿宽 B 的新值 10，然后按 Enter 键。

10. 经过一定时间再生后，最后创建的齿轮如图 1-16 所示。

图1-15 勾选参数项目

图1-16 创建的齿轮

11. 选择【工具】/【参数】命令，打开【参数】对话框。

12. 将齿轮齿数 Z 修改为 30.00，齿宽 B 修改为 20.00，如图 1-17 所示，单击 确定 按钮关闭对话框。

13. 选择【编辑】/【再生】/【当前值】命令，系统根据新的设计参数再生模型，结果如图 1-18 所示。

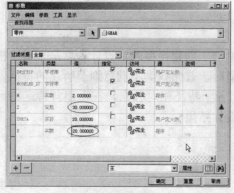

图1-17 修改参数

图1-18 再生的齿轮

对比图 1-16 和图 1-18 可知，这里只需要简单修改 M、Z 和 B 等几个参数就可以让模型"摇身一变"，获得不同的设计结果。这里的齿数、模数等就是参数，是控制和变更模型的入口，创建参数化的实体模型，可以大大提高模型的利用率，还能有效提高建模效率。

1.2.3 特征建模

特征是设计者在一个设计阶段创建的全部图元的总和。特征可以是模型上的重要结构，例如圆角，也可以是模型上切除的一段材料，还可以是用来辅助设计的一些点、线和面。

一、 特征的分类

Pro/E 中的特征分为实体特征、曲面特征和基准特征三类，其详细对比如表 1-1 所示。

表 1-1　　　　　　　　　　　　　　特征的主要类型

种类	特点	示例
实体特征	(1) 具有厚度和质量等物理属性 (2) 分为增材料和减材料两种类型，前者在已有模型上长出新材料，后者在已有模型上切去材料 (3) 按照在模型中的地位不同，分为基础特征和工程特征，前者用于创建基体模型，如拉伸特征和扫描特征等；后者用于在已有模型上创建各种具有一定形状的典型结构，例如圆角特征和孔特征等	
曲面特征	(1) 没有质量和厚度，但是具有较为复杂的形状 (2) 主要用于围成模型的外形。将符合设计要求的曲面实体化后可以得到实体特征 (3) 曲面可以被裁剪，去掉多余的部分；也可以合并，将两个曲面合并为一个曲面 (4) 曲面可以根据需要隐藏，这时在模型上将不可见	
基准特征	(1) 主要用于设计中的各种参照使用 (2) 基准平面：用做平面参照 (3) 基准曲线：具有规则形状的曲线 (4) 基准轴：用做对称中心参照 (5) 基准点：用做点参照 (6) 坐标系：用来确定坐标中心和坐标轴	

二、 特征建模的原理

特征是 Pro/E 中模型组成和操作的基本单位。创建模型时，设计者总是采用"搭积木"的方式在模型上依次添加新的特征。修改模型时，首先找到不满意细节所在的特征，然后再对其大刀阔斧地"动手术"，由于组成模型的各个特征相对独立，在不违背特定特征之间基本关系的前提下，再生模型即可获得理想的设计结果。

图 1-19 所示为一个模型的建模过程。

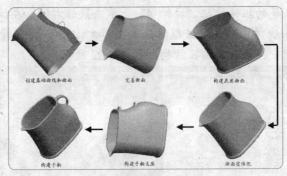

图1-19 建模基本过程

三、 模型树

Pro/E 为设计者提供了一个非常优秀的特征管家——模型树窗口。模型树按照模型中特征创建的先后顺序展示了模型的特征构成，这不但有助于用户充分理解模型的结构，也为修改模型时选取特征提供了最直接的手段，如图 1-20 所示。

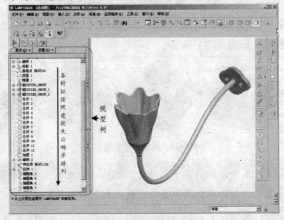

图1-20 模型树窗口示例

【案例1-4】 认识特征建模原理。

1. 启动 Pro/E。
2. 选择【文件】/【打开】命令，打开教学资源文件 "\第 1 章\素材\gas.prt"。
3. 从左侧的模型树窗口中查看模型的特征构成，可见该模型上依次创建了一组拉伸特征、斜度特征以及阵列特征，如图 1-21 所示。

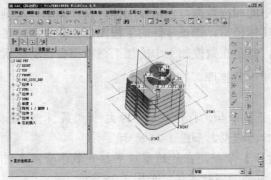

图1-21 模型及模型树

4. 在模型树窗口中末尾的拉伸特征"拉伸 4"上单击鼠标右键，在弹出的快捷菜单中选择【删除】命令，系统弹出确认对话框时，单击 确定 按钮。将该特征从模型上删除后，在模型上和模型树中将不再有该孔结构，如图 1-22 所示。

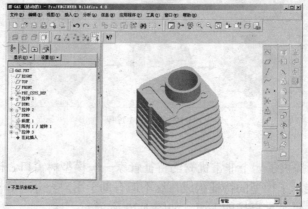

图1-22　修改特征后的模型及模型树

5. 使用同样的方法从下至上依次删除特征，观察这个模型是怎样通过"搭积木"的方式由各种特征组合而成，如图 1-23 所示。

图1-23　模型的特征组合

 特征建模是当前 CAD 技术中最引人注目的理念，采用特征建模构建的模型不但具有清晰的结构，更为重要的是，设计者可以随时返回到先前已经完成的特征对其重新完善，完成后再转移到其他特征创建工作中。

1.2.4 全相关的单一数据库

Pro/E 采用单一数据库来管理设计中的基本数据。所谓单一数据库是指软件中的所有功能模块共享同一公共数据库。根据单一数据库的设计原理，软件中的所有模块都是全相关的，这就意味着在产品开发过程中对模型任意一处所作的修改都将写入公共数据库，系统将自动更新所有工程文档中的相应数据，包括装配体、设计图纸以及制造数据等。例如，如果修改了某一零件的三维实体模型，则该零件的工程图会立即更新，在装配组件中，该零件对应的元件也会自动更新，甚至在数控加工中的加工路径都会自动更新。

【案例1-5】　理解单一数据库。

1. 启动 Pro/E。
2. 选择【文件】/【打开】命令，打开教学资源文件"\第 1 章\素材\装配\5.asm"。这是由两个零件装配完成后的模型，如图 1-24 所示。
3. 选择【文件】/【打开】命令，在新的窗口中打开教学资源文件"\第 1 章\素材\装配\5.prt"。这是装配体内部的螺杆零件，如图 1-25 所示。

图1-24 装配成品模型

图1-25 螺杆零件

4. 在模型树窗口中的项目【拉伸 1】上单击鼠标右键，在弹出的快捷菜单中选择【编辑定义】命令，如图 1-26 所示。

5. 在图标板上将特征深度参数修改为 80.00，如图 1-27 所示。

图1-26 【编辑定义】命令

图1-27 修改参数

6. 单击鼠标中键，修改设计后的模型如图 1-28 所示。

图1-28 再生的螺杆零件

7. 选择【文件】/【保存】命令，在弹出的对话框中单击 确定 按钮保存设计结果。

8. 选择【文件】/【关闭窗口】命令，退出模型修改窗口，返回装配环境窗口。

9. 观察发现，装配结果已经改变，如图 1-29 所示。这说明在零件建模环境下修改的模型在装配环境下自动更新。读者可以对比 1-24 和图 1-29 的差异。

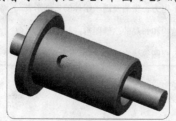

图1-29 自动更新后的装配模型

全相关的单一数据库的最大特点是数据更新的实时性。当前，通过网络实现产品的多用户协同并行开发是现代设计的主要发展方向。根据单一数据库的设计思想，在并行开发工程中，每个设计者随时可以从数据库中获取最新数据，一旦设计者将自己的数据写入数据库后，这些数据即可被其他设计者使用。

1.3 Pro/E 的典型应用

Pro/E 是由众多功能完善、相对独立的功能模块组成的，每一个模块都有独特的设计功能，用户可以根据需要调用其中的模块进行设计，各个模块创建的文件有不同的文件扩展名。

选择【文件】/【新建】命令，系统将打开如图 1-30 所示的【新建】对话框。

表 1-2 所示为设计中可以创建的项目类型。

图1-30 【新建】对话框

表 1-2 新建工程项目类型

项目类型	功能	文件扩展名
草绘	使用草绘模块创建二维草图	.sec
零件	使用零件模块创建三维实体零件和曲面	.prt
组件	使用装配模块对零件进行装配	.asm
制造	使用制造模块对零件进行数控加工、开模等生产过程	.mfg
绘图	由零件或装配组件的三维模型生成工程图	.drw
格式	创建工程图以及装配布局图等的格式模板	.frm
报表	在工程图文件中创建由行和列组成的表格	.rep
图表	创建电路图、管路图、电力、供热及通风组件的二维图表	.dgm
布局	创建用于表达零部件结构和布局的二维图形，与工程图类似	.lay
标记	为零件、装配组件及工程图等建立注解文件	.mrk

1.3.1 绘制二维图形

绘制二维图形是创建三维建模的基础。在创建基准特征和三维特征时，通常都需要绘制二维图形，这时系统会自动切换至草绘环境。在三维设计环境下，也可以直接读取在草绘环境下绘制并存储的二维图形文件继续设计。

三维建模的基础工作就是绘制符合设计要求的截面图，然后使用软件提供的基本建模方法来创建模型。将如图 1-31 所示的截面沿着与截面垂直的方向拉伸即可获得三维模型。

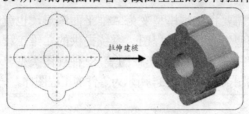

图1-31　拉伸建模

1.3.2　创建三维模型

创建三维模型是使用 Pro/E 进行产品设计和开发的主要目的，因此零件模块也是参数化实体造型的核心功能模块。使用 Pro/E 软件进行三维模型创建的过程实际上就是在三维建模环境下依次创建各种特征的过程。

在创建三维模型时，主要综合利用实体建模和曲面建模两种方法。实体建模的原理清晰，操作简便；而曲面建模复杂多变，使用更加灵活。二者交互使用，可以发挥各自的优势，找到最佳的设计方案。

图 1-32 所示为叶片模型，其基体部分结构简单，采用实体建模方式创建；而叶片的形状比较复杂，首先由曲面围成其外形轮廓，然后将其实体化。

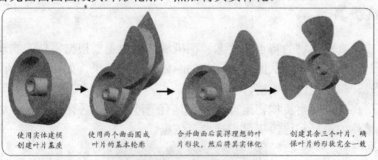

图1-32　叶片模型的建模

1.3.3　零件装配

装配就是将多个零件按实际的生产流程组装成一个部件或完整的产品的过程。在组装过程中，用户可以添加新零件或对已有的零件进行编辑修改。按照装配要求，用户还可以临时修改零件的尺寸参数，并且系统使用分解图的方式来显示所有零件相互之间的位置关系，非常直观。

在创建大型机器设备时，都是先依次创建各个零件，然后按照机器的工作原理和结构依次将其组装为一个整体。图 1-33 所示为一个齿轮部件的装配示例。

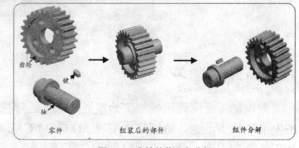

图1-33　齿轮的装配和分解

1.3.4 创建工程图

在生产第一线中常常需要将三维模型变为二维平面图形，也就是工程图。使用工程图模块可以直接由三维实体模型生成二维工程图。系统提供的二维工程图包括一般视图（即通常所说的三视图）、局部视图、剖视图、投影视图等 8 种视图类型。设计者可以根据零件的表达需要灵活选取需要的视图类型。图 1-34 所示为零件的工程图样。

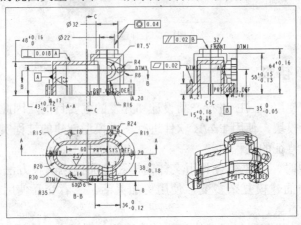

图1-34　工程图

1.3.5 机械仿真

仿真就是模拟真实事物的特点和状态。在机械仿真中主要根据零件的物理特性模拟其运动过程并进行动力学分析等，从而获得运动动画以及分析结果，如图 1-35 所示。Pro/E 提供了专门的仿真设计模块，内容丰富，功能强大。

通过机械仿真可以观察机构在运行时是否具有干涉现象，各个部件是否达到预期的运动效果，同时为零件的设计和修改提供直接参考依据。

图1-35　机械运动仿真

1.3.6 数控加工

数控加工是现代机械加工的重要方法。近年来，由于计算机技术的迅速发展，数控技术的发展也相当迅速。特别是大型 CAD/CAM/CAE 软件的不断推出和更新，大大降低了数控加工的复杂程度，简化了数控程序的编写过程。

使用 Pro/E 提供的数控加工模块可以方便地完成典型零件的数控加工。使用实体模型作为技术文件，可以便捷地创建刀具路径，并对加工过程进行动态模拟，如图 1-36 所示。最后创建可供数控设备直接使用的 NC 程序。

1.3.7 模具设计

在现代生产中，模具的应用相当广泛。例如在模型锻造、注塑加工中都必须首先创建具有与零件外形相适应的模膛结构的模具。模具生产是一项比较复杂的工作，不过由于大型CAD 软件的广泛应用，模具生产过程也逐渐规范有序。

Pro/E 具有强大的模具设计功能，使用模具设计模块设计模具简单方便。图 1-37 所示为一个典型零件创建的模块元件。

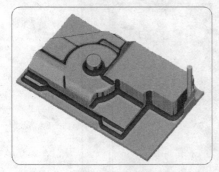

图1-36　刀具路径

图1-37　模具模块元件

当然，以上仅仅列出了 Pro/E 典型应用的基本情况。Pro/E 是一个大型设计软件，其功能模块相当丰富，有许多模块的应用相当专业，用户在设计中可以根据需要进行选择。

1.4 Pro/E 中文野火版 4.0 的设计环境

Pro/E 中文野火版 4.0 的用户界面内容丰富，友好而且极具个性。从其用户界面可以方便地访问各种资源，包括访问本地计算机上的数据资料以及通过浏览器以远程方式访问网络上的资源。初次打开的 Pro/E 中文野火版 4.0 用户界面如图 1-38 所示。

图1-38　Pro/E 中文野火版 4.0 用户界面

此时的设计界面主要分为以下 3 个区域。

- 资源导航区：用于访问本地计算机资源，实现查找和存取设计文件等操作。
- 浏览器：通过网络访问异地资源，是实现交互式协同设计的基础。
- 绘图区：在这里各种设计操作，例如二维绘图、三维建模以及零件装配等。

 单击导航器右侧的切换开关，可以关闭导航器窗口，使用类似的方法可以关闭浏览器窗口。这时，整个用户界面的中央区域为设计工作区，方便设计操作。

在界面顶部单击 按钮，然后单击鼠标中键进入三维建模环境，可以看到这时的设计界面已经改变。我们打开一个已经设计完成的三维模型，此时的界面如图 1-39 所示。

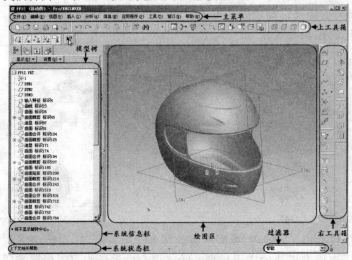

图1-39 打开文件后的界面

一、 视窗标题栏

界面顶部的视窗标题栏上显示当前打开文件的名称。

Pro/E 允许同时打开多个文件，分别显示在独立的视窗中，但只有一个为"活动视图"，可以对其进行编辑操作，该窗口文件名后面有"活动的"字样，如图 1-40 所示。

选择【窗口】/【激活】命令可以将指定视窗激活。

图1-40 视窗标题栏

二、 主菜单

主菜单上提供了常用的文件操作工具、视窗变换工具以及各种模型设计工具，如图 1-41 所示。主菜单按照功能进行分类，其内容因当前设计任务的不同而有所差异。

文件(F) 编辑(E) 视图(V) 插入(I) 分析(A) 信息(N) 应用程序(P) 工具(T) 窗口(W) 帮助(H)

图1-41 主菜单

三、 上工具箱和右工具箱

上工具箱和右工具箱上布置了代表常用操作命令的图形工具按钮。

位于主菜单下部的工具箱为上工具箱，其上的图形按钮主要取自使用频率较高的主菜单命令，用来实现对菜单命令的快速访问，以提高设计效率，是各个设计模块中都可以使用的通用工具，如图 1-42 所示。

位于界面右侧的工具箱为右工具箱，其上的图形按钮都是专用设计工具，其内容根据当前使用的设计模块的变化而改变，如图 1-43 所示。

图1-42　上工具箱　　　　　　　　　　　　　　　图1-43　右工具箱

四、　系统信息栏

系统信息栏是用户和计算机进行信息交流的主要场所。在设计过程中，系统通过信息栏向用户提示当前正在进行的操作以及需要用户继续执行的操作。这些信息通常结合不同的图标给出，代表不同的含义，如表 1-3 所示。设计者在设计过程中要养成随时浏览系统信息的习惯。

表 1-3　　　　　　　　　　　　　　系统信息栏给出的基本信息

提示图标	信息类型	示例
⇨	系统提示	⇨选取一个平面或曲面以定义草绘平面。
●	系统信息	● 显示约束时：右键单击禁用约束。
⊠	错误信息	⊠不能放置要创建的特征。
⚠	警告信息	⚠警告：拉伸_2完全在模型外部；模型未改变。

五、　系统状态栏

当鼠标在菜单命令、工具栏上的图形按钮以及对话框项目上停留时，在系统状态栏中将显示关于这些项目用途和用法的提示信息，如图 1-44 所示。

设置层、层项目和显示状态　　　　　　　　　　智能

图1-44　系统状态栏

六、　模型树

模型树中展示模型的特征构成，是分析和编辑模型的重要辅助工具。

七、　绘图区

绘图区用于绘制和编辑模型以及其他设计工作，是完成设计工作的重要舞台。

八、　过滤器

过滤器提供了一个下拉列表，其中列出了模型上常见的图形元素类型，选中某一种类型后可以滤去其他类型。当使用选择工具在模型上选择对象时，配合过滤器的使用可以方便地实现选择操作。常见的图形元素类型包括几何、尺寸以及面组等。

在稍后将结合实例介绍过滤器的用法。

1.5　文件操作

【文件】菜单主要用于常用的文件操作。Pro/E 中的文件操作与其他软件有所差异，下面重点其中介绍常用的操作。

一、　新建文件

选择【文件】/【新建】命令，打开【新建】对话框，用于选用不同的项目类型进行设计。各个项目类型的功能如表 1-2 所示，其详细用法将分散到以后各章讲述。

在为新建文件命名时，不能使用中文字符，通常使用"见名知义"的英文单词。同时，文件名中也不能有空格。如果文件名由多个单词组成，可以在单词之间使用下划线"_"等字符连接。

二、 打开文件

选择【文件】/【打开】命令，打开【文件打开】对话框。可以从多个位置打开已有文件。下面重点介绍从"进程中"和从"工作目录"打开文件的方法。

(1) 从"进程中"打开文件。

启动 Pro/E 软件后系统处理过的文件都将保留在进程中，直到用户关闭软件或者从进程中拭除文件为止。拭除文件的方法请参看稍后的介绍。

使用从"进程中"打开文件可以方便地打开启动软件后访问过的文件。

(2) 从"工作目录"打开文件。

工作目录是指系统在默认情况下存放和读取文件的目录。工作目录在软件安装时设定，也可以选择【文件】/【设置工作目录】命令重设工作目录。这时系统会自动切换到该目录进行文件存取操作。

三、 保存文件

选择【文件】/【保存】命令，打开【保存对象】对话框，可以选择路径保存文件。

保存文件时，注意以下要点。

(1) 新建文件后，第一次保存文件时，在默认情况下都保存在工作目录中。

(2) 仅在第一次保存文件时可以更改文件保存位置，再次保存时只能存储在原来位置。如果确实需要更换文件保存路径，可以选择【文件】/【保存副本】命令。

(3) Pro/E 只能使用新建文件时的文件名保存文件，不允许保存时更改文件名，如果确实需要更换文件名，可以选择【文件】/【重命名】命令。

(4) Pro/E 在保存文件时，每执行一次存储操作并不是简单地用新文件覆盖原文件，而是在保留文件前期版本的基础上新增一个文件。在同一项设计任务中多次存储的文件将在文件名尾添加序号加以区别，序号数字越大，文件版本越新。例如同一设计中的某一零件经过3 次保存后的文件分别为：prt0004.prt.1、prt0004.prt.2 和 prt0004.prt.3。

四、 保存文件副本

选择【文件】/【保存副本】命令可以将当前文件以指定的格式保存到另一个存储位置。此时系统将弹出【保存副本】对话框。首先设定文件的存储位置，然后在【类型】下拉列表中选取保存文件的类型，即可输出文件副本。

保存副本时，可以在【类型】下拉列表中选择不同的输出文件格式，这是 Pro/E 系统与其他 CAD 系统的一个文件格式接口，可以方便地进行文件格式转换，例如把二维草绘文件输出为能被 AutoCAD 系统识别的.dwg 文件，把实体模型文件输出为能被虚拟现实语言（VRML）识别的.wrl 文件。

五、 备份文件

选择【文件】/【备份】命令可以将将当前文件保存到另外一个存储目录。建议读者养成随时备份的好习惯，确保设计成果安全可靠。

备份文件时，虽然可以在如图 1-45 所示【备份】对话框中更改模型名称，但是修改后的模型名称必须是进程中已有的模型。而且此时被备份的模型是该文件名对应的模型，而不是当前正在编辑的模型。请读者注意这点。

图1-45　【备份】对话框

六、　重命名文件

选择【文件】/【重命名】命令可重新命名当前模型。此时系统将弹出如图 1-46 所示的【重命名】对话框。重命名时，输入新的文件名称即可。对话框中两个单选按钮的用途如下。

(1)　在磁盘上和进程中重命名：同时对进程和磁盘上的文件重命名。这种更改文件名称的方法将彻底修改文件的名称。

(2)　在进程中重命名：只对进程中的文件进行重命名，一旦退出系统结束进程后，命名就将失效，而在磁盘上的文件依然保留原来的名字。

图1-46　【重命名】对话框

七、　拭除文件

选择【文件】/【拭除】命令从进程中清除文件。拭除文件时，系统提供了下面两个选项。

(1)　当前：从进程中清除当前打开的文件，同时关闭当前设计界面，但是文件仍然保存在磁盘上。

(2)　不显示：清除系统曾经打开，现在已经关闭，但是仍然驻留在进程中的文件。

从进程中拭除文件的操作很重要。打开一个文件并对其进行修改后，即使并未保存修改结果，但是关闭该文件再重新打开得到的文件却是修改过的版本。这是因为修改后的文件虽然被关闭，但是仍然保留在进程中，而系统总是打开进程中文件的最新版本。只有将进程中的文件拭除后，才能打开修改前的文件。

八、　删除文件

删除文件是指将文件从磁盘上彻底删除。删除文件时，系统提供了下面两个选项。

(1)　旧版本：系统将保留该文件的最新版本，删除掉其余所有早期的版本。例如，有 prt0004.prt.1、prt0004.prt.2 和 prt0004.prt.3 三个版本，则删除 prt0004.prt.1 和 prt0004.prt.2。

(2)　所有版本：将彻底删除该模型文件的所有版本。

【案例1-6】 练习文件操作。

1. 启动 Pro/E。
2. 设置工作目录。
(1) 在计算机任意硬盘分区上建立文件夹 "ProE 工作目录"。
(2) 选择【文件】/【设置工作目录】命令，打开【选取工作目录】对话框，浏览到刚刚创建的文件夹 "ProE 工作目录"，将其设置为工作目录，以后系统将在这里存取文件。
(3) 将教学资源文件 "第 1 章\素材\electromotor.prt.1" 拷贝到新设置的工作目录中。
3. 打开文件。
   选择【文件】/【打开】命令，系统自动定位到工作目录，打开文件 electromotor.prt.1。这是一个电动机外壳模型，如图 1-47 所示。

图1-47 电动机外壳模型

4. 保存文件。
(1) 选择【文件】/【保存】命令，在打开的【保存对象】对话框中单击 确定 按钮保存文件。
(2) 浏览到工作目录所在的文件夹，可以看到其中有 electromotor.prt.1 和 electromotor.prt.2 两个文件。说明保存文件时，其旧版本依旧存在。
(3) 再次选择【文件】/【保存】命令，保存文件 electromotor.prt.3。

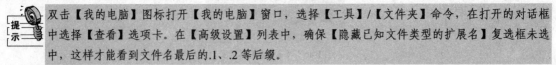

提示 双击【我的电脑】图标打开【我的电脑】窗口，选择【工具】/【文件夹】命令，在打开的对话框中选择【查看】选项卡。在【高级设置】列表中，确保【隐藏已知文件类型的扩展名】复选框未选中，这样才能看到文件名最后的 .1、.2 等后缀。

5. 保存副本。
(1) 选择【文件】/【保存】命令，打开【保存副本】对话框。
(2) 任意指定新文件的保存位置。
(3) 在【新建名称】文本框中输入副本名称：e_motor。注意这里必须输入新名称。
(4) 在【类型】下拉列表中选取文件类型为 STL(*.stl)，如图 1-48 所示，随后关闭对话框。
(5) 在【输出 STL】对话框中按照图 1-49 所示设置参数。然后关闭对话框。最后输出的文件 e_omotor.stl 可以在 3ds Max 软件中打开。此时的模型如图 1-50 所示。

图1-48 【保存副本】对话框

图1-49 设置参数

图1-50 STL 类型文件的电动机模型

6. 备份文件。

选择【文件】/【备份】命令，打开【备份】对话框，将文件存放到另一目录下，建议备份时不要更改模型名称，以免引起混乱。

7. 重命名文件。

(1) 选择【文件】/【重命名】命令，打开【重命名】对话框，设置新文件名为 e_motor。选中【在磁盘和进程中重命名】单选按钮。

(2) 浏览到工作目录，可以看到全部文件已经重命名为 e_motor。

8. 删除文件。

(1) 选择【文件】/【删除】/【旧版本】命令，将模型的所有旧版本删除。

(2) 系统询问删除文件的名称，单击鼠标中键确认。

(3) 浏览到工作目录，可以看到仅仅剩下最新文件 e_motor。

9. 拭除文件。

(1) 选择【文件】/【拭除】/【当前】命令，确认系统的询问，将当前模型从进程中拭除，但是模型仍然保留在磁盘上，这是拭除与删除的区别。

(2) 选择【文件】/【拭除】/【不显示】命令，将拭除启动系统以来曾经打开过的所有模型，将进程清空。此时系统会给出拟拭除的模型的名称列表。

特别注意，从进程中拭除文件不同于删除文件。另外，拭除文件的操作很重要，一方面操作完成后，可以减少内存中的数据量，缓解内存负担；另一方面，可以避免模型之间的干扰，特别是组件装配时。建议设计过程中在一个设计阶段完成后养成定期拭除文件的好习惯。

1.6 视图操作

【视图】菜单主要用于设置模型的显示效果，内容包括模型的显示状态、显示方式以及模型的视角等。

一、 重画视图

选择【视图】/【重画】命令，或者在上工具箱中单击 按钮可以对视图区进行刷新操作，清除视图进行修改后遗留在模型上的残影以获取更加清晰整洁的显示效果。

二、 调整模型视角

在三维建模时，可以从不同角度观察模型，以获得更多模型上的细节信息。

在上工具箱中单击 按钮，然后从其下的下拉列表中选取系统预先设定的视角来观察模型，同时用户也可以单击 按钮自定义视角，将定义结果保存到列表中供以后使用。

表 1-4 所示为在不同视角下观察模型的效果。

表 1-4 模型的视角

标准视角	Back	Bottom	Front	Left	Right	Top
从侧向观察模型获得的轴测投影	从模型背面向前看观察	从模型底部向上观察	从模型前面向后面观察	从模型左侧向右观察	从模型右侧向左观察	从模型顶部向下观察

三、 视图操作

在三维设计环境，常常需要对模型进行移动、缩放和旋转等操作。

在上工具箱中有以下 3 个按钮用于缩放视图。

🔍：放大图形，框选需要放大的区域后将其放大。

🔍：缩小图形，单击该按钮一次，将模型缩小一定比例。

🔍：自动调整模型大小，使其和绘图窗口大小相适应，并完整显示。

在设计中，使用鼠标的 3 个功能键可以完成不同的操作。将 3 个功能键与键盘上的 Ctrl 键和 Shift 键配合使用，可以在 Pro/E 系统中定义不同的快捷键功能，使用这些快捷键进行操作将更加简单方便。

表 1-5 所示为各类快捷键在不同模型创建阶段的用途。

表 1-5 三键鼠标各功能键的基本用途

鼠标功能键 使用类型		鼠标左键	鼠标中键	鼠标右键
二维草绘模式 （鼠标按键单独使用）		1. 画连续直线（样条）；2. 画圆（圆弧）	1. 终止画圆（圆弧）工具；2. 完成一条直线（样条），开始画下一直线（样条）；3. 取消画相切弧	弹出快捷菜单
三维模式	（鼠标按键单独使用）	选取模型	旋转模型（无滚轮时按下鼠标中键或有滚轮时按下滚轮）；缩放模型（有滚轮时转动滚轮）	在模型树窗口或工具箱中单击将弹出快捷菜单
	（与 Ctrl 键或 Shift 键配合使用）	无	与 Ctrl 键配合并且上下移动鼠标：缩放模型与 Ctrl 键配合并且左右移动鼠标：旋转模型与 Shift 键配合并且移动鼠标：平移模型	无

注意 鼠标功能键与 Ctrl 键或 Shift 键配合使用是指在按下 Ctrl 键或 Shift 键的同时操作鼠标功能键。

四、 模型的显示方式

在设计中，系统为模型提供了 4 种显示方式，这些模型形式可以分别用于不同的设计环境。在上工具箱中的 工具条中可以设置模型的显示方式，具体如表 1-6 所示。

模型类型	线框模型	隐藏线模型	无隐藏线模型	着色模型
对应的图形工具栏按钮				
示意图				

表 1-6　　　　　　　　　　　　　　三维模型的 4 种显示方式

1.7　实训

1.　练习 Pro/E 中文野火版 4.0 用户环境的使用。

(1) 启动 Pro/E 中文野火版 4.0。

(2) 熟悉设计环境的构成。

(3) 练习上工具箱和右工具箱的用法和用途。

2.　练习以下文件操作。

(1) 练习打开教学资源文件 "\第 1 章\素材\blow.prt"，观察模型的特征构成。

(2) 将文件重命名为：elec_blow.prt。

(3) 保存文件。

(4) 删除旧文件。

小结

随着 CAD 技术的进步和成熟，CAD 软件的发展日新月异，目前以特征造型、参数化设计思想最引人注目。Pro/E 作为参数化设计软件的典型代表，功能强大，应用广泛。Pro/E 中文野火版 4.0 与早期版本相比，在强化了设计功能的同时，更加人性化和智能化。

通过本章的学习，读者应该重点领会 Pro/E 的典型设计思想，特别要理解实体建模、特征造型以及参数化设计等先进设计理念的基本原理，为以后的深入学习打下必需的理论基础。

Pro/E 是一个功能强大的集成软件系统，由于用户的使用情况千差万别，在学习和使用的过程中难免会遇到困难，这时应该多向有经验的用户请教。Pro/E 是实用性很强的软件，只有在设计实践中才能熟练掌握软件的使用。

思考与练习

1. 打开教学资源文件 "\第 1 章\素材\fig.sec"，观察该图形，说出其主要由哪些要素构成。

2. 打开教学资源文件 "\第 1 章\素材\mod.prt"，观察该模型，说出其主要由哪些特征构成。

第 **2** 章

绘制二维图形

在现代设计中，二维平面设计与三维空间设计相辅相成。Pro/E 虽然以其强大的三维设计功能著称，但其二维设计功能依然突出，特别是其中蕴涵的尺寸驱动、关系以及约束等设计思想在现代设计中具有重要的地位。二维设计和三维设计密不可分，同学们只有熟练掌握了二维草绘设计工具的用法，才能在三维造型设计中游刃有余。

学习目标

- 了解二维绘图环境及其设置。
- 掌握常用二维绘图工具的用法。
- 掌握约束的概念及其应用。
- 熟悉绘制复杂二维图形的一般流程和技巧。
- 明确二维图形和三维实体模型之间的关系。

2.1 二维草绘基础

Pro/E 提供了一个开放的人性化二维环境，可以帮助设计者高效率地绘制出高质量的二维图形。开始设计工作之前，首先需要熟悉相关的设计知识。设计过程中，读者要能够熟练使用系统提供的设计工具来创建图形，同时还要能够灵活使用各种辅助工具优化设计环境。

2.1.1 认识设计环境

启动 Pro/E 后，选择【文件】/【新建】命令或在设计界面左上角单击 □ 按钮，打开【新建】对话框，选择【草绘】单选按钮，如图 2-1 所示。随后单击 确定 按钮即可进入二维草绘环境，如图 2-2 所示。

Pro/E 的二维绘图环境主要包括以下内容。

- 主菜单：将常用设计命令按照类型分组，展开下拉菜单后可以使用其中的命令进行设计，这与现在大多数 Windows 软件的设计环境相似。
- 上工具箱：上面有大量常用的辅助设计工具。这些工具虽然不能直接绘图，但是能够实现文件操作以及图形显示操作等来优化设计环境。

图2-1 【新建】对话框

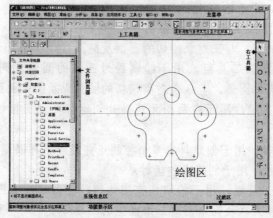

图2-2 二维草绘环境

- 右工具箱：使用上面的工具可完成各种图形的绘制，是设计的主工具集。
- 文件浏览器：展开其中的文件树结构可以随时和外界进行文件交互。
- 系统信息区：显示设计过程中系统输出的信息及其历史记录。
- 功能提示区：提示鼠标当前指示对象的功能。
- 过滤区：过滤图形上不同种类的图素，例如几何、尺寸和约束等。
- 绘图区：在这里完成绘图操作并显示绘制的结果。

一、上工具箱

上工具箱提供了大量的辅助工具，熟练使用它们可以优化设计环境，大大提高设计效率。下面简要说明与二维绘图相关的常用工具的用法。

- : 打开【新建】对话框，新建一个设计文件。
- : 打开已经保存过的设计文件。
- : 在当前文件的放置目录或在软件的默认路径下保存文件。
- : 使用框选方式放大被选中的图形区域。
- : 缩小视图。每单击该按钮一次，系统就按照设置的比例缩小视图一次。
- : 自动调整当前视图大小，使之刚刚填满设计窗口。
- : 关闭或显示视图上的所有尺寸，按下此按钮将显示尺寸。
- : 关闭或显示视图上的所有约束，按下此按钮将显示约束。
- : 关闭或显示绘图区中的网格，按下此按钮将显示网格（网格用于辅助绘图）。

- ：关闭或显示图形上的顶点，按下此按钮将显示图形的顶点。

> 对于具有滚轮的三键鼠标，滚动滚轮可以缩小或放大视图，在按住 Shift 键的同时按住鼠标中键移动鼠标可以移动视图。

二、 右工具箱

右工具箱上放置了用于直接绘图的工具，主要包括选择工具、绘图工具以及编辑工具等。其中，带有·按钮的为组合工具，单击该按钮可以展开工具包。

- ：选择工具。在对图形进行编辑操作前，需要单击该按钮使其从绘图模式切换到选择模式。如果按住 Ctrl 键，一次可以选中多个对象。
- ：直线工具组，用于绘制直线、相切线以及中心线。
- ：矩形工具，用于绘制矩形。
- ：圆工具组，用于绘制中心和半径确定的圆、与已知圆同心的圆、经过三点的圆、与三对象相切的圆以及椭圆。
- ：圆弧工具组，用于绘制经过三点的圆弧，同心圆弧，已知圆心、半径和端点的圆弧，与 3 个对象相切的圆弧以及圆锥曲线。
- ：圆角工具组，用于在两图元连接处创建与之分别相切的圆形圆角以及椭圆形圆角。
- ：样条线工具，用于创建具有多个控制点并且形状可以调节的样条曲线。
- ：点工具组，用于创建点和坐标系。
- ：实体边工具组，用于拾取已有实体模型上的边线来围成二维图形。该工具在纯二维模式以及尚未创建三维模型的三维环境中均不可用。
- ：尺寸标注工具，用于手工标注图形尺寸。
- ：尺寸修改工具，用于修改尺寸标注、文字以及样条等。
- ：约束工具箱，提供各种类型的约束工具，为图形添加约束条件。
- ：文本工具，用于创建各种文字。
- ：调色板工具，用于创建具有规则几何形状的图案。
- ：修剪工具组，用于删除图元、顶角修剪以及对图元进行分割。
- ：复制工具组，用于对图形进行镜像复制以及缩放和旋转。只有选中操作对象后，该工具组才可用。

> 除了使用工具箱上的图形按钮来绘图之外，【草绘】菜单也提供了与右工具箱上的图形按钮功能相同的菜单命令，这为习惯使用菜单进行设计的读者提供了更多的选择。这也是本软件的特点之一，即提供多种访问工具的入口。

2.1.2 认识二维图形

一幅完整的二维图形包括几何、约束和尺寸 3 种图形元素，图形上显示的内容较多，如图 2-3 所示。绘图之前，读者必须对这 3 种元素有一个明确的认识。

一、 几何图素

几何图素是组成图形的基本单元，它由右工具箱中的绘图工具绘制而成，主要类型包括直线、圆、圆弧、矩形以及样条等。几何图素中还包括可以单独编辑的下层对象，例如线段的端点、圆弧的圆心和端点以及样条曲线的控制点等，如图2-4所示。

几何图素是二维图形最核心的组成部分。当由二维图形创建三维模型时，二维图形的几何图素直接决定了三维模型的形状和轮廓。

二、 约束

约束是 Pro/E 提供的一种典型的设计理念，是施加在一个或一组图元之间的一种制约关系，从而在这些图元之间建立关联，以便达到在修改图形时"牵一发而动全身"的设计效果。合理地使用约束会大大简化设计方法，提高设计效率，如图2-5所示。

三、 尺寸

尺寸是对图形的定量标注，通过尺寸可以明确图形的形状、大小以及图元之间的相互位置关系。当然，由于 Pro/E 采用"尺寸驱动"作为核心设计思想，因此尺寸的作用远不止此，通过尺寸和约束的联合作用，可以更加便捷地规范图形形状，如图2-6所示。

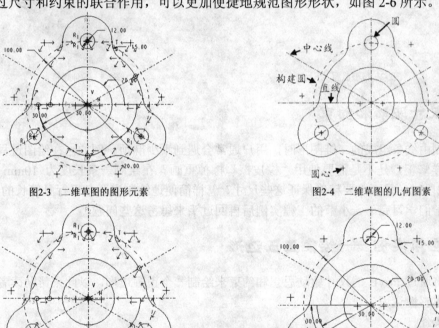

图2-3　二维草图的图形元素　　　　图2-4　二维草图的几何图素

图2-5　二维草图中的约束　　　　图2-6　二维草图的尺寸驱动

> **注意** 在设计过程中，要注意使用上工具箱中的显示控制工具和界面底部的过滤器来对以上设计图素进行筛选，以方便设计工作的进行。

2.1.3 认识二维与三维的关系

二维图形是纯平面图形。在 Pro/E 设计中，单纯绘制并使用二维图形的情况并不多见，更多的是使用二维绘图方法来创建三维图形的截面图，这一过程在三维建模中被称为"二维草图绘制"，简称"二维草绘"。

Pro/ENGINEER 中文野火版 4.0 基础教程

一、 截面图

在三维建模过程中，截面是一个出现频率很高的术语。截面也称剖面，是指模型被与轴线正交的平面剖切后的横截面。根据三维实体建模原理，三维模型一般都是由具有确定形状的二维图形沿着轨迹运动生成或者将一组截面依次相连生成的。

二、 三维建模原理

三维建模的基础工作就是绘制符合设计要求的截面图，然后使用软件提供的基本建模方法来创建模型。如图 2-7 所示的截面，将其沿着与截面垂直的方向拉伸即可创建如图 2-8 所示的三维模型。

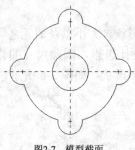

图2-7 模型截面

图2-8 拉伸建模

2.1.4 尺寸驱动和约束

在绘制由线条组成的二维图形时，用户通常会遇到不少麻烦。例如，在绘图过程中出现了错误怎样修正，是不是需要使用"橡皮擦"擦掉重画？在绘制一条长度为 10mm 或角度为 35°的线段时，是否需要精确保证这些尺寸？怎样简便地绘制出两条平行且等长的线段？

请同学们学习完下一小节的工程实例后再回过头来思考这些问题。

2.1.5 应用实例——绘制正五边形

下面将通过 Pro/E 的尺寸驱动思想和约束来绘制一个正五边形，以此来帮助读者建立对两者的基本感性认识。

1. 新建文件。
    选择【文件】/【新建】命令，新建名为"figure1"的草绘文件。
2. 选择【草绘】/【选项】命令，打开【草绘器优先选项】对话框，在【杂项】选项卡中取消对【弱尺寸】复选框的选取，隐藏图形上的弱尺寸。
3. 在右工具箱中单击 ＼ 按钮，随意绘制一个五边形图案，此时不必考虑线段的长度和位置关系，结果如图 2-9 所示。
4. 在右工具箱中单击 ￼ 按钮，打开【约束】工具箱，再单击 ＝ 按钮启动相等约束条件，然后单击如图 2-9 所示的线段 1 和线段 2，在二者之间添加等长约束条件，使其等长，结果如图 2-10 所示。
5. 继续在线段 2 和线段 3 间添加等长约束，结果如图 2-11 所示。

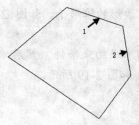

图2-9 添加等长约束1

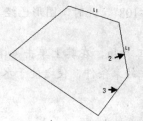

图2-10 添加等长约束2

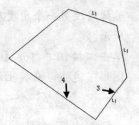

图2-11 添加等长约束3

注意 确保此时上工具箱中的 按钮处于被按下状态才能看到约束标记。添加等长约束条件后，图形上将显示等长约束标记："L1"。

6. 在线段3和线段4以及线段4和线段5之间添加等长约束条件，结果如图2-12和图2-13所示。至此，五边形全部5边的长度均相等。

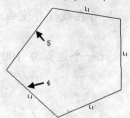

图2-12 添加等长约束4

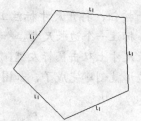

图2-13 添加等长约束5

7. 在右工具箱中单击 按钮，启动尺寸标注工具。按照如图 2-14 所示标注角度尺寸，结果如图 2-15 所示。

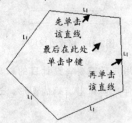

图2-14 标注角度尺寸1

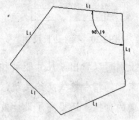

图2-15 标注后的角度尺寸

提示 确保此时上工具箱中的 按钮处于被按下状态才能看到标注的尺寸。

8. 按照同样的方法再任意标注一个角度尺寸，如图 2-16 所示。

9. 在角度尺寸数字上双击鼠标左键，打开尺寸输入文本框，将尺寸数值改为"108"，如图 2-17 所示。

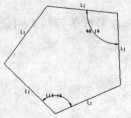

图2-16 标注角度尺寸2

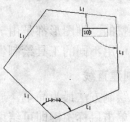

图2-17 修改角度尺寸1

10. 继续修改另一个角度尺寸为 "108"，此时，图形已经具备正五边形的雏形了，如图 2-18 所示。

11. 单击按钮，打开【约束】工具箱，在其上单击按钮启动水平约束条件，然后单击图形下边线，在其上添加水平约束条件，使之处于水平位置，如图 2-19 所示。

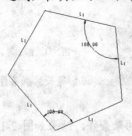

图2-18　修改角度尺寸2

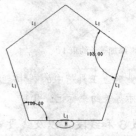

图2-19　添加水平约束

12. 单击按钮，打开尺寸标注工具，首先选中水平线段，然后在线段外空白处单击鼠标中键，标注一个边长尺寸，如图 2-20 所示。

13. 在边长尺寸上双击鼠标左键，将其数值修改为 "100"。至此一个边长为 100，正向放置的多边形就创建完成了，如图 2-21 所示。

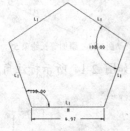

图2-20　标注边长尺寸

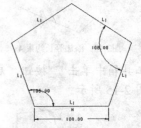

图2-21　修改边长尺寸

通过上例可以看出，尺寸驱动和约束增强了设计的智能化。用户只需要将设计目的以 "尺寸" 或者 "约束" 等指令格式交给系统，系统就能够严格按照这些条件来创建出准确的图形。这不但减轻了设计者的负担，还提高了设计效率，保证了设计的准确性。

2.2　图元的创建和编辑

学习二维绘图的核心是掌握各种绘图工具和编辑工具的用法，并能在设计过程中灵活选择正确的工具来绘制图形。

2.2.1　图元创建工具

一幅完整的二维图形都是由一组直线、圆弧、圆、矩形以及样条等基本图元组成的。这些图元分别使用不同的工具绘制生成。

一、创建直线

直线的绘制方法最为简单，通过两点即可绘制一条线段。首先确定线段起点，然后确定线段终点，单击鼠标中键即可结束图形绘制。

系统提供了以下 3 种直线工具。

- ╲：最基本的设计工具，经过两点绘制线段。
- ╲：绘制与两个对象相切的直线。
- ┆：绘制中心线。

图 2-22 所示为 3 种直线的示例。

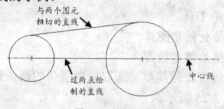

图2-22　绘制直线

二、　创建圆

圆在二维图形中的应用也相当广泛，完全确定一个圆只要圆心和半径参数即可，但实际设计中往往通过图形之间的相互关系来绘制圆。

系统提供了以下 5 种圆的创建方法。

- ○：根据圆心和半径画圆。
- ◎：绘制与已知圆同心的圆。
- ○：经过圆上 3 点来绘制圆。
- ○：绘制与 3 个对象相切的圆。
- ○：绘制椭圆。

图 2-23 所示为 5 种圆的示例。

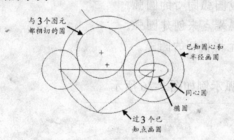

图2-23　圆的绘制类型

三、　创建矩形

在 Pro/E 中，矩形的绘制最简单，只需要确定矩形的两个对角点即可。在右工具箱中单击 □ 按钮，然后按住鼠标左键从左至右或者从右至左拖动都可以绘制出矩形。绘制完成后其边线上自动添加水平或竖直约束，如图 2-24 所示。

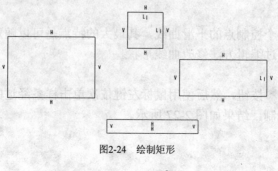

图2-24　绘制矩形

四、 创建圆角

连接两个图元时，在交点处除了采用尖角连接外，还可以使用圆弧连接，这样的图形更为美观，同时通过这样的二维图形创建的三维模型可以省去创建倒圆角特征的步骤，从而简化了设计过程。

系统提供了以下两种圆角工具。

- ﹏：在两个图元连接处创建圆角。
- ﹏：在两个图元连接处创建椭圆角。

圆角（椭圆角）的创建过程比较简单，选取放置圆角的两条边后即可放置圆角，然后根据需要修改圆角半径，如图 2-25 所示。

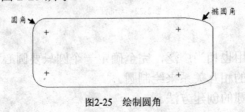

图2-25 绘制圆角

五、 创建圆弧

圆弧的绘制和圆有一定的相似性，也包括圆心和半径这两个主要参数，但是由于圆弧实际上是圆的一部分，因此还需要确定其起点和终点。在实际设计中，通常根据参照来定位圆弧。系统提供了以下 5 种画弧的方法。

- ﹏：通过 3 点创建圆弧。
- ﹏：创建与已知圆或圆弧同心的圆弧。
- ﹏：通过圆心和圆弧端点来创建圆弧。
- ﹏：创建与 3 个图元均相切的圆弧。
- ﹏：创建锥圆弧。

采用以上工具创建的圆弧示例如图 2-26 所示。

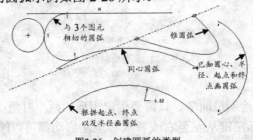

图2-26 创建圆弧的类型

六、 创建样条

样条是一条具有多个控制点的平滑曲线，其最大的特点是可以随意进行形状设计，在曲线绘制完成后还可以通过编辑方法修改曲线形状。

(1) 绘制样条。

在右工具箱中单击﹏按钮，然后使用鼠标左键依次单击样条经过的控制点，最后单击鼠标中键，完成图形的绘制，结果如图 2-27 所示。

图2-27　绘制样条

(2) 编辑样条。

线条绘制完成后，最简单的修改方式是按住鼠标左键拖动曲线上的控制点来调整曲线的外形，如图 2-28 所示。

图2-28　编辑样条

七、 创建点和坐标系

点可以作为曲线设计的参照。坐标系在三维建模中应用较为广泛，可以作为定位参照。它们的创建比较简单，在右工具箱中单击 × 按钮即可在界面中单击鼠标放置点。

单击 × 按钮右侧的 ▸ 按钮展开工具组，单击 ⚲ 按钮可在界面中放置坐标系，如图 2-29 所示。

图2-29　创建点和坐标

八、 创建文字

在右工具箱中单击 Ａ 按钮，打开文本设计工具，即可创建文字。

(1) 基本方法。

首先根据系统提示选取一点确定文字行的起始点。然后继续选取第二点确定文本的高度和方向，绘制文字高度线。

接下来在如图 2-30 所示的【文本】对话框中确定文字的属性参数，例如字体、间距以及比例等。接着输入文本内容创建文字。最后修改文本高度线的尺寸调节文本大小。

注意对文字方向的理解，如果从起始点开始向上确定第二点，这时创建文字的效果如图 2-31 所示，如果从起始点开始向下确定第二点，这时创建文字的效果如图 2-32 所示。

图2-30　【文本】对话框

图2-31　创建文字 1

图2-32　创建文字 2

(2) 沿着曲线放置文字。

在【文本】对话框中选择【沿曲线放置】复选框，然后选取参照曲线，可以将文字沿着该曲线放置。通常选取事先创建好的样条或基准曲线作为参照曲线，如图 2-33 所示。单击 按钮可以调整文本放置方向，如图 2-34 所示。

图2-33　沿着曲线放置文字 1

图2-34　沿着曲线放置文字 2

(3) 编辑修改文字。

如果需要修改已经创建的文字，可以在右工具箱中单击 按钮，打开【文本】对话框，重新设置创建参数再生文字即可。

九、 创建图案

Pro/E Wildfire 3.0 以后的版本提供了图案创建工具，在右工具箱中单击 按钮打开【草绘器调色板】对话框，如图 2-35 所示。这上面提供了【多边形】、【轮廓】、【形状】和【星形】4 种类型的图案，可以帮助设计者简单快捷地绘制形状规则且对称的图形。

在【草绘器调色板】对话框下部的形状列表中双击需要绘制的图案，待鼠标变为 形状后，在设计界面中拖动即可绘制图形，同时在如图 2-36 所示的【缩放旋转】对话框中设置参数可以对图案进行缩小、放大以及旋转操作。

图2-35　【草绘器调色板】对话框

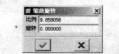

图2-36　【缩放旋转】对话框

各种图案的示例如图 2-37 所示。

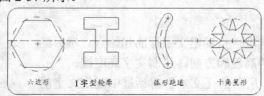

图2-37　图案示例

2.2.2 图元编辑工具

使用基本工具创建的图元并不一定正好符合设计要求，有时需要对其进行截断和修剪等操作，为了提高绘图效率，还可以对图形进行复制操作，这些都是对图形的编辑。

一、 修剪工具

使用裁剪工具可以将一个图元分割为多条线段，并裁去其中不需要的部分，最后获得理想的图形。在实际绘图过程中，用户总是将设计工具和裁剪工具交替使用。

系统提供了以下 3 种修剪工具。

- ⊬: 在选定的参考点处将图元分割为两段。
- ⊥: 将图元修剪到指定参照顶点，或将图元延伸后修剪到指定参照顶点。
- ⊬: 删除选定的图元。

(1) ⊬工具。

在纯二维模式下，系统会自动把相交的图元在相交处截断，通常不需要使用⊬工具，但在三维绘图环境下绘制二维图形时，有时需要使用⊬工具将图元在选定的参考点处截断。

(2) ⊬工具。

⊬工具的使用比较简单，单击需要删除的图元即可将其删除。如果待删除的图元较多，可以使用鼠标拖动画出轨迹线，凡与轨迹线相交的线条都会被删除。

(3) ⊥工具。

⊥工具用于将选定的两个图元在交点处裁剪，如果两图元尚未相交，则将其延伸到交点处再裁剪。选取如图 2-38 所示的对象，延长这两条不相交的线段，然后在交点处裁剪掉未被选中一侧的线条，结果如图 2-39 所示。

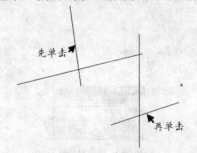

图2-38 选择对象1

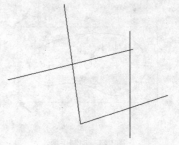

图2-39 裁剪结果1

对于已经相交的线段，按下⊥按钮后，选取如图 2-40 所示的参照，直接在交点处裁剪掉未被选中一侧的线条，结果如图 2-41 所示。

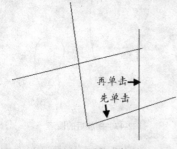

图2-40 选择对象2

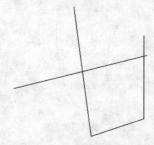

图2-41 裁剪结果2

二、 复制工具

在创建具有对称结构的二维图形时，可以先绘制图形的一半，然后通过镜像复制方法创建另一半。还可以对图形进行缩小、放大以及旋转等来创建与已知图形形状上相近的图形。

(1) 镜像复制图形。

在右工具箱中单击⬛按钮，打开镜像复制工具。选取中心线作为参照，镜像复制选定的图形，镜像复制后的图形与原图形之间添加了对称约束关系，如图 2-42 和图 2-43 所示。

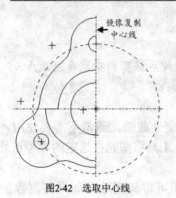

| 图2-42 选取中心线 | 图2-43 镜像后的图形 |

(2) 缩放与旋转。

在右工具箱中单击 ◎ 按钮，打开缩放与旋转工具。用户可以对选定的图形进行旋转、缩小和放大操作以创建新的图形。

此时图上将出现 3 个控制手柄，分别用于移动、旋转和缩放图形，如图 2-44 所示。

如果要精确缩放和旋转图形，可以在如图 2-45 所示的对话框中输入参数进行操作。

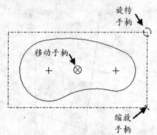

图2-44 控制手柄

图2-45 参数对话框

将图形旋转 90º 后的结果如图 2-46 所示；图形缩小后的结果如图 2-47 所示。

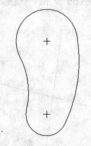

图2-46 旋转后的图形

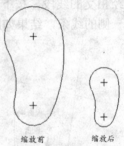

图2-47 缩放后的图形

 其中移动手柄兼做旋转中心，按住鼠标右键拖动该手柄可以移动其位置，从而调整图形的旋转中心。

2.2.3 应用实例——绘制手柄图案

本例主要介绍综合使用多种绘图和编辑工具绘制二维图形的方法，最终创建的设计结果如图 2-48 所示。

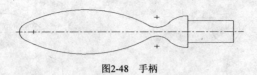

图2-48　手柄

1.　新建草绘文件。

　　新建名为 "figure2" 的草绘文件。

2.　绘制基本图元。

(1)　使用 ⫶ 工具绘制一条水平中心线，如图 2-49 所示。

(2)　使用 ＼ 工具绘制一条线段，如图 2-50 所示。

图2-49　绘制中心线　　　　　　　　　　　　　　　　　图2-50　绘制线段

(3)　使用 ◎ 工具绘制一个圆，如图 2-51 所示。该圆的圆心位于中心线上，半径自行设定。

(4)　使用 ◎ 工具绘制另一个圆，如图 2-52 所示。该圆的圆心也位于中心线上，半径比前一圆略小。

图2-51　绘制圆　　　　　　　　　　　　　　　　　　　图2-52　绘制另一圆

(5)　使用 ◎ 工具绘制一个圆，该圆与已经创建的两个圆以及线段相切，如图 2-53 所示。

提示　使用 ◎ 工具绘制相切圆时，鼠标在图元上单击选取的位置与绘图结果有一定关系，单击位置最好靠近绘图完成后的相切点位置。在本例中应该依次选取如图 2-54 所示的点来创建图形。

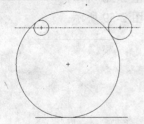

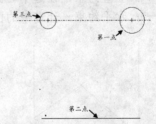

图2-53　绘制相切圆　　　　　　　　　　　　　　　　　图2-54　选择相切点

(6)　使用 ＼ 工具绘制两条竖直线段和一条水平线段，如图 2-55 所示。

(7)　使用 ◎ 工具绘制一个圆，首先在已知圆上选取两点，拖动圆使之与这两个圆相切，然后在圆外选取一点，结果如图 2-56 所示。

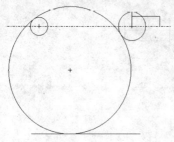

图2-55　绘制线段

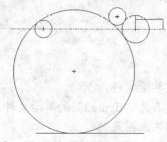

图2-56　绘制相切圆

3.　修剪和复制图形。

(1)　使用 𝄍 工具删除多余的线条，保留如图 2-57 所示的图形。

> **提示**　使用 𝄍 工具删除线条时，可以按住鼠标左键拖动鼠标画出轨迹线，凡与该轨迹线相交的线条都将被删除，这样可以提高设计效率。

(2)　框选上一步创建的所有线条作为复制对象，在右工具箱中单击 🞄 按钮，打开镜像设计工具，选取中心线作为镜像参照，镜像结果如图 2-48 所示。

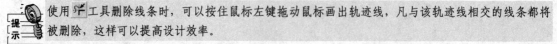

图2-57　修剪后的图元

2.3　约束工具的使用

约束工具用于按照特定的要求规范一个或多个图元的形状和相互关系，从而建立图元之间的内在联系。系统提供了丰富的约束工具，但每种约束应用的条件和效果并不相同。在右工具箱中单击 🞄 按钮，打开【约束】工具箱，上面放置了 9 种约束工具。

2.3.1　约束的种类

激活一种约束工具后，选取约束施加的对象。如果在上工具箱中按下了 🞄 按钮，则约束创建成功后将在图形上显示约束符号。

- 🞄 ：竖直约束，让选中的图元处于竖直状态，如图 2-58 所示。
- 🞄 ：水平约束，让选中的图元处于水平状态，如图 2-59 所示。

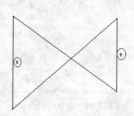

图2-58　竖直约束

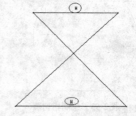

图2-59　水平约束

- 🞄 ：垂直约束，让选中的两个图元处于垂直状态，如图 2-60 所示。
- 🞄 ：相切约束，让选中的两个图元处于相切状态，如图 2-61 所示。

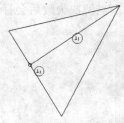

图2-60 垂直约束

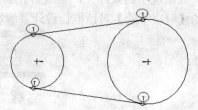

图2-61 相切约束

- <u>\</u>：中点约束，将点置于线段中央，如图 2-62 所示。
- <u>⊙</u>：共点约束，将选定的两点对齐在一起或将点放置到直线上，或者将两条直线对齐，如图 2-63 所示。

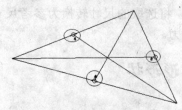

图2-62 中点约束

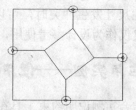

图2-63 共点约束

- <u>+│+</u>：对称约束，将选定的图元关于参照（如中心线等）对称布置，如图 2-64 所示。
- <u>=</u>：相等约束，使两条直线或者圆（弧）图元之间具有相同长度或相等半径，如图 2-65 和图 2-66 所示。

图2-64 对称约束

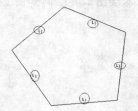

图2-65 相等约束 1

- <u>//</u>：平行约束，使两个图元相互平行，如图 2-67 所示。

图2-66 相等约束 2

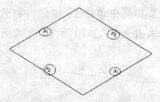

图2-67 平行约束

2.3.2 约束冲突及解决

在以下 3 种情况下会产生约束之间以及约束和标注尺寸之间的冲突。
- 标注尺寸时出现了封闭尺寸链。
- 标注约束时，在同一个图元上同时施加了相互矛盾的多个约束。
- 尺寸标注和约束对图元具有相同的约束效果。

Pro/ENGINEER 中文野火版 4.0 基础教程

一旦出现了约束冲突，系统首先删除弱尺寸来解决冲突，当解决失败后会打开如图 2-68 所示的【解决草绘】对话框让设计者解决。

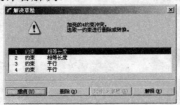

图2-68　【解决草绘】对话框

通常的做法是，直接单击　删除(D)　按钮，删除当前添加的约束，或者从约束或尺寸列表中选取一个对象将其删除。

当标注尺寸发生冲突时，可以单击 尺寸>参照(R) 按钮，将选取的尺寸转换为参考尺寸，这样该尺寸仅仅作为设计参考使用，不具有尺寸驱动的效力。

2.3.3　应用实例——使用约束工具规范图形形状

下面结合实例说明约束工具在设计中的应用。

1. 新建文件。

   选择【文件】/【新建】命令，新建名为 "figure3" 的草绘文件。

2. 确保上工具箱中的 按钮为弹起状态，关闭图形上的所有尺寸显示，确保上工具箱中的 按钮为压下状态，打开所有约束显示。

3. 使用基本绘图工具绘制如图 2-69 所示的图形，此时不必考虑尺寸的准确性。

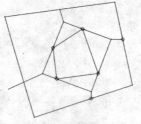

图2-69　最初草图

4. 在右工具箱中单击 按钮，打开【约束】工具箱，再单击 按钮，打开共点约束工具，首先单击如图 2-70 所示的端点 1，然后单击线段 2，将端点放置在线段上，如图 2-71 所示。

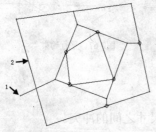

图2-70　添加共点约束

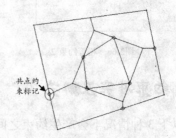

图2-71　共点约束结果

5. 单击 ∥ 按钮，在如图 2-72 所示的两个图元之间添加平行约束条件。首先选取线段 1，然后选取线段 2，结果如图 2-73 所示（注意图上的约束标记）。

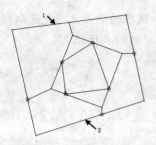

图2-72 添加平行约束

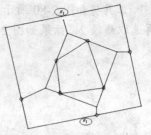

图2-73 平行约束结果

6. 由于图形重新调整，用户可能看到上端有段线段和图形分离，如图 2-74 所示。使用 工具将其约束到线段上，如图 2-75 所示。

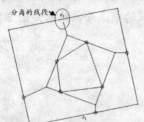

图2-74 添加共点约束

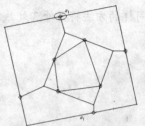

图2-75 共点约束结果

7. 单击 **//** 按钮，在如图 2-76 所示的两个图元之间添加平行约束条件。首先选取线段 1，然后选取线段 2，结果如图 2-77 所示。

> **提示** 注意施加在不同对象组之间的同类约束使用的是不同的标记下标，以方便进行区分。

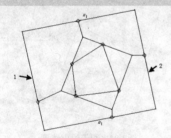

图2-76 添加平行约束

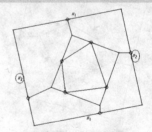

图2-77 平行约束结果

8. 使用 **=** 工具在如图 2-78 所示的 4 条线段之间添加相等约束条件。在添加这些条件时必须注意顺序，需要两两依次添加，即先在线段 1 和 2 之间添加（先选线段 1，后选线段 2），再在线段 2 和 3 之间添加（先选线段 2，后选线段 3），最后在线段 3 和 4 之间添加，结果如图 2-79 所示。

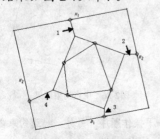

图2-78 添加相等约束

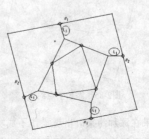

图2-79 相等约束结果

9. 使用 ↘ 工具将如图 2-80 所示线段的端点约束到另一线段的中点上。先选取线段的端点
1，再选取线段 2，结果如图 2-81 所示（注意此时出现的约束标记）。

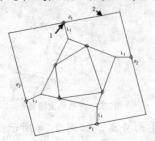
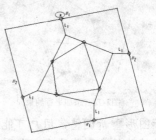

图2-80　添加中点约束　　　　　　　　　　　　　　图2-81　中点约束结果

10. 使用同样的方法将另外 3 处线段的端点约束到另一线段的中点处，结果如图 2-82 所示。

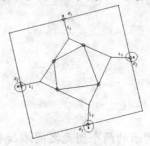

图2-82　添加中点约束

11. 使用 ＝ 工具在如图 2-83 所示的 4 条线段之间添加相等约束条件，结果如图 2-84 所示。

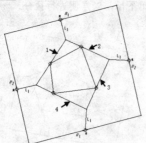
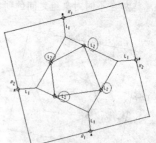

图2-83　添加相等约束　　　　　　　　　　　　　　图2-84　相等约束结果

12. 使用 ↘ 工具将如图 2-85 所示 4 处线段的端点约束到另一线段的中点处，如图 2-86 所示。

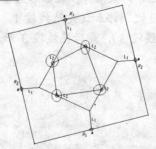
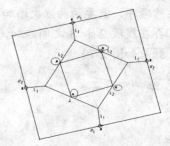

图2-85　添加中点约束　　　　　　　　　　　　　　图2-86　中点约束结果

提示：如果在添加约束时出现操作不成功的情况，可以适当更改一下操作顺序。另外，经过约束之后，图形最里面的四边形已经成等边四边形，如果还要在其上添加等长约束条件，则会发生约束冲突。

13. 在如图 2-87 所示的边线上添加水平约束条件。
14. 在如图 2-88 所示的边线上添加竖直约束条件。

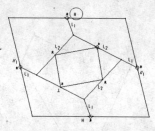

图2-87 添加水平约束

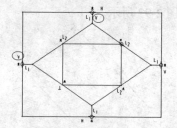

图2-88 添加竖直约束

2.4 尺寸标注和修改

完成基本图形绘制后，接下来需要对其进行尺寸标注，然后根据设计需要修改尺寸，再生图形，尺寸用于准确确定图形的形状和大小。

2.4.1 尺寸标注

尺寸标注是绘制二维图形过程中不可缺少的步骤之一，通过尺寸标注可以定量获得图形的具体参数，还可以修改图形尺寸，然后使用"尺寸驱动"方式再生图形。

一、弱尺寸和强尺寸

弱尺寸是指在绘制图形后，系统自动标注的尺寸。创建弱尺寸时，系统不会给出相关的提示信息。同时，当用户创建的尺寸与弱尺寸发生冲突时，系统将自动删除冲突的弱尺寸，在实施删除操作时同样也不会给出警告信息。弱尺寸显示为灰色。

与之对应的强尺寸是指用户使用尺寸标注工具标注的尺寸。系统对强尺寸具有保护措施，不会擅自删除，当遇到尺寸冲突时总是提醒设计者自行解决。

在设计过程中常常需要将一定数量的弱尺寸强化使之成为强尺寸。如果对弱尺寸进行数值修改，该尺寸将变为强尺寸。此外，选中需要加强的弱尺寸后，选择【编辑】/【转换为】/【加强】命令，就可以将其转化为强尺寸。

二、标注线性尺寸

在绘图过程中，使用右工具箱中的 ▨ 工具可以完成各种类型的尺寸标注。在这些尺寸中，线性尺寸最为常见，主要类型和标注方法如下。

(1) 线段长度：单击该线段，在放置尺寸的位置单击鼠标中键，如图 2-89 所示。
(2) 两点间距：选中两点，在放置尺寸的位置单击鼠标中键，如图 2-90 所示。

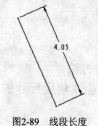

图2-89 线段长度

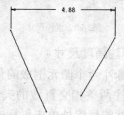

图2-90 两点间距

(3) 平行线间距：选中两条直线，在放置尺寸位置处单击鼠标中键，如图 2-91 所示。

(4) 点到直线的距离：先选取点，再选中直线，然后在放置尺寸的位置处单击鼠标中键，如图 2-92 所示。

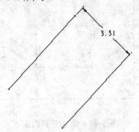

图2-91 平行线间距

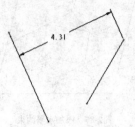

图2-92 点到直线的距离

(5) 两个圆或圆弧的距离：既可以标注其两条水平切线之间的距离，也可以标注两条竖直切线之间的距离，如图 2-93 和图 2-94 所示。

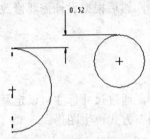

图2-93 两圆水平切线间的距离

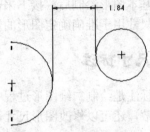

图2-94 两圆竖直切线间的距离

三、 标注直径和半径尺寸

对于圆（圆弧）来说，既可以标注其直径尺寸，也可以标注其半径尺寸，主要依据设计需要而定。

(1) 标注直径尺寸：在需要标注直径尺寸的圆（圆弧）上双击鼠标左键，然后在放置尺寸的位置处单击鼠标中键，如图 2-95 所示。

(2) 标注半径尺寸：在需要标注半径尺寸的圆（圆弧）上单击鼠标左键，然后在放置尺寸的位置处单击鼠标中键，如图 2-96 所示。

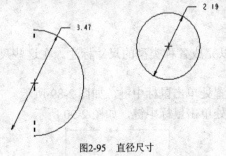

图2-95 直径尺寸

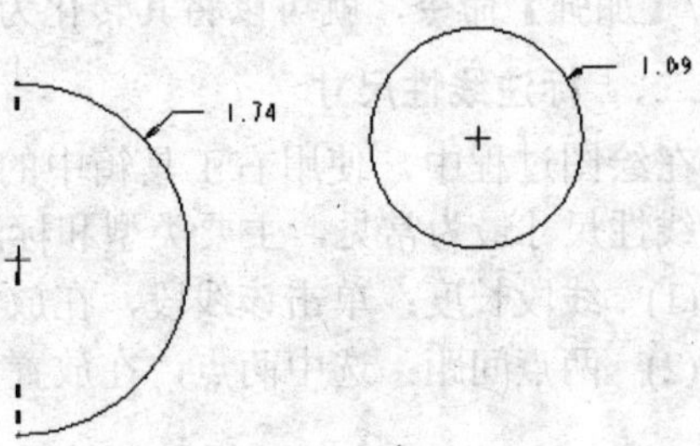

图2-96 半径尺寸

四、 标注角度尺寸

如果要标注两个图元围成的角度尺寸，可以使用以下两种方法。

(1) 标注两条相交直线的夹角：单击鼠标左键选取需要标注角度尺寸的两条直线，然后在放置尺寸的位置处单击鼠标中键，如图 2-97 所示。

(2) 标注圆弧角度：首先选取圆弧起点，然后选取圆弧终点，接着选取圆弧本身，然后在放置尺寸的位置处单击鼠标中键，如图 2-98 所示。

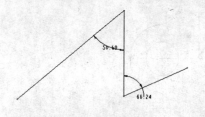

图2-97 相交直线的夹角

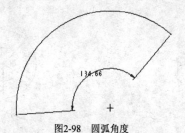

图2-98 圆弧角度

2.4.2 尺寸的修改

根据尺寸驱动理论，当对图形完成尺寸标注后，可以通过修改尺寸数值的方法来修正设计意图，系统将根据新的尺寸再生设计结果。

一、 单个尺寸的修改

如果修改单个尺寸，直接双击该尺寸（强尺寸或弱尺寸）打开输入文本框，在其中输入新的尺寸数值后，系统立即使用该数值再生图形，重新获得新的设计结果。

二、 修改一组尺寸

使用上一种方法修改单个尺寸后，系统会立即再生尺寸。如果对该尺寸的修改比例太大，再生后的图形会严重变形，不便于对其进行进一步操作。这时可以使用右工具箱中的 ![] 工具来修改图形。主要操作步骤如下。

选中需要修改的尺寸，然后在右工具箱中单击 ![] 按钮，打开【修改尺寸】对话框，如图 2-99 所示。

如果需要同时修改其他尺寸，就选中这些尺寸将其添加到【修改尺寸】对话框中。

如果希望修改完所有尺寸后再重生图形，可以在【修改尺寸】对话框中取消对【再生】复选框的选取。如果希望所有尺寸等比例放大或缩小，可以选择【锁定比例】复选框。

图2-99 【修改尺寸】对话框

注意，锁定比例主要针对同一种类型的尺寸，修改某一个线性尺寸后，拟被修改的所有线性尺寸都以同样的比例修改。修改某一个角度尺寸后，拟被修改的所有角度尺寸也都以同样的比例修改。

可通过在数值文本框中输入新尺寸或者调节文本框右侧滑块的方式修改尺寸。

单击 ![] 按钮，完成修改，最后获得再生后的图形。

2.4.3 工程实例——绘制对称图案

本例将综合介绍各类二维设计工具在绘图中的综合应用，练习使用尺寸来约束和规范图形形状的基本方法。最后创建的结果如图 2-100 所示。

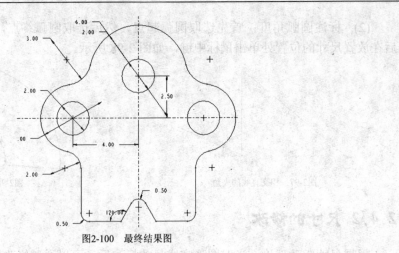

图2-100　最终结果图

1. 新建草绘文件。

  新建名为"figure4"的草绘文件。

2. 绘制基本图元。

(1) 使用 ┊ 工具绘制中心线，如图 2-101 所示。

(2) 使用 ○ 工具绘制 4 个圆，如图 2-102 所示。

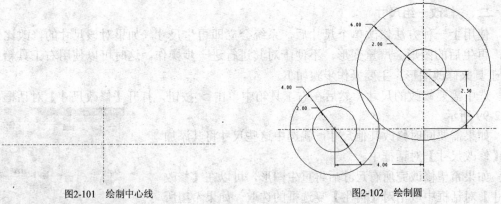

图2-101　绘制中心线　　　　　　　　　　　　　　　图2-102　绘制圆

(3) 使用 ＼ 工具绘制线段，如图 2-103 所示。

(4) 使用 ○ 工具绘制圆，并在新绘制圆与相邻圆之间添加相切约束，如图 2-104 所示。

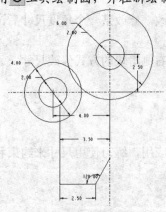

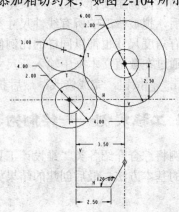

图2-103　绘制线段　　　　　　　　　　　　　　　　图2-104　绘制圆

(5) 继续使用 **O** 工具绘制圆，并在新绘制圆与相邻图元之间添加相切约束，如图 2-105 所示。

(6) 使用 **↖** 工具创建圆角，如图 2-106 所示。

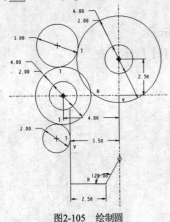

图2-105　绘制圆

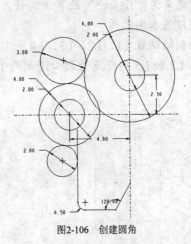

图2-106　创建圆角

3. 修剪复制图形。

(1) 使用 **↗** 工具裁去多余线条，保留如图 2-107 所示的图形。

(2) 选取除中心小圆以外所有图元作为复制对象，在右工具箱中单击 **⑪** 按钮，选取竖直中心线作为镜像参照，镜像后的图形如图 2-108 所示。

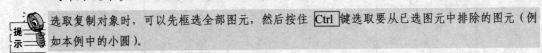
选取复制对象时，可以先框选全部图元，然后按住 Ctrl 键选取要从已选图元中排除的图元（例如本例中的小圆）。

(3) 使用 **↖** 工具创建圆角，最终的设计结果如图 2-100 所示。

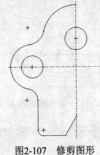

图2-107　修剪图形

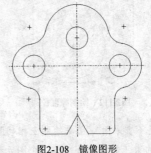

图2-108　镜像图形

2.5　综合实例——绘制叶片图案

本例将介绍一个叶片图案的绘制过程，帮助读者进一步熟悉各种二维图形的绘制方法，巩固练习基本设计工具和约束工具的使用，最后创建的结果如图 2-109 所示。

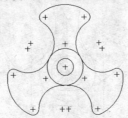

图2-109　风扇

1. 新建草绘文件。
   新建名为"figure5"的草绘文件。
2. 创建基本图元。
   (1) 绘制辅助线 L1、L2、L3、L4 和 L5，如图 2-110 所示。
   (2) 以 L2 和 L5 的交点为圆心绘制两个同心圆，如图 2-111 所示。

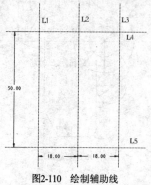

图2-110　绘制辅助线

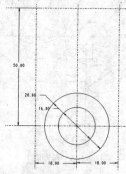

图2-111　绘制同心圆

(3) 分别以 L4 与 L1、L3 的交点为圆心，画两个等直径的圆 R1 和 R2，如图 2-112 所示。
(4) 继续绘制两个圆，该圆与大圆、小圆和 L5 相切，如图 2-113 所示。

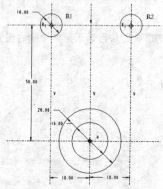

图2-112　绘制等直径圆

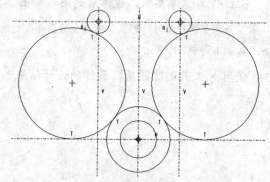

图2-113　绘制相切圆 1

这里不宜采用 ⊙ 工具绘制三相切圆，因为 L5 为辅助线。可以先任意绘制一个圆，然后依次使用 ⊙ 约束工具使之分别与 3 个图元都相切。

(5) 继续绘制一个与图形上部两小圆 R1 和 R2 均相切的圆，如图 2-114 所示。

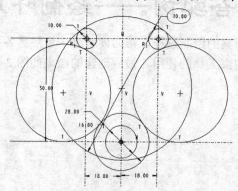

图2-114　绘制相切圆 2

该圆除了与两个小圆相切外，还已知直径尺寸为 70.00，因此设计结果是唯一的。在绘图时，可能会出现约束冲突，可以删除与该圆相关的其他约束。

(6) 剪去图形上的多余线段。保留如图 2-115 所示的结果。

3. 复制风扇叶片。

(1) 使用框选的方法选中全部图线，然后按住 Ctrl 键排除如图 2-116 所示的圆以及 5 条中心线。

(2) 在上工具箱中单击 📄 按钮复制选中的图形，然后单击 📋 按钮粘贴图形。当鼠标形状为 🖐 时，在设计界面上拖动创建图形副本。

(3) 按住鼠标右键将图形的移动手柄移动到下部小圆中心处，如图 2-117 所示。

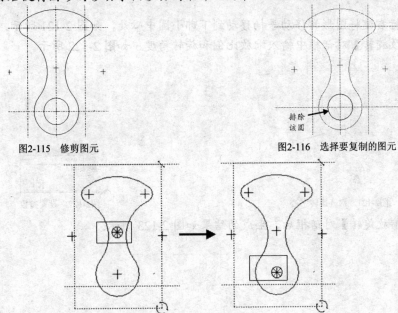

图2-115 修剪图元   图2-116 选择要复制的图元

图2-117 移动手柄

(4) 按住鼠标左键拖动复制图形的移动中心，将其与原图形下部小圆中心对齐，如图 2-118 所示。

(5) 在【缩放旋转】对话框中输入缩放比例和旋转角度，如图 2-119 所示。

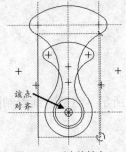

图2-118 对齐旋转中心

图2-119 设置参数

(6) 关闭【缩放旋转】对话框后生成的结果如图 2-120 所示。

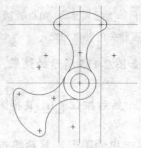

图2-120　旋转结果

(7) 再次在上工具箱中单击 按钮粘贴图形。当鼠标形状为 时，在设计界面上拖动创建图形副本。

(8) 按住鼠标右键将图形的移动手柄移动到下部小圆中心处，如图 2-121 所示。

(9) 在【缩放旋转】对话框中输入缩放比例和旋转角度，如图 2-122 所示。

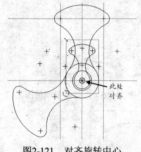

图2-121　对齐旋转中心

图2-122　设置参数

(10) 关闭【缩放旋转】对话框后，生成的结果如图 2-123 所示。

图2-123　旋转结果

4.　整理画面，删除辅助线。最后设计结果如图 2-109 所示。

2.6　实训

1.　绘制如图 2-124 所示的图形。

提示：首先使用直线和圆弧工具绘制图元，如图 2-125 所示。然后继续绘制图元，如图 2-126 所示。最后镜像复制图形。

2.　绘制如图 2-127 所示的图形。

提示：首先绘制 15 个圆，然后在各圆间添加直径相等以及相切约束条件。最后绘制与圆相切的外边框。

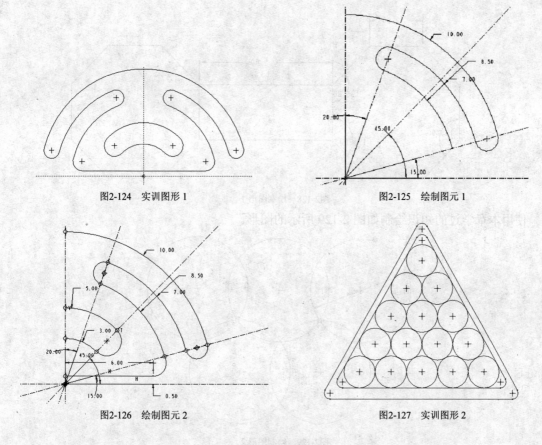

图2-124 实训图形 1

图2-125 绘制图元 1

图2-126 绘制图元 2

图2-127 实训图形 2

小结

二维草绘是三维设计的基础，设计过程中充分体现了 Pro/E 的参数化建模思想。在学习基本设计工具用法的同时，要充分理解"尺寸驱动"以及"约束"的含义。

无论怎样复杂的二维图形都是由直线、圆、圆弧、样条和文本等基本图元组成的。系统为每一种图元提供了多种创建方法，在设计时用户可以根据具体情况进行选择。创建二维图元后，一般都还要使用系统提供的修改、裁剪以及复制等工具进一步编辑图元，最后才能获得理想的图形。

约束是二维草绘中极其有效的一种设计工具。首先应该明确约束的类型及适用条件，然后在设计中合理使用约束来简化设计过程。尺寸是二维图形的主要组成部分之一，首先应该掌握各种类型尺寸的标注方法以及尺寸的编辑方法，最后还应掌握尺寸与约束冲突的解决技巧。

绘制二维图形是创建三维模型的基础环节。希望读者熟练掌握这些设计工具的用法，为以后学习三维建模奠定良好的基础。

思考与练习

1. 使用本章学过的知识绘制如图 2-128 所示的图形。

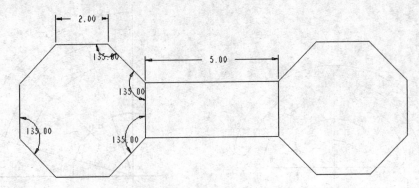

图2-128　绘制图形 1

2.　使用本章学过的知识绘制如图 2-129 所示的图形。

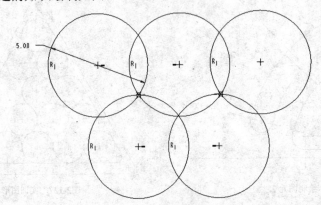

图2-129　绘制图形 2

第 3 章

创建基础实体特征

三维实体模型是现代设计生产中最常见的模型形式，三维实体模型的建模原理具有典型代表性，是后续学习曲面建模的基础。本章将讲述三维实体建模的一般原理以及相关的设计技巧，帮助读者全面领会特征建模的基本原理。

学习目标

- 掌握拉伸建模原理。
- 掌握旋转建模原理。
- 掌握扫描建模原理。
- 掌握混合建模原理。

3.1 拉伸建模原理

拉伸是指将封闭截面围成的区域按照与该截面垂直的方向添加或去除材料来创建实体特征的方法。其具体应用如表 3-1 所示。

拉伸原理同样适用于曲面的创建。

表 3-1 拉伸设计的应用

序号	要点	原理图	说明
1	增加材料		从零开始或者在已有实体基础上生长出新的实体
2	切减材料		在已有实体基础上切去部分材料

续表

序号	要点	原理图	说明
3	加厚草绘	开放截面图　薄板实体	仅将草绘截面加厚一定尺寸创建实体特征
4	嵌套截面拉伸	截面图　拉伸实体	可以使用相互之间不交叉的嵌套截面创建拉伸实体

3.1.1 拉伸设计工具

在右工具箱中单击 ⬚ 按钮，将在设计界面底部打开设计图标板，如图 3-1 所示。

图3-1　拉伸设计图标板

 启动拉伸设计工具后，在设计界面空白处长按鼠标右键（按住鼠标右键停留 3 秒左右），弹出快捷菜单，选择【定义内部草绘】命令，也可以打开【草绘】对话框，更加简便。选择【曲面】可以创建曲面特征；选择【加厚草绘】可以创建加厚草绘特征。

3.1.2 选取草绘平面

草绘平面是绘制并放置截面图的平面，实际设计中可以选取基准平面 TOP、FRONT 或 RIGHT 之一作为草绘平面；也可以选取已有实体上的平面作为草绘平面；还可以新建基准平面作为草绘平面。

表 3-2 所示为 3 种草绘平面的选择示例。

表 3-2　　　　　　　　　　　　　草绘平面的选取

序号	要点	选取参照	绘制截面图	创建拉伸实体
1	选取基准平面 TOP、FRONT 或 RIGHT			

续表

序号	要点	选取参照	绘制截面图	创建拉伸实体
2	选取实体上的平面	草绘平面		
3	新建基准平面	DTM1 草绘平面	草绘截面	DTM1

单击【草绘】对话框中的第一个文本框，使之显示为黄色背景，即为激活状态，如图3-2 所示。此时选取平面即可作为草绘平面，其名称将记录在其中。如果选取了错误的草绘平面，可以在文本框上单击鼠标右键，在弹出的快捷菜单中选择【移除】命令，再重新选取，如图3-3 所示。

直接单击 使用先前的 按钮可以使用创建上一个特征时使用的草绘平面，简化设计过程。

图3-2 【草绘】对话框

图3-3 重选草绘平面

3.1.3 设置草绘视图方向

指定草绘平面以后，草绘平面边缘会出现一个用来确定草绘视图方向的黄色箭头，用来表示将草绘平面的哪一侧朝向设计者，即草绘视图方向。

如图 3-4 所示的模型有正反两面，正面是平整的，背面有一条十字凹槽。

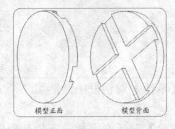

模型正面　　　模型背面

图3-4 模型的正面和背面

如果选取平整表面为草绘平面，此时标示草绘视图方向的箭头指向模型背面，放置草绘平面后，将其正面朝向设计者，如图 3-5 所示。

在【草绘】对话框中单击 反向 按钮，标示草绘视图方向的箭头指向模型正面，放置草绘平面后，将其背面朝向设计者，如图 3-6 所示。

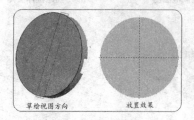

图3-5 默认视图方向

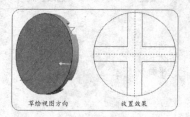

图3-6 反向视图方向

3.1.4 设置放置参照

选取草绘平面并设定草绘视图方向后，草绘平面的放置位置并未唯一确定，还必须设置一个用作放置参照的参考平面来准确放置草绘平面。

通常选取与草绘平面垂直的平面作为参考平面。

在选取了满足要求的参考平面以后，在【草绘】对话框的【方向】下拉列表中选取一个方向参数来放置草绘平面。参考平面相对于草绘平面的位置，有以下 4 个选项。

- 【顶】：参考平面位于草绘平面的顶部。
- 【底部】：参考平面位于草绘平面的底部。
- 【左】：参考平面位于草绘平面的左侧。
- 【右】：参考平面位于草绘平面的右侧。

表 3-3 所示为在选取草绘平面和参考平面后，选取不同的方向参照后获得的不同放置效果。注意放置草绘平面后，此时参考平面已经积聚为一条直线。

表 3-3   **草绘平面的放置形式**

方向参照	顶	底部	左	右
放置结果				

选取参考平面时，首先在【草绘】对话框中激活第二个文本框，使其显示为黄色背景，然后选取符合要求的平面。

选取参考平面后，再在【草绘】对话框底部的下拉列表中选取方向参照。

3.1.5 绘制草绘截面

放置好草绘平面后，系统转入二维草绘设计环境，在这里使用草绘工具绘制截面图。

一、 草绘闭合截面

在大多数设计条件下需要使用闭合截面来创建特征，也就是说要求组成截面的几何图元首尾相接，自行封闭，但是图中的线条之间不能有交叉。图 3-7 所示为不正确的截面图。

在如图 3-7 所示的截面图中使用 和 工具裁去多余线段，即可得到无交叉线的闭合截面，如图 3-8 所示。

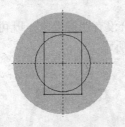

图3-7　有交叉的错误草绘截面

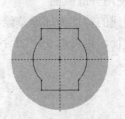

图3-8　无交叉的正确草绘截面

二、 草绘曲线与实体边线围成闭合截面

也可以使用草绘曲线和实体边线共同围成闭合截面，此时要求草绘曲线和实体边线对齐。图 3-9 所示的草绘图元未与实体边线对齐，不是闭合截面；图 3-10 所示的草绘图元与实体边线对齐，能够围成闭合截面。

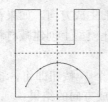

图3-9　未闭合的错误截面

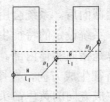

图3-10　正确的闭合截面

在这种情况下，草绘曲线可以明确将实体表面分为两个部分，并且用一个黄色箭头指示将哪个区域作为草绘截面。单击黄色箭头，可以将另一个区域作为草绘截面，如图 3-11 所示。

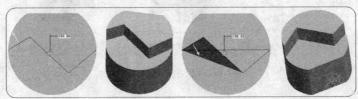

图3-11　选择不同的草绘截面

三、 使用 工具

如果草绘曲线不能明确将实体表面分为两个部分，可以使用 工具选取需要的实体边线围成截面。选择【草绘】/【边】命令或在右工具箱上单击 按钮都可以选中相应的设计工具。使用边创建的草绘截面图元具有"~"约束符号。

使用 □ 工具创建截面后，还可以使用【修剪】、【分割】和【圆角】等二维草绘命令进一步编辑截面。设计中常使用草绘图元和实体边线共同围成草绘截面，如图 3-12 所示。

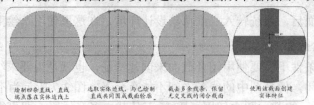

图3-12 选取实体边线围成截面

四、 使用开放截面

如果创建的特征为加厚草绘特征，这时对截面是否闭合没有明确要求，既可以使用开放截面创建特征，也可以使用闭合截面创建特征，如图 3-13 所示。

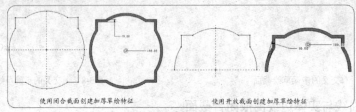

图3-13 不同截面创建的加厚特征

3.1.6 确定特征生成方向

绘制草绘截面后，系统会用一个黄色箭头标示当前特征的生成方向。如果在模型上创建加材料特征，系统设定的特征生成方向通常指向实体外部。在模型上创建减材料特征时，特征生成方向总是指向实体内部。

要改变特征生成方向，在图标板上单击从左至右的第一个 ⚄ 按钮即可，也可以直接单击表示特征生成方向的黄色箭头。图 3-14 所示为更改特征生成方向的结果。

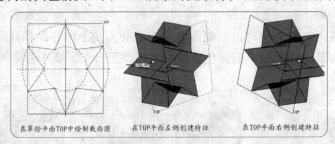

图3-14 不同方向生成的特征

3.1.7 设置特征深度

通过设定特征的拉伸深度可以确定特征的大小。确定特征深度的方法很多，可以直接输入代表深度尺寸的数值，也可以使用参照进行设计。

在图标板上单击 ⚄ 按钮旁边的 按钮，打开深度工具条，各个图形工具按钮的用法如表 3-4 所示。

表 3-4　　　　　　　　　　　　　　　　特征深度的设置

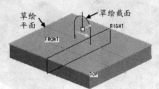

序号	图形按钮	含义	示例图	说明
1		直接输入数值确定特征深度		单击文本框右侧的 按钮，可以从最近设置的深度参数列表中选取数值
2		草绘平面两侧产生拉伸特征		每侧拉伸深度为输入数值的一半
3		拉伸至特征生成方向上的下一个曲面为止		常用于将草绘平面拉伸至形状不规则的曲面
4		特征穿透模型		一般用于创建切减材料特征，切透所有材料
5		特征以指定曲面作为参照，拉伸到该曲面		通常选取平面和曲面作为参照
6		拉伸至选定的参照		可以选取点、线、平面或曲面作为参照

3.1.8 应用实例——创建机座模型

　　下面结合实例介绍拉伸实体特征的创建方法，最后设计结果如图 3-15 所示。

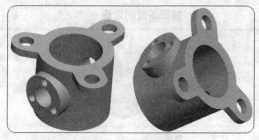

图3-15 机座模型

1. 新建零件文件。
(1) 在上工具箱中单击 按钮打开【新建】对话框。
(2) 按照如图 3-16 所示输入模型名称。
(3) 单击鼠标中键进入三维建模环境。
2. 创建第一个拉伸实体特征。
(1) 在右工具箱中单击 按钮打开设计图标板。
(2) 在界面上长按鼠标右键，在弹出的菜单中选择【定义内部草绘】命令。
(3) 单击选取基准平面 FRONT 作为草绘平面，如图 3-17 所示。
(4) 单击鼠标中键，随后进入二维绘图环境。
(5) 在草绘平面绘制两个同心圆，然后双击直径尺寸，修改其值如图 3-18 所示。

图3-16 【新建】对话框

图3-17 【草绘】对话框

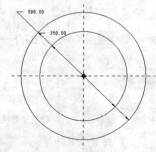

图3-18 绘制同心圆

(6) 在右工具箱中单击 按钮退出二维绘图环境。
(7) 在图标板上输入拉伸深度数值 450.00，如图 3-19 所示，然后单击 按钮。

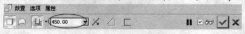

图3-19 设置拉伸参数

(8) 按住鼠标中键拉伸并观察创建的实体模型，结果如图 3-20 所示。

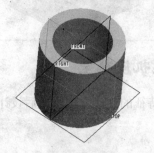

图3-20 创建拉伸特征 1

3.　创建第二个拉伸实体特征。

(1)　在右工具箱中单击 按钮打开设计图标板。

(2)　在界面上长按鼠标右键，在弹出的菜单中选择【定义内部草绘】命令。

(3)　单击选取如图 3-21 所示的模型上表面作为草绘平面，然后单击鼠标中键。

图3-21　选择草绘平面

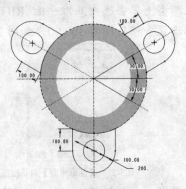

图3-22　草绘截面

(4)　在草绘平面绘制如图 3-22 所示的截面图，完成后退出草绘模式。可以清楚地看到绘制的截面形状，如图 3-23 所示。

提示　该截面由 3 个完全相同的闭合图形组成。绘图时综合使用了 、 和 等绘图工具以及相切、平行等约束工具。

(5)　设置特征深度为 50.00。

(6)　默认的特征生成方向指向实体外侧，如图 3-24 中黄色箭头指向所示。

(7)　单击黄色箭头，使之指向实体内侧，如图 3-25 所示。

(8)　单击鼠标中键，创建实体特征，如图 3-26 所示。

图3-23　截面形状

图3-24　默认特征生成方向

图3-25　改变特征生成方向

图3-26　创建拉伸特征 2

4. 创建基准平面。

(1) 在右工具箱中单击 ⬜ 按钮打开【基准平面】对话框。

(2) 确保上工具箱中 ⬜⬜⬜⬜⬜ 工具条上的前两个按钮被按下，在模型上显示基准平面和基准轴线。

(3) 在模型上单击选中基准平面 RIGHT，将其填写到【基准平面】对话框中，在对话框底部设置平移距离为 300.00，如图 3-27 所示。

图3-27 【基准平面】对话框

图3-28 基准平面

(4) 观察模型上代表移动方向的黄色箭头，发现其指向右侧。本例要把基准平面 RIGHT 向左侧移动创建基准平面，因此将【基准平面】对话框中的平移距离修改为：-300.00。

(5) 单击鼠标中键，最后创建的基准平面如图 3-28 所示。

> 由于目前模型上没有符合设计要求的平面可以选为草绘平面，所有临时创建一个与基准平面 RIGHT 平行的平面作为草绘平面。这种设计思路很重要。

5. 创建第三个拉伸实体特征。

(1) 在右工具箱中单击 ⬜ 按钮打开设计图标板。

(2) 在界面上长按鼠标右键，在弹出的菜单中选择【定义内部草绘】命令。

(3) 选取上一步创建的基准平面 DTM1 作为草绘平面，此时的草绘视图方向指向模型外侧，如图 3-29 中箭头指向所示，单击该箭头，使之指向模型内侧，如图 3-30 所示。

(4) 选取如图 3-31 所示的平面作为参考平面，在【草绘】对话框的【方向】下拉列表中选择【顶】选项，如图 3-32 所示。随后单击鼠标中键进入草绘模式。

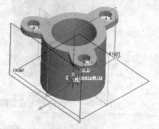

图3-29 缺省草绘视图方向

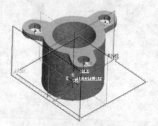

图3-30 改变草绘视图方向

图3-31 选择参考平面

图3-32 设置【草绘】对话框

通过本例的设置，请读者领会草绘视图方向的含义，并思考草绘视图方向与参考平面的选取和设置之间有什么关系。

(5) 在草绘平面内绘制如图 3-33 所示的截面图，完成后退出。

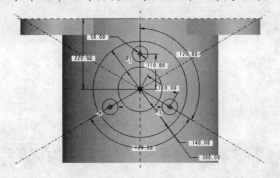
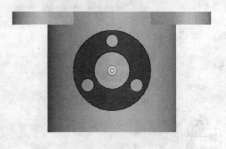

图3-33　草绘截面图

(6) 系统默认的特征生成方向指向模型外部，如图 3-34 所示，单击黄色箭头，使之指向模型内侧，如图 3-35 所示。

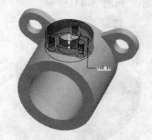

图3-34　默认方向　　　　　　　　　　　　　　图3-35　更改方向

(7) 在图标板上执行特征的生成方向为 ⬒（拉伸至下一曲面），如图 3-36 所示，则特征自动延伸至圆柱外表面，结果如图 3-37 所示。

图3-36　设置参数

拉伸至
该曲面

图3-37　生成拉伸特征 3

6. 创建第四个拉伸实体特征。

(1) 在右工具箱中单击 ⬚ 按钮打开设计图标板。

(2) 在界面上长按鼠标右键，在弹出的菜单中选择【定义内部草绘】命令。

(3) 选取如图 3-38 所示的平面作为草绘平面。单击鼠标中键进入草绘模式。

(4) 在右工具箱中单击 ▢ 按钮，然后选取如图 3-39 所示的小圆作为草绘截面，退出草绘模式。

图3-38　选取草绘平面

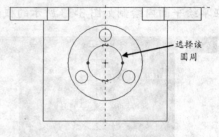

图3-39　选取草绘截面

 该圆周分为上下两个部分，需要选择两次才能选中一个完整的圆周。选中后圆周上有约束符号："~"。

(5) 在图标板上单击 ∠ 按钮创建减材料特征。

(6) 此时表示特征生成方向的箭头指向实体外部，如图 3-40 所示。单击该箭头使之指向实体内侧，如图 3-41 所示。

图3-40　默认方向

图3-41　更改方向

 注意此时模型上有两个黄色箭头，指向上方的为特征生成方向箭头，指向模型前方的为材料侧箭头，将使用箭头指向的区域来创建切减材料的拉伸特征。

(7) 设置特征深度为 ⫴ （穿透模型）。所有参数设置如图 3-42 所示。

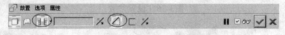

图3-42　拉伸参数设置

(8) 单击鼠标中键，最后创建的实体模型如图 3-15 所示。

3.2　旋转建模原理

旋转是指将指定截面沿着公共轴线旋转后得到三维模型，最后创建的模型为一个回转体，具有公共对称轴线。

图 3-43 所示为使用旋转截面图创建旋转实体特征的示例。

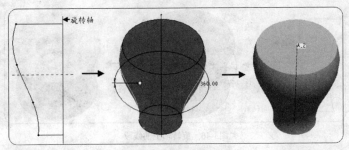

图3-43 创建旋转实体特征

3.2.1 设计工具

在右工具箱中单击 ⊕ 按钮，将在设计界面底部打开设计图标板，如图 3-44 所示。

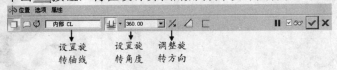

图3-44 旋转设计图标板

该图标板的基本用法与拉伸设计图标板相似。设计时，首先设置草绘平面，然后绘制旋转截面图，接下来执行旋转轴线，设置旋转角度，根据设计需要还可以调整旋转方向。

3.2.2 设置草绘平面

这一步骤与创建拉伸实体特征基本相同，主要包括以下内容。

(1) 选取合适的平面作为草绘平面。

(2) 设置合适的草绘视图方向。

(3) 选取合适的平面作为参考平面准确放置草绘平面。

3.2.3 绘制旋转截面图

正确设置草绘平面后，接下来进入二维草绘模式绘制截面图。

与拉伸实体特征的草绘截面不同，在绘制旋转截面图时，通常需要同时绘制出旋转轴线，如图 3-45 所示。

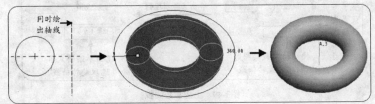

图3-45 旋转轴

如果截面图上有线段与轴线重合时，不要忽略该线段，否则会导致截面不完整，如图 3-46 所示。

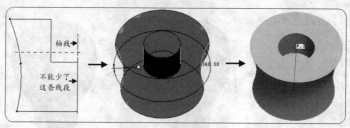

图3-46　旋转轴上的线段

使用开放截面创建加厚草绘特征时，可以使用开放截面，但是截面和旋转轴线不得有交叉。图 3-47 所示为错误的截面图，正确的结果如图 3-48 所示。

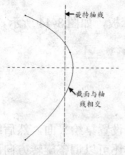

图3-47　错误的开放截面

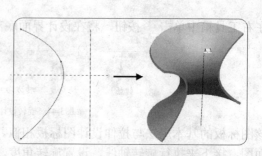

图3-48　正确的开放截面

 在使用拉伸和旋转方法创建实体模型时，如果要使用开放截面创建加厚草绘特征，应该先在图标板上选中 按钮确定特征类型，才可以绘制开放截面；否则系统会报告截面不完整，无法创建特征。

3.2.4　确定旋转轴线

除了在绘制草绘截面时设置旋转轴线外，也可以首先绘制不包含旋转轴线的截面图，退出草绘模式后再选取基准轴线或实体模型上的边线作为旋转轴线。

在图标板上单击 按钮，打开上滑参数面板，在这里可以设置草绘平面并指定旋转轴，如图 3-49 所示。

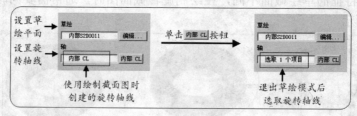

图3-49　上滑参数面板

3.2.5　设置旋转角度

指定旋转角度的方法和指定拉伸深度的方法相似，首先在图标板上选取一种旋转角度的确定方式，其中有 3 种指定角度的方法，具体用法如表 3-5 所示。

表 3-5　　　　　　　　　　　　　　　　设置旋转角度

序号	图形按钮	含义	示例图
1		直接在按钮右侧的文本框中输入旋转角度	
2		在草绘平面的双侧产生旋转实体特征，每侧旋转角度为文本框中输入数值的一半	
3		特征以选定的点、线、平面或曲面作为参照，特征旋转到该参照为止	

3.2.6　设置特征生成方向

系统默认的特征旋转方向为绕旋转轴线逆时针旋转，如图 3-50 所示。要调整旋转方向，可以在图标板上单击从左至右的第一个 按钮，将旋转方向调整为顺时针，如图 3-51 所示。

图3-50　逆时针旋转方向

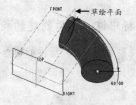

图3-51　顺时针旋转方向

3.2.7　应用实例——创建阀体模型

本例主要练习旋转建模的基本设计方法，最后创建的阀体模型如图 3-52 所示。

图3-52　阀体模型

1. 新建文件。

新建名为"valve"的零件文件，使用系统提供的默认模板进入三维建模环境。

2. 创建旋转加厚草绘特征。

(1) 在右工具箱中单击 按钮打开设计图标板。

(2) 在界面空白处单击鼠标右键，在弹出的快捷菜单中选择【加厚草绘】命令。

(3) 在图标板顶部单击 放置 按钮弹出草绘参数面板，单击 定义... 按钮打开【草绘】对话框。

(4) 选取标准基准平面 FRONT 作为草绘平面。接受默认设置的其他参照，然后单击 草绘 按钮进入二维草绘模型绘制草绘截面图。

(5) 在草绘平面内绘制如图 3-53 所示的截面图，完成后退出草绘模式。

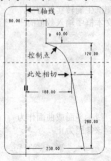

图3-53 草绘截面

该截面由两条直线和一段样条组成，注意样条和下端的直线要在交点处相切，否则最后创建的实体表面不光滑。另外在样条上创建一个控制点，移动该点位置可以调整曲线形状。

(6) 在图标板上设置加厚厚度为 20.00，其余参数如图 3-54 所示。

图3-54 设置参数

(7) 单击鼠标中键，最后创建的旋转加厚草绘特征如图 3-55 所示。

仔细观察如图 3-56 所示的模型底平面，发现该表面并非平面，这样就不能选作草绘平面，这称为后续设计的障碍。下面使用一个减材料的拉伸方法切除模型上的多余材料。

图3-55 创建的旋转特征

该表面非平面

图3-56 模型底面

3. 创建第一个拉伸实体特征。

(1) 在右工具箱中单击 按钮打开设计图标板。

(2) 在界面上长按鼠标右键，在弹出的菜单中选择【定义内部草绘】命令。

(3) 选取基准平面 RIGHT 作为草绘平面，如图 3-57 所示，随后单击鼠标中键进入二维绘图环境。

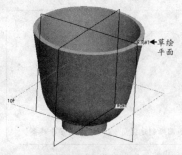

图3-57 选择草绘平面

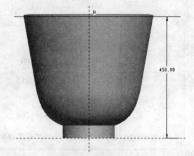

图3-58 绘制草绘截面

(4) 在草绘平面内绘制截面图,如图 3-58 所示。完成后退出草绘模式。

 这里的草绘截面为一条直线,但是直线的两个端点必须位于实体模型之外,直线的长度与设计结果没有必然的关系。

(5) 在图标板上单击 ⌀ 按钮创建切减材料特征。

(6) 指定特征深度方式为双侧拉伸: 吕。

(7) 单击图标板顶部的 选项 按钮,按照如图 3-59 所示设置,在草绘平面两侧将多余材料切去。

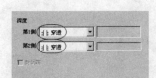

图3-59 选项设置

图3-60 创建的拉伸特征 1

(8) 单击鼠标中键,最后创建的特征如图 3-60 所示。

4. 创建第二个拉伸实体特征。

(1) 在右工具箱中单击 按钮打开设计图标板。

(2) 在界面上长按鼠标右键,在弹出的菜单中选择【定义内部草绘】命令。

(3) 选取如图 3-61 所示的平面作为草绘平面,随后单击鼠标中键进入二维绘图环境。

(4) 在草绘平面内绘制如图 3-62 所示的截面图,完成后退出草绘模式。该截面图的具体创建流程如图 3-63 所示。

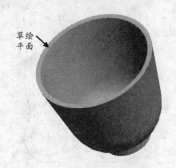

图3-61 选择草绘平面

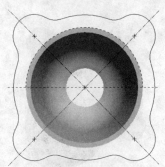

图3-62 绘制草绘截面

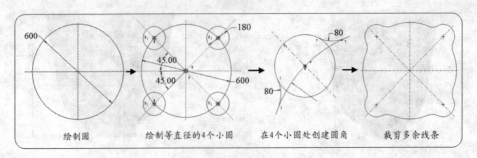

绘制圆	绘制等直径的4个小圆	在4个小圆处创建圆角	裁剪多余线条

图3-63　绘制草绘截面流程

在裁剪图形上的多余线条时务必仔细，一定要将多有多余图线全部剪去，裁剪完毕后，可以沿着截面检查一遍，适当放大视图看看有无多余的线条。

(5)　按照如图 3-64 所示设置特征参数，单击鼠标中键后创建的特征如图 3-65 所示。

图3-64　设置参数

图3-65　创建拉伸特征 2

5.　创建第三个拉伸实体特征。

(1)　在右工具箱中单击 按钮打开设计图标板。

(2)　在界面上长按鼠标右键，在弹出的菜单中选择【定义内部草绘】命令。

(3)　选取如图 3-66 所示的平面作为草绘平面，随后单击鼠标中键进入二维绘图环境。

(4)　在草绘平面内使用 工具绘制如图 3-67 所示的截面图，完成后退出草绘模式。

图3-66　选取草绘平面

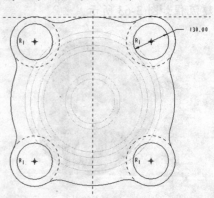

图3-67　绘制草绘截面

(5) 在图标板上单击 ✗ 按钮调整特征生成方向指向实体内部。

(6) 单击 ⬠ 按钮创建切减材料特征。

(7) 设置特征深度为：⊞。所有参数设置如图 3-68 所示。

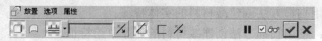

图3-68 设置参数

(8) 单击鼠标中键后创建的结果如图 3-52 所示。

3.3 扫描建模原理

将拉伸实体特征的创建原理进一步推广，将草绘截面沿任意路径（扫描轨迹线）扫描可以创建一种形式更加多样的实体特征，这就是扫描实体特征。

扫描轨迹线和扫描截面是扫描实体特征的两个基本要素，在最后创建的模型上，特征的横断面和扫描截面对应，特征的外轮廓线与扫描轨迹线对应，如图 3-69 所示。

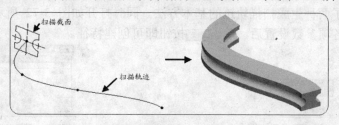

图3-69 扫描特征的创建

 从建模原理上说，拉伸实体特征和旋转实体特征都是扫描实体特征的特例，拉伸实体特征是将截面沿直线扫描，旋转实体特征是将截面沿圆周扫描。

3.3.1 设计工具

新建零件文件后，选择【插入】/【扫描】命令，打开如图 3-70 所示的下层菜单，可以创建多种类型的扫描特征。

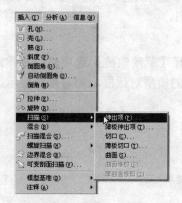

图3-70 【扫描】子菜单

一、 用于创建实体特征的命令

(1) 伸出项：使用扫描方法创建加材料的实体特征。

(2) 薄板伸出项：使用扫描方法创建加厚草绘特征。

(3) 切口：使用扫描方法创建减材料的实体特征。

(4) 薄板切口：使用扫描方法创建减材料的加厚草绘特征。

二、 用于创建曲面特征的命令

(1) 曲面：使用扫描方法创建曲面特征。

(2) 曲面修剪：使用扫描的方法裁剪曲面特征。

(3) 薄曲面修剪：使用薄板扫描的方法裁剪曲面特征。

3.3.2 确定扫描轨迹线

下面以创建加材料的扫描实体特征为例说明轨迹线的创建方法。

选择【插入】/【扫描】/【伸出项】命令，系统弹出如图 3-71 所示的【扫描轨迹】菜单，该菜单提供了两种生成扫描轨迹的基本方法。同时打开如图 3-72 所示的模型对话框，完成其中列出的各项参数设置后，单击 确定 按钮即可创建特征。

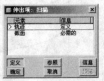

图3-71 【扫描轨迹】菜单   图3-72 模型对话框

(1) 草绘轨迹：在二维草绘平面内绘制二维曲线作为扫描轨迹线。这种方法只能创建二维轨迹线。

(2) 选取轨迹：选取已有的二维或者三维曲线作为轨迹线，例如可以选取实体特征的边线或基准曲线作为扫描轨迹线。这种方法可以创建空间三维轨迹线。

3.3.3 草绘扫描轨迹线创建扫描实体特征

在创建扫描实体特征时，需要两次进入草绘平面内绘制二维图形。第一次是创建扫描轨迹线，第二次是绘制草绘截面图。

一、 设置草绘平面

在【扫描轨迹】菜单中选择【草绘轨迹】选项后，将弹出如图 3-73 所示的【设置草绘平面】菜单以及如图 3-74 所示的模型对话框，同时系统提示选取草绘平面。

图3-73 【设置草绘平面】菜单   图3-74 模型对话框

(1) 菜单选项的用途。

其中各选项的用法如下。

- 使用先前的：使用与创建前一个特征相同的草绘平面。
- 新设置：设置新的草绘平面。

选取【新设置】选项后，系统弹出【设置平面】菜单，包含以下 3 个选项。

- 平面：选取实体表面或基准平面作为草绘平面。
- 产生基准：新建临时基准平面作为草绘平面。
- 放弃平面：放弃刚刚选取的草绘平面，重新选取。

(2) 创建临时基准平面。

在【设置草绘平面】菜单中选取【产生基准】选项后，系统弹出如图 3-75 所示的【基准平面】菜单，在该菜单中选取参照和约束来创建临时基准平面。设计时，可以使用一组或多组约束及参照，直到该平面的位置被完全确定。

图3-75 【基准平面】菜单

临时基准平面与使用 工具创建的基准平面不同，这种基准平面在设计需要时临时创建，当其对应的设计任务完成后自动撤销，不再显示在设计界面上，也不保留在模型树窗口中，不但保持了设计界面的整洁，还方便了系统的管理。

二、 设置草绘视图方向

选取草绘平面后，系统弹出如图 3-76 所示的【方向】菜单来确定草绘视图的方向，系统在草绘平面上使用一个红色箭头标示默认的草绘视图方向，如图 3-77 所示，如果要调整草绘视图方向，在【方向】菜单中选择【反向】选取即可。

图3-76 【方向】菜单

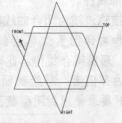

图3-77 默认草绘视图方向

在【方向】菜单中选择【反向】选项调整草绘视图方向后，还要再选择一次【正向】选项才能完成草绘视图方向的设置工作。

三、 设置参考平面

设置完草绘视图方向后，弹出如图 3-78 所示的【草绘视图】菜单，在菜单下部的【设置平面】菜单中可以选择基准平面、实体表面或新建临时基准平面作为参考平面，然后在

【草绘视图】菜单中为该参考平面选择合理的方向参照：顶、底部、右或左。

选择【缺省】选项可以由系统根据当前的情况自动选取参考平面来放置草绘平面。

图3-78　【草绘视图】菜单

四、　设置属性参数

属性参数用于确定扫描实体特征的外观以及与其他特征的连接方式。

(1)　端点属性。

在一个已有实体上创建扫描实体特征时，如果扫描轨迹线为开放曲线时，根据扫描实体特征和其他特征在相交处连接的方式不同，可以为扫描特征设置不同的属性。

- 合并终点：新建扫描实体特征和另一实体特征相接后，两实体自然融合，光滑连接，形成一个整体，如图 3-79 所示。
- 自由端点：新建扫描实体特征和另一实体特征相接后，两实体保持自然状态，互不融合，如图 3-80 所示。

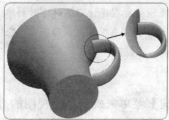

图3-79　合并终点

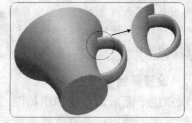

图3-80　自由端点

(2)　内部属性。

如果扫描轨迹线为闭合曲线，则具有以下两种属性。

- 增加内部因素：草绘截面沿轨迹线扫描产生实体特征后，自动补足上下表面，形成闭合结构。此时要求使用开放型截面，如图 3-81 所示。
- 无内部因素：草绘截面沿轨迹线扫描产生实体特征后，不会补足上下表面。这时要求使用封闭型截面，如图 3-82 所示。

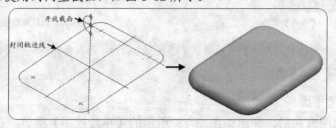

图3-81　使用开放型截面

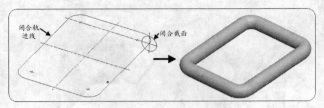

图3-82 使用封闭型截面

3.3.4 选取轨迹线创建扫描实体特征

另一种创建扫描实体特征的方法是选取已经创建的基准曲线或实体边线作为扫描轨迹线。这样创建的扫描特征更为复杂。

图 3-83 所示为选取已经创建完成的空间曲线作为轨迹线来创建扫描实体特征。

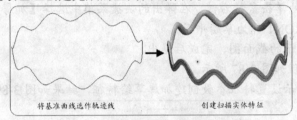

图3-83 空间曲线扫描

在选取轨迹线时，系统弹出如图 3-84 所示的【链】菜单，可以使用多种方法选取轨迹线。

图3-84 【链】菜单

(1) 依次：按照任意顺序选取实体边线或基准曲线作为轨迹线。在这种方式下，一次只能选取一个对象，同时按住 Ctrl 键可以一次选中多个对象。

(2) 相切链：一次选中多个相互相切的边线或基准曲线作为轨迹线。

(3) 曲线链：选取基准曲线作为轨迹线。当选取指定基准曲线后，系统还会自动选取所有与之相切的基准曲线作为轨迹线。

(4) 边界链：选取曲面特征的某一边线后，可以一次选中所有与该边线相切的边界曲线作为轨迹线。

(5) 曲面链：选取某曲面，将其边界曲线作为轨迹线。

(6) 目的链：选取环形的边线或曲线作为轨迹线。

3.3.5 应用实例——创建书夹

下面介绍一个书夹的设计过程，在学习扫描实体特征创建原理的同时，复习拉伸实体特征的设计要领。最后创建的模型如图 3-85 所示。

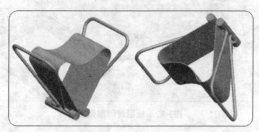

图3-85　书夹模型

1.　新建零件文件。

新建名为"clip"的零件文件，随后进入三维建模环境。

2.　创建第一个拉伸实体特征。

3.　单击 ⬚ 按钮打开拉伸设计工具。

(1)　在设计界面空白处单击鼠标右键，在弹出的快捷菜单中选择【加厚草绘】命令。

(2)　选取基准平面 FRONT 作为草绘平面。

(3)　绘制如图 3-86 所示的截面图，完成后退出。

(4)　该截面的绘图过程如图 3-87 所示。

(5)　按照如图 3-88 所示设置特征参数创建加厚草绘特征，结果如图 3-89 所示。

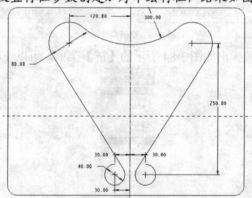

图3-86　草绘截面

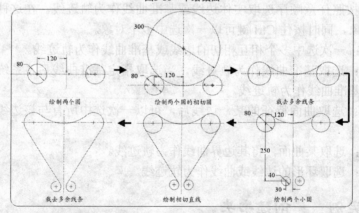

图3-87　草绘截面绘制过程

图3-88　设置参数

图3-89 拉伸特征

4. 创建减材料拉伸实体特征。
(1) 单击 回 按钮打开拉伸设计工具。
(2) 在设计界面空白处单击鼠标右键，在弹出的快捷菜单中选择【定义内部草绘】命令。
(3) 在打开的【草绘】对话框中单击 使用先前的 按钮进入草绘模式。
(4) 配合使用 □、\、 ┌ 和 ┙工具绘制如图 3-90 所示的截面图，完成后退出。
(5) 按照如图 3-91 所示设置特征参数创建减材料拉伸特征。

图3-90 草绘截面

图3-91 创建参数

(6) 单击鼠标中键，最后创建的拉伸实体特征如图 3-92 所示。

图3-92 减材料拉伸特征

5. 创建基准轴。
(1) 单击 ／ 按钮打开基准轴设计工具。
(2) 按照如图 3-93 所示选取曲面参照创建基准轴 A_1，如图 3-94 所示。

图3-93 选取参照面

图3-94 创建基准轴

6. 创建基准平面。

(1) 单击 □ 按钮打开基准平面工具。

(2) 选取基准轴 A_1 作为参照，设置约束类型为穿过，如图 3-95 所示。

(3) 按住 Ctrl 键选取如图 3-96 所示的平面作为参照，设置约束类型为平行，如图 3-97 所示。

(4) 单击鼠标中键，最后创建的基准平面如图 3-98 所示。

图3-95 【基准平面】参照 1

图3-96 选取参照平面

图3-97 【基准平面】参照 2

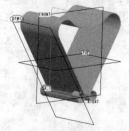

图3-98 创建基准平面

7. 创建扫描特征。

(1) 选择【插入】/【扫描】/【伸出项】命令，打开扫描设计工具。

(2) 在【扫描轨迹】菜单中选择【草绘轨迹】选项。

(3) 选择新建基准平面 DTM1 为草绘平面。

(4) 在【方向】菜单中选择【正向】选项。

(5) 在【草绘视图】菜单中选取【缺省】选项。

(6) 系统打开【参照】对话框并提示尺寸参照不足，增选轴线 A_1 为尺寸参照，如图 3-99 所示。然后关闭对话框。

(7) 在草绘平面内绘制如图 3-100 所示的轨迹，完成后退出。

(8) 该截面图的绘图过程如图 3-101 所示。

图3-99 【参照】对话框

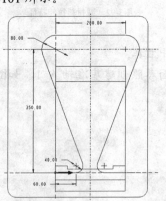

图3-100 草绘轨迹

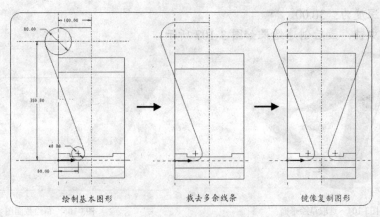

图3-101 草绘绘制过程

(9) 在【属性】菜单中选择【自由端点】和【完成】选项。

(10) 接着在草绘平面内绘制如图 3-102 所示的圆形扫描截面图，完成后退出。

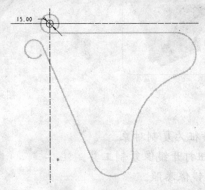

图3-102 圆形扫描截面

(11) 单击鼠标中键，最后创建的扫描特征如图 3-103 所示。

图3-103 扫描特征

8. 创建拉伸实体特征。

(1) 单击 按钮打开拉伸设计工具。

(2) 在设计界面空白处单击鼠标右键，在弹出的快捷菜单中选择【定义内部草绘】命令。

(3) 选取如图 3-104 所示的平面作为草绘平面。

(4) 使用 工具和 工具绘制如图 3-105 所示的截面图，完成后退出。

(5) 单击代表特征生成方向的箭头，使之指向实体内部，如图 3-106 所示。

(6) 设置特征深度为：30.00。

(7) 单击鼠标中键，最后创建结果如图 3-107 所示。

图3-104　选取草绘平面

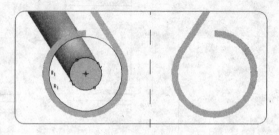

图3-105　草绘截面图

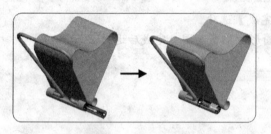

图3-106　调整方向

图3-107　创建拉伸特征

9.　第一次镜像复制特征。

(1)　选取上一步创建的拉伸特征为复制对象。

(2)　在右工具箱中单击 按钮打开镜像复制工具。

(3)　选取基准平面 FRONT 为镜像参照。

(4)　单击鼠标中键，镜像结果如图 3-108 所示。

10.　第二次镜像复制特征。

(1)　选取前面创建的扫描特征以及两个拉伸特征为复制
　　对象，如图 3-109 所示。

(2)　在右工具箱中单击 按钮打开镜像复制工具。

(3)　选取基准平面 RIGHT 为镜像参照。

(4)　单击鼠标中键，镜像结果如图 3-110 所示。

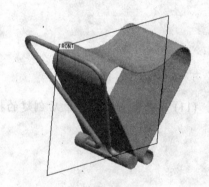

图3-108　镜像 1

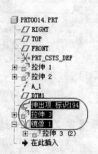

图3-109　选取复制对象

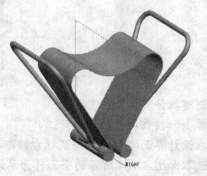

图3-110　镜像 2

3.4 混合建模原理

拉伸、旋转和扫描建模都是由草绘截面沿一定轨迹运动来生成特征：拉伸特征由草绘截面沿直线拉伸生成，旋转特征由草绘截面绕固定轴线旋转生成，扫描实体特征由草绘截面沿任意曲线扫描生成。这 3 类实体特征有一个共同的特点：具有公共截面。

但是在实际生活中，还有很多物体结构更加复杂，不能满足上述要求。要创建这种实体特征可以通过下面的混合实体特征来实现。

对不同形状的物体进一步抽象不难发现，任意一个物体总可以看成是由不同形状和大小的截面按照一定顺序连接而成的，这个过程在 Pro/E 中称为混合。混合实体特征的创建方法丰富多样、灵活多变，是设计非规则形状物体的有效工具。

3.4.1 混合实体特征综述

创建混合实体特征时，首先要根据模型特点选择合适的造型方法，然后设置截面参数构建一组截面图，系统将这一组截面的顶点依次连接生成混合实体特征。

一、 混合实体特征的分类

混合实体特征即由多个截面按照一定规范的顺序相连构成，根据建模时各截面之间相互位置关系的不同，将混合实体特征进一步划分为以下 3 种类型。

二、 平行混合实体特征

将相互平行的多个截面连接成实体特征。

如图 3-111 所示的实体模型由图示多个截面依次连接生成。如果将各个截面光滑过渡，最后生成的结果如图 3-112 所示。这是平行混合实体特征的示例，实体上的截面 *A*、截面 *B*、截面 *C* 和截面 *D* 相互平行。

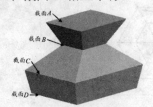
图3-111 平行混合实体特征1

图3-112 平行混合实体特征2

三、 旋转混合实体特征

将相互并不平行的多个截面连接成实体特征。后一截面的位置由前一截面绕 Y 轴转过指定的角度来确定。

图 3-113 所示为旋转混合实体特征的示例，该实体特征上的截面 *A*、截面 *B* 和截面 *C* 相互间绕 Y 轴（竖直坐标轴）转过 45°。

四、 一般混合实体特征

连接构成实体特征的各截面具有更大的自由度。后一截面的位置由前一截面分别绕 X、Y 和 Z 轴转过指定的角度来确定。

图 3-114 所示为一般混合实体特征的示例，图中从截面 *A* 以后的截面都由前一截面分别绕 X、Y、Z 轴转过一定角度来确定其位置。

图3-113　旋转混合实体特征 1

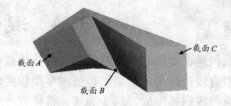

图3-114　旋转混合实体特征 2

五、　混合实体特征对截面的要求

混合实体特征由多个截面相互连接生成，但是并非使用任意一组截面都可以创建混合实体特征，其基本要求之一就是各截面必须有相同的顶点数。

如图 3-115 所示的 3 个截面，尽管其形状差异很大，但由于都是由 5 条边线（5 个顶点）组成，所以可以用来生成混合实体特征，这是所有混合实体特征对截面的共同要求。

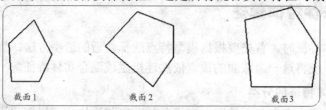

图3-115　混合实体特征截面

六、　起始点

起始点是两个截面混合时的参照。两截面的起始点直接相连，其余各点再顺次相连。系统将把绘制截面时的第一个顶点设置为起始点，起始点处有一个箭头标记。

截面上的起始点在位置上要尽量对齐或靠近，否则最后创建的模型将发生扭曲变形，如图 3-116 所示。

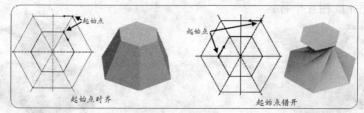

图3-116　起始点位置

用户可以将任意点设置为起始点。首先选中该点，然后在设计工作区中单击鼠标右键，在弹出的快捷菜单中选择【起始点】命令，即可将该点设置为起始点。

七、　混合顶点

当某一截面的顶点数比其他截面少时，要能正确生成混合实体特征，必须使用混合顶点。这样，该顶点就可以当作两个顶点来使用，同时和其他截面上的两个顶点相连。

注意　起始点不允许设置为混合顶点。

　　　　　首先选中一个或多个顶点，然后在设计工作区中单击鼠标右键，在弹出的快捷菜单中选择【混合顶点】命令，即可将该点设置为混合顶点。

图 3-117 所示为使用混合顶点创建平行混合实体特征的示例。

八、　在截面上加入截断点

圆形这样的截面没有明显的顶点，如果需要与其他截面混合生成实体特征，必须在其上加入与其他截面相同数量的截断点。可使用右工具箱上的 工具在圆上插入截断点。图 3-118 所示为使用圆形截面和正六边形截面创建混合实体特征，在圆形截面上加入了 6 个截断点。

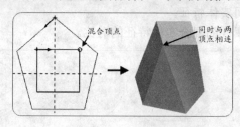

图3-117　混合顶点

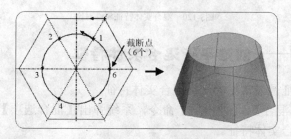

图3-118　截断点

 注意 圆周上插入的第一个截断点将作为混合时的起始点。

九、　点截面的使用

创建混合实体特征时，点可以作为一种特殊截面与各种截面进行混合。点截面和相邻截面的所有顶点都相连构成混合实体特征，如图 3-119 所示。

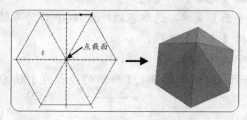

图3-119　点截面

十、　混合实体特征的属性

为特征设置不同的属性可以获得不同的设计结果。在创建混和特征时，系统打开【属性】菜单来定义混合实体特征的属性。

（1）　适用于所有混合实体特征的选项。

- 直的：各截面之间采用直线连接，截面间的过渡存在明显的转折。在这种混合实体特征中可以比较清晰地看到不同截面之间的转接。
- 光滑：各截面之间采用样条曲线连接，截面之间平滑过渡。在这种混合实体特征上看不到截面之间明显的转接。

(2) 仅适用于旋转混合实体特征的选项。

- 开放：顺次连接各截面形成旋转混合实体特征，实体起始截面和终止截面并不封闭相连。
- 闭合：顺次连接各截面形成旋转混合实体特征，同时，实体起始截面和终止截面相连组成封闭实体特征。

图 3-120 所示为不同属性的混合实体特征的对比。

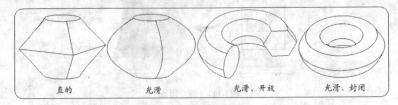

图3-120 混合实体特征属性对比

3.4.2 应用实例——创建平行混合实体特征

平行混合实体特征是最常见的一类混合实体特征。

选择【插入】/【混合】/【伸出项】命令，系统弹出【混合选项】菜单，选择【平行】选项即可创建平行混合实体特征。

下面结合一个简单的实例说明平行混合实体特征的创建原理。

1. 新建文件。

新建名为 "parallel_blend" 的零件文件，随后进入三维设计环境。

2. 创建第一个截面。

(1) 选择【插入】/【混合】/【伸出项】命令，弹出【混合选项】菜单，接受默认选项【平行】、【规则截面】、【草绘截面】和【完成】。

(2) 在【属性】菜单中选择【光滑】和【完成】选项。

(3) 系统弹出【设置草绘平面】菜单，选取基准平面 TOP 作为草绘平面。

(4) 在【方向】菜单中选择【正向】选项。

(5) 在【草绘视图】菜单中选择【缺省】选项。

(6) 使用 ⊙ 工具在草绘平面内绘制如图 3-121 所示的边长为 100.00 的正八边形截面。

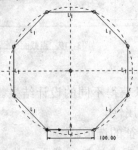

图3-121 正八边形截面

3. 创建第二个截面图。

(1) 在设计工作区中长按鼠标右键，在弹出的快捷菜单中选择【切换截面】命令，这时上一步绘制的正八边形将变为灰色。

(2) 继续绘制第二个截面图。使用○工具绘制一个圆，修改其直径尺寸为 300.00，如图 3-122 所示。

(3) 继续使用┊工具绘制中心线，如图 3-123 所示。

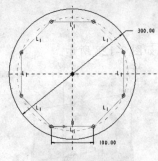

图3-122 绘制圆

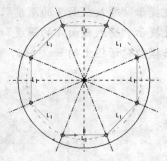

图3-123 绘制中心线

(4) 使用┏工具在中心线和圆的交点处插入分割点。注意第一个点要与正八边形上的起始点位置相对应，否则最后创建的模型将发生扭曲变形，结果如图 3-124 所示。

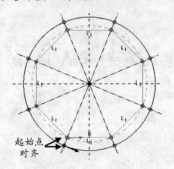

图3-124 插入分割点

4. 创建第 3 个截面。

(1) 在设计工作区中长按鼠标右键，在弹出的快捷菜单中选择【切换截面】命令，这时前两步绘制的截面将变为灰色。

(2) 使用圆工具创建第三个截面，直径为 180.00 的圆，结果如图 3-125 所示。

(3) 仿照上述方法在圆上插入 8 个分割点，注意起始点的设置，结果如图 3-126 所示。

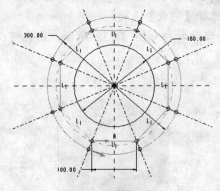

图3-125 绘制第二个圆

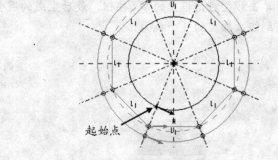

图3-126 插入分割点

5. 创建第 4 个截面。

(1) 使用切换工具切换到第四个截面。

(2) 使用 × 工具在圆心处绘制一个点，如图 3-127 所示。然后单击 ✔ 按钮退出草绘模式。

(3) 设置截面之间的距离参数。

(4) 系统提示"输入截面 2 的深度"，输入数值"100.00"。

(5) 系统提示"输入截面 3 的深度"，输入数值"100.00"。

(6) 系统提示"输入截面 4 的深度"，输入数值"50.00"。

(7) 单击模型对话框上的 确定 按钮，最后生成的实体特征如图 3-128 所示。

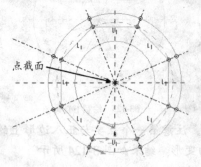

图3-127　绘制点

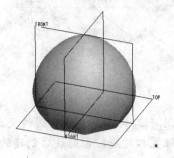

图3-128　创建实体特征

6.　重新定义特征属性。

(1) 打开模型树窗口，在实体特征的标识上单击鼠标右键，在弹出的快捷菜单中选择【编辑定义】命令，如图 3-129 所示。

图3-129　选择【编辑定义】命令

图3-130　选择【属性】选项

(2) 系统打开如图 3-130 所示的模型对话框，选择【属性】选项，单击 定义 按钮，在如图 3-131 所示的【属性】菜单中选择【直的】选项，然后选择【完成】选项。

(3) 单击模型对话框上的 确定 按钮，最后生成的混合实体特征如图 3-132 所示，由此可以看到组成模型的 4 个截面。

图3-131　【属性】菜单

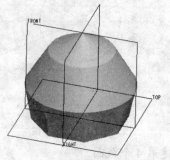

图3-132　混合实体特征

创建混合实体特征时，系统将按照各截面绘制的先后顺序顺次将其连接生成实体特征。因此，在绘制截面图时，应该从模型一端的截面开始依次绘制各截面，直到另一端面所在的截面。另外，每一截面绘制完成后都必须进行尺寸标注以确定截面的大小。

3.5 实训

重点使用拉伸工具创建如图 3-133 所示的实体模型，注意领会三维实体建模的一般原理和基本设计技巧，该模型的设计过程如图 3-134 所示。

图3-133 支架实体模型

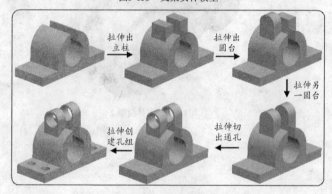

图3-134 支架造型过程

小结

实体模型相对于线框模型和表面模型而言，是一种具有实心结构、质量、重心以及惯性矩等物理属性的模型形式。实体模型上可以方便地进行材料切割、穿孔等操作，是现代三维造型设计中的主要模型形式，使用各种三维设计软件创建的实体模型可用于工业生产的各个领域，例如 NC 加工、静力学和动力学分析、机械仿真以及构建虚拟现实系统等。

基础实体特征相当于机械加工中的零件坯料，是后续加工的基础和载体。在 Pro/E 中，一般首先创建基础实体特征，然后在其上创建圆角、壳、孔以及筋等工程特征。

基础实体特征按照创建原理不同通常划分为拉伸、旋转、扫描和混合 4 种类型。前 3 种特征的建模原理具有一定的相似性。一定形状和大小的草绘剖面沿直线轨迹拉伸即可生成拉伸实体特征。一定形状和大小的草绘剖面沿曲线轨迹扫描即可生成扫描实体特征。一定形状和大小的草绘剖面绕中心轴线旋转即可生成旋转实体特征。混合实体特征的创建原理略有不同，将不同形状和大小的多个截面按照一定顺序依次相连，即可创建混合实体特征。

思考与练习

1. 使用实体建模方法创建如图 3-135 所示的实体模型。

图3-135　实体模型 1

2. 使用实体建模方法创建如图 3-136 所示的实体模型。

图3-136　实体模型 2

第 **4** 章

创建工程特征

第 3 章介绍了基础实体特征的创建方法，以及使用 Pro/E 创建实体模型的基本过程和技巧。在创建基础实体之后，还需要继续在其上创建其他各类特征，其中一种重要的特征类型就是本章将要介绍的工程特征。工程特征是指具有一定工程应用价值的特征，例如孔特征、倒圆角特征等。这些特征具有相对固定的形状，具有明确的用途。

学习目标

- 明确工程特征的设计原理。
- 掌握孔特征的设计方法。
- 掌握倒圆角特征的设计方法。
- 掌握拔模特征的设计方法。
- 掌握壳特征的设计方法。
- 掌握倒角特征的设计方法。

4.1 工程特征概述

创建一个工程特征的过程就是根据指定的位置在另一个特征上准确放置该特征的过程。要准确生成一个工程特征，需要确定以下两类参数。

一、定形参数

定形参数是指确定特征形状和大小的参数，例如长、宽、高以及直径等参数。定形参数不准确，将影响特征的形状精度。

二、定位参数

定位参数是指确定特征在基础特征上放置位置的参数。确定定位参数时，通常选取恰当的点、线、面等几何图元作为参照，然后使用相对于这些参照的一组线性或角度尺寸来确定特征的放置位置。定位参数不准确，特征将偏离正确的放置位置。

图 4-1 所示为确定一个孔特征的所有参数示例。

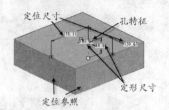

图4-1　孔特征参数

4.2　创建孔特征

在创建基础实体特征之后，选择【插入】/【孔】命令或在右工具箱中单击 按钮，都可以打开孔设计工具。

根据孔的形状、结构和用途的不同以及是否标准化等条件，Pro/E 将孔特征划分为以下3 种类型进行设计。

一、简单孔

简单孔也称直孔，具有单一直径参数，结构较为简单，设计时只需指定孔的直径和深度并指定孔轴线在基础实体特征上的放置位置即可。

二、草绘孔

草绘孔具有相对更加复杂的剖面结构。首先通过草绘方法绘制出孔的剖面来确定孔的形状和尺寸，然后选取恰当的定位参照来正确放置孔特征。

三、标准孔

标准孔用于创建螺纹孔等生产中广泛应用的标准孔特征。根据行业标准指定相应参数来确定孔的大小和形状后，再指定参照来放置孔特征。

图 4-2 所示为 3 种孔特征的示例。

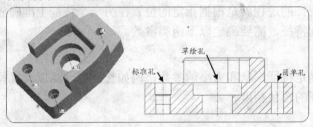

图4-2　孔特征示例

4.2.1　创建简单孔

直孔是最简单同时也最常用的一种孔类型。当打开孔设计图标板后，系统会默认选中直孔设计工具，如图 4-3 所示。

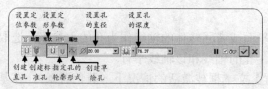

图4-3 创建直孔时的图标板

在默认情况下，系统自动选取 ⊔ 按钮，该按钮用于设计简单孔或草绘孔。

下面介绍直孔的设计方法。

一、 设置定形参数

确定定形参数也就是确定孔的形状和大小，主要有以下 3 个参数。

(1) 孔的直径。

在如图 4-3 所示图标板的直径输入文本框中输入孔的直径。还可以从下拉列表中选取最近使用过的直径数值。

(2) 孔的深度。

如图 4-3 所示，设置孔的深度也可以采用两种方式：一是直接输入深度数值；二是采用参照来确定孔的深度，孔延伸到指定参照为止。图标板中主要图标按钮的用途如下。

- ⊥：直接输入孔的深度数值。
- ⊟：设置双侧深度，孔特征将在放置平面的两侧各延伸指定深度值的一半。只有当孔在放置平面两侧都有实体材料时，该按钮才可用。
- ≡：孔延伸至特征生成方向上的下一个曲面。
- ⧢：创建通孔，孔特征穿透实体模型。
- ⊥：孔特征延伸至特征生成方向上的指定曲面。
- ⊥：孔特征延伸至指定的参照点、参照平面或参照曲面处。

(3) 孔的轮廓形状。

图标板上的以下两个按钮可以确定孔的轮廓形状。

- ⊔：孔的剖面为矩形，尾部平直。如图 4-4 所示。
- ∪：孔的剖面为标准轮廓形状，尾部为三角形。如图 4-5 所示。

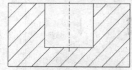

图4-4 孔的轮廓形状1

图4-5 孔的轮廓形状2

二、 设置定位参数

定位参数用于确定孔特征在基础实体特征上的放置位置。在图标板上单击 放置 按钮，系统弹出如图 4-6 所示的定位参数面板。

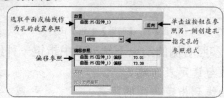

图4-6 定位参数面板

(1) 确定放置参照。

通常选取模型上的平面或者回转体的轴线作为孔的主参照。选取平面时，孔的轴线与该平面垂直；选取轴线时，孔的轴线和该轴线平行。

在图 4-6 中，【放置】文本框被激活的情况下（黄色背景），在基础实体特征上或模型树窗口中选取孔的主参照。

(2) 设置孔的生成方向。

由于孔是一种减材料特征，选定放置参照后，系统一般会选取指向实体内部的方向作为孔特征的默认生成方向，并在基础实体特征中使用几何线框显示孔的放置位置。如果要改变孔的生成方向，可以在参数面板中单击 反向 按钮，结果如图 4-7 所示。

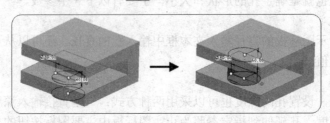

图4-7　孔的生成方向

(3) 指定孔的参照形式。

仅有放置参照还不能唯一确定孔的放置位置，还必须进一步选取适当的其他参照。在图 4-6 的【类型】下拉列表中有以下 4 种参照形式。

① 【线性】参照形式。

图 4-8 所示为【线性】参照形式的用法。首先选取实体上表面作为放置参照。然后选取基准平面 FRONT 作为第 1 个次参照。按住 Ctrl 键再选取图第 2 侧面作为第 2 个次参照。

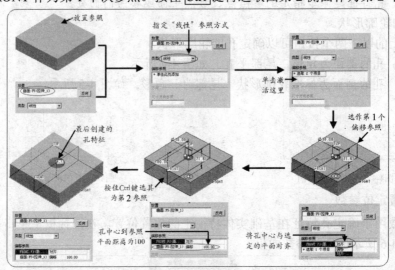

图4-8　【线性】参照形式

在选次参照后，可以在参照右侧的约束下拉列表中指定一种约束方式。

- 【对齐】：使孔轴线与选定表面对齐。
- 【偏移】：指定孔轴线到指定表面的距离。

② 【径向】参照形式。

图 4-9 所示为【径向】参照形式的用法。选取实体上表面作为放置参照。选取孔轴线 A_2 作为第 1 个偏移参照，新建孔特征的轴线位于以该轴线为中心，指定半径的圆周上。按住 Ctrl 键的同时选取实体侧面作为第 2 个偏移参照。过第 1 个偏移参照轴线且平行于第 2 个参照平面创建一个辅助平面，该辅助平面绕第 1 个偏移参照轴线顺时针转过指定角度后，与由第 1 个偏移参照确定的圆周的交点即为新建孔特征轴线的位置。

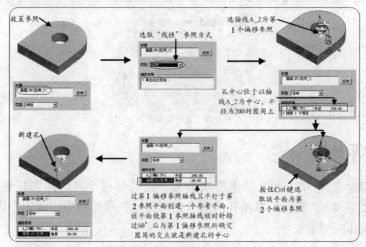

图4-9 【径向】参照形式

③ 【直径】参照形式。

【直径】放置类型的使用方法和【径向】参照形式类似，只是在确定第 1 个偏移参照时使用直径数值，而非半径数值，如图 4-10 所示。

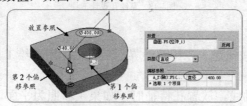

图4-10 【直径】参照形式

④ 【同轴】参照形式。

使用【同轴】参照形式可以创建与选定孔或柱体同轴的孔特征。首先选取轴线作为放置参照，按住 Ctrl 键再选取一个与选定轴线垂直的平面即可准确定位该孔，此时不需要指定偏移参照，如图 4-11 所示。

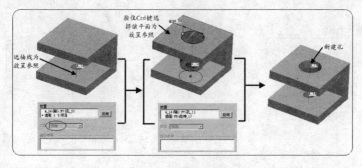

图4-11 【同轴】参照形式

三、孔的详细设计

在确定孔的定形参数和定位参数后，在图标板左上角单击 形状 按钮，可以打开如图 4-12 所示的定形参数面板全面设置孔的尺寸参数。

在创建孔特征时也可以在放置参照平面两侧分别使用不同的方式来设置孔的深度。此时可以在定形参数面板顶部的【侧 2】处设置另一侧的参数。

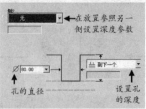

图4-12　定形参数面板

4.2.2　创建草绘孔

使用创建草绘孔的方法可以创建形状更加复杂的非标准孔。在图标板上单击 按钮后，设计工具如图 4-13 所示。草绘孔的所有定形尺寸在草绘截面中确定，因此图标板上不需要设置孔径和孔深等参数。

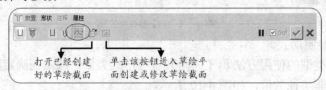

图4-13　草绘孔设计工具

一、草绘孔截面

在图标板中单击 按钮进入二维草绘界面后可以使用草绘工具绘制孔的剖面图。绘制孔剖面时注意以下几点。

（1）首先绘制回转轴线，放置孔特征时，如果主参照为平面，该回转轴线与主参照垂直；如果主参照为轴线，孔的旋转轴线与主参照平行。

（2）草绘截面必须闭合、无交叉，且全部位于轴线一侧，如图 4-14 所示。

（3）孔剖面中必须至少有一条线段垂直于回转轴线，图 4-15 中没有垂直于轴线的线段，是不正确的截面。若剖面中仅有一条线段与回转轴线垂直，系统自动将该线段对齐到参照平面上；如果有多条线段垂直于回转轴线，系统会将最上端的线段对齐到参照平面，如图4-16 所示。

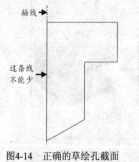

图4-14　正确的草绘孔截面　　　　　　　　　　　　图4-15　错误的草绘孔截面

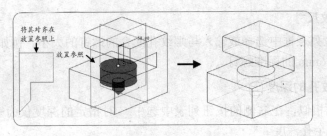

图4-16 截面线段与参照平面对齐

(4) 在放置参照放置草绘截面时，还可以在 放置 上滑面板中单击 反向 按钮调整孔的生成方向，如图 4-17 所示。

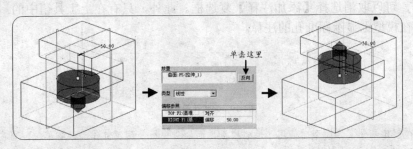

图4-17 调整方向

> 草绘孔的所有定形尺寸在绘制孔剖面时决定，在放置孔特征的过程中不能变更，如果要修改其尺寸参数，可以单击 按钮再次进入二维草绘界面中修改。

二、 设置放置参照

草绘孔的形状和大小在草绘时已经决定，因此只需设置定位参数放置该剖面即可创建孔特征。在基础实体特征上设置放置参照放置草绘孔的方法和创建直孔时类似，不再赘述。

4.2.3 创建标准孔

标准孔是具有标准结构、形状和尺寸的孔，例如螺纹孔等。在图标板上单击 按钮后，其上的内容如图 4-18 所示，这时可以使用图标板上的设计工具创建标准螺纹孔。

图4-18 标准孔设计图标板

一、 标准孔的螺纹类型

在图标板的第 1 个下拉列表框中可以设置不同的螺纹类型。

- 【ISO】：标准螺纹，我国通用的标准螺纹。
- 【UNC】：粗牙螺纹，用于要求快速装拆或容易产生腐蚀和轻微损伤的部位。
- 【UNF】：细牙螺纹，用于外螺纹和相配的内螺纹的脱扣强度高于外螺纹零件的抗拉承载能力，或短旋合长度、小螺旋升角以及壁厚要求细牙螺距等场合。

二、 确定螺纹尺寸

在第 2 个下拉列表框中选择或输入与螺纹孔配合的螺钉的大小。例如 M64×6 表示外径为 64mm，螺距为 6mm 的标准螺钉。

三、 设置螺纹孔的深度

与创建简单孔相似，在右侧的按钮列表中选中 ∪ 时指定的深度仅为空间深度；选中 ∪ 时，指定的深度为全孔深度。

四、 标准孔的注释

单击图标板上的 注释 按钮，将显示该螺纹孔的注释，如图 4-19 所示。如果不希望在模型上显示注释，可以取消选择【添加注释】复选框。此外，只有在上工具箱中的 按钮被按下时，才会在模型上显示标准孔的注释。

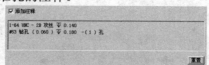

图4-19　螺纹孔的注释

 如果在创建基础实体模型时使用了缺省模板，而缺省模板使用英寸作为缺省单位，当在创建 ISO 标准螺纹孔时，由于这种螺纹孔采用毫米（mm）作为缺省单位，二者单位不匹配，这样创建的螺纹孔会太小，甚至看不见。

五、 创建螺纹孔时单位的设置

可以通过以下两种方法在创建螺纹孔时设置单位。

(1) 在创建基础实体特征时设置单位。

在新建基础实体特征时，在【新建】对话框中取消选择【使用缺省模板】复选框，则不使用缺省模板，如图 4-20 所示。

单击对话框上的 确定 按钮后，在如图 4-21 所示的【新文件选项】对话框中选择 "mmns_part_solid" 选项，采用 "毫米牛顿秒" 单位制，此时使用毫米作为长度单位，使用牛顿作为质量单位，使用秒作为时间单位。如果选择 "inlbs_part_solid" 选项则采用 "英寸磅秒" 单位制。

图4-20　【新建】对话框

图4-21　【新文件选项】对话框

(2) 对现有模型进行单位转换。

如果已经使用其他单位制（例如 "英寸磅秒" 单位制）创建完成基础实体特征，在创建标准孔之前还可以对模型进行单位转换。

选择【编辑】/【设置】命令，打开【零件设置】菜单，选择其中的【单位】选项，打开【单位管理器】对话框，选中"毫米千克秒（mmKs）"选项，如图 4-22 所示，将当前的单位制设置为"毫米千克秒"，随后打开【改变模型单位】对话框，如图 4-23 所示，其中两个单选按钮的含义如下。

- 【转换尺寸】：将原尺寸值按照比例换算为现在单位对应的尺寸值。例如 1 英寸换算为 25.4 毫米。
- 【解译尺寸】：不进行单位换算，在保持尺寸值不变的条件下，直接将原单位修正为现在的单位，例如将原来的 1 英寸修正为 1 毫米。

图4-22 【单位管理器】对话框

图4-23 【改变模型单位】对话框

4.2.4 应用实例——创建孔特征

下面结合实例介绍孔特征的设计方法和技巧。

1. 打开文件。

打开教学资源文件 "\第 4 章\素材\hole.prt"，该文件相应的模型如图 4-24 所示。下面继续在模型上创建孔特征。

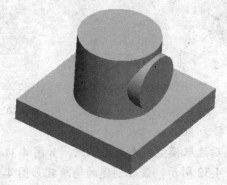

图4-24 模型

2. 创建草绘孔。

(1) 在右工具箱中单击 按钮，打开孔设计图标板，单击 按钮创建草绘孔。

(2) 单击 按钮进入草绘模式，绘制如图 4-25 所示的截面图，完成后退出。

(3) 在图标板上单击 按钮，打开参数面板，选取如图 4-26 所示的模型顶面作为放置参照1。

(4) 按住 Ctrl 键，继续选取如图 4-26 所示的轴线作为放置参照2。图 4-27 所示为设置完成后的参数面板。最后创建的草绘孔如图 4-28 所示。

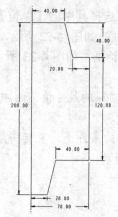

图4-25　草绘截面

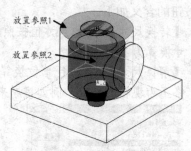

图4-26　选取参照

图4-27　【放置】参数面板

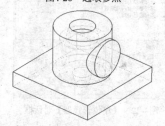

图4-28　草绘孔特征

3.　创建简单孔。

(1)　在右工具箱中单击 按钮打开孔特征图标板。

(2)　在图标板上单击 按钮打开参数面板，选取如图 4-29 所示的平面作为放置参照 1，按住 Ctrl 键继续选取如图 4-29 所示的轴线作为放置参照 2。参数面板的内容如图 4-30 所示。

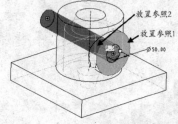

图4-29　选取参照

图4-30　【放置】参数面板

(3)　在图标板上设置孔的直径为 50.00。

(4)　指定深度方式为 ，然后选取模型内表面为参照，如图 4-31 所示。

(5)　设置完毕后的参数如图 4-32 所示，最后创建的简单孔如图 4-33 所示。

图4-31　选取深度参照

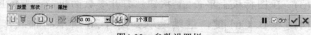

图4-32　参数设置栏

4.　创建标准孔。

(1)　在右工具箱中单击 ⊺ 按钮打开孔特征图标板，单击 按钮创建标准孔。

(2)　在图标板上单击 放置 按钮打开参数面板，选取如图 4-34 所示的平面作为放置参照。

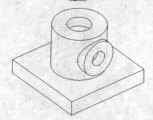

图4-33　简单孔特征

图4-34　选取参照

(3)　在【类型】下拉列表中选择【径向】选项。

(4)　单击激活【偏移参照】文本框，如图 4-35 所示，选其第 1 个偏移参照，然后按照如图 4-36 所示设置其他参数。

(5)　按照如图 4-37 所示，选其第 2 个偏移参照，然后按照如图 4-38 所示设置其他参数。

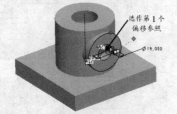

图4-35　偏移参照 1

图4-36　参数设置

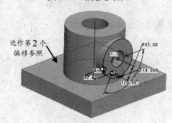

图4-37　偏移参照 2

图4-38　参数设置

(6)　在图标板上设置螺钉尺寸为 M12×1。

(7)　设置螺钉长度为 40.00。

(8)　设置完毕后的参数如图 4-39 所示，最后创建的标准孔如图 4-40 所示。

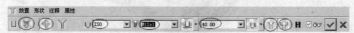

图4-39　参数设置栏

图4-40　标准孔特征

Pro/ENGINEER 中文野火版 4.0 基础教程

5. 创建简单孔。

(1) 在右工具箱中单击 按钮打开孔特征图标板。

(2) 在图标板上单击 按钮打开参数面板，选取如图 4-41 所示的平面作为放置参照。

图4-41 放置参照

图4-42 偏移参照

(3) 激活【偏移参照】文本框，如图 4-42 所示选取第 1 个偏移参照，按如图 4-43 所示设置偏移参数。

(4) 按住 Ctrl 键，如图 4-42 所示选取第 2 个偏移参照，按如图 4-44 所示设置偏移参数。

图4-43 参数设置1

图4-44 参数设置2

(5) 按照如图 4-45 所示设置其他参数，最后创建的结果如图 4-46 所示。

图4-45 参数设置栏

图4-46 简单孔

4.3 创建倒圆角特征

使用圆角代替零件上的棱边可以使模型表面的过渡更加光滑、自然，增加产品造型的美感。在创建基础实体特征之后，在右工具箱中单击 按钮，可以选中圆角设计工具。

4.3.1 基本概念

在介绍圆角创建方法前，先说明几个基本概念。

一、 倒圆角集

倒圆角集是倒圆角特征的结构单位，是在一次定义中创建的圆角总和。一个倒圆角特征包含一个或多个倒圆角集，一个圆角集包含一个或多个圆角段。

二、 倒圆角段

倒圆角段是由唯一属性、单一几何参照（例如一条边线、一条边链等）以及一个或多个半径参数所指定的一段圆角结构，如图 4-47 所示。图 4-48 所示为一个倒圆角集，分别在模型上选取了 3 条边线作为倒圆角特征的放置参照，该圆角集由 3 个圆角段组成。

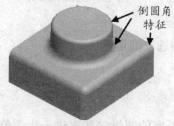

图4-47　倒圆角特征

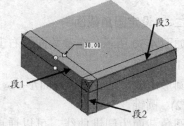

图4-48　倒圆角集

 将不同参数的圆角放置到不同的圆角集中不但方便了对圆角特征的编辑和管理，也简化了设计操作步骤。在软件的以前版本中，要创建不同参数的圆角，需要分别创建多个特征来实现，不但增加了模型上的特征数量，而且操作过程冗长繁复。因此，读者在创建圆角特征时，最好根据圆角参数的不同创建多个圆角集，最后再生成该倒圆角特征。

4.3.2 创建倒圆角特征的基本步骤

在图标板上单击 设置 按钮打开上滑参数面板，如图 4-49 所示。下面详细设计倒圆角特征的基本参数。

 如果仅仅创建较简单的圆角，只需选中放置倒圆角特征的边线（被选中的边线将用红色加亮显示），然后在图标板上的文本框中输入圆角值即可。如果需要在多个边线处创建圆角，在选取其他边线时按住 Crtl 键，所有边线处将放置相同半径的圆角。

一、 创建倒圆角集

一个倒圆角特征由一个或多个倒圆角集组成，因此创建倒圆角特征的第 1 步工作就是创建第 1 个倒圆角集，在上滑参数面板左上角为倒圆角集列表，其中【设置 1】即为第 1 个倒圆角集，如图 4-49 所示。单击【新组】选项可以创建一个新的倒圆角集。

在选定的圆角集上单击鼠标右键，在弹出的快捷菜单中选择【添加】命令也可以创建新的倒圆角集，选择【删除】命令可以删除选定的倒圆角集。

图4-49 上滑参数面板

图4-50 选取圆角形状

二、 设定圆角截面

如图 4-50 所示，在参数面板右上角的下拉列表中选取圆角形状。

(1) 圆形。

圆形为最常见的圆角截面形状，截面为标准圆形。

(2) 圆锥。

圆角截面为圆锥曲线，可以通过设置控制圆锥锐度的圆锥参数来进一步调整圆角的形状。圆锥参数范围从 0.05 到 0.95，其值越小，则圆锥曲线越平缓；其值越大，则圆锥曲线曲度越大。圆锥参数在参数面板顶部第二个下拉列表中设置。

(3) D1×D2 圆锥。

通过指定参数 D1 和 D2 来创建非对称形状的锥形圆角，同时也可以通过圆锥参数来调整曲线的弯曲程度。

图 4-51 所示为 3 种截面形状的圆角示例。

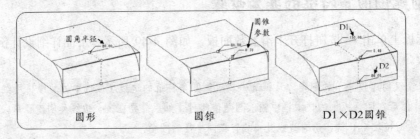

图4-51 圆角示例

三、 指定圆角放置参照

设置了圆角形状参数后，接下来在模型上选取边线或指定曲面、曲线作为圆角特征的放置参照。这里首先介绍选取边线作为圆角放置参照的方法。

(1) 为每一条边线创建一个倒圆角集。

在选取实体上的边线时，如果每次选取一条边线，系统会为每一条边线创建一个倒圆角集，如图 4-52 所示。

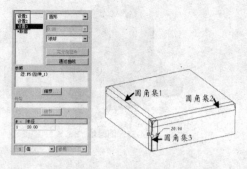

图4-52　一条边线创建倒圆角集

(2)　选取多条边线创建一个倒圆角集。

如果在选取边线的同时按住 $\boxed{\text{Ctrl}}$ 键，则将选取的所有边线作为一个圆角集的放置参照，并为这些边线处的圆角设置相同的圆角参数，如图 4-53 所示。

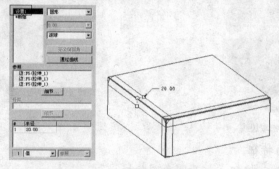

图4-53　多条边线创建倒圆角集

(3)　使用相切链创建圆角。

如果模型上存在各边线首尾顺序相切的边链，还可以一次选中整个边链作为圆角的放置参照。任意选取相切链的一条边线，即可选中整个边链来放置圆角特征，如图 4-54 所示。

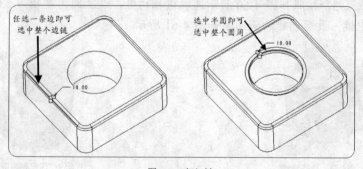

图4-54　相切链

4.3.3 应用实例——创建倒圆角特征

下面结合实例说明倒圆角特征的设计技巧。

1.　打开文件。

在进行该实例之前，首先打开教学资源文件"\第 4 章\素材\round.prt"，该文件相应的模型如图 4-55 所示。

图4-55 倒圆角

2. 创建第 1 个圆角特征。

(1) 在右工具箱中单击 按钮，打开圆角图标板。

(2) 按住 Ctrl 键选取如图 4-56 所示的边线（共 6 处），设置圆角半径为 40.00。

(3) 单击鼠标中键创建第一个圆角特征，结果如图 4-57 所示。

图4-56 选取边线

图4-57 圆角特征 1

3. 创建第 2 个倒圆角特征。

(1) 在右工具箱中单击 按钮，打开圆角图标板。

(2) 按住 Ctrl 键选取如图 4-58 所示的边线（共 3 处），设置圆角半径为 20.00。

(3) 单击 设置 按钮打开上滑参数面板，单击【新组】选项创建设置2。

(4) 按照如图 4-59 所示选取该相切链，设置圆角半径为 15.00。

(5) 继续创建设置3，按照如图 4-60 所示选取该相切链，设置圆角半径为 5.00。

(6) 单击鼠标中键，最后创建的倒圆角如图 4-61 所示。

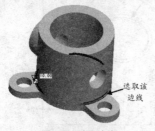

图4-58 选取边线

图4-59 选取相切链 1

图4-60 选取相切链 2

图4-61 圆角特征 2

4. 创建第 3 个倒圆角特征。

(1) 在右工具箱中单击 按钮，打开圆角图标板。

(2) 按住 Ctrl 键选取如图 4-62 所示的两个曲面，设置圆角半径为 30.00。

(3) 单击 设置 按钮打开上滑参数面板，单击【新组】选项创建设置 2。

(4) 选取如图 4-63 所示的边线作为参照，设置圆角半径为 10.00。

(5) 继续创建设置 3，选取如图 4-64 所示的边线作为参照，设置圆角半径为 5.00。

(6) 继续创建设置 4，选取如图 4-65 所示的边线作为参照，设置圆角半径为 3.00。

(7) 继续创建设置 5，选取如图 4-66 所示的边线作为参照，设置圆角半径为 12.00。

(8) 继续创建设置 6，选取如图 4-67 所示的边线作为参照，设置圆角半径为 6.00。

(9) 单击鼠标中键，最后创建的倒圆角如图 4-68 所示。

图4-62 选取面   图4-63 选取边线 1

图4-64 选取边线 2   图4-65 选取边线 3

图4-66 选取边线 4   图4-67 选取边线 5   图4-68 圆角特征 3

4.4 创建倒角特征

倒角特征可以对模型的实体边或拐角进行斜切削加工。例如，在机械零件设计中，为了方便零件的装配，在如图 4-69 所示的轴和孔的端面进行倒角加工。

创建基础实体特征之后，选择【插入】/【倒角】命令或在右工具箱中单击 按钮，都可以选取倒角设计工具。

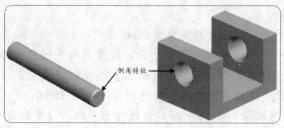

图4-69 轴和孔的倒角

4.4.1 创建边倒角特征

选择【插入】/【倒角】/【边倒角】命令或单击右工具箱中的 按钮，系统打开边倒角图标板。边倒角的创建原理和倒圆角相似，选取参照边线来创建倒角集。

一、 边倒角特征的参照类型

选取放置倒角的参照边后，将在与该边相邻的两曲面间创建边倒角特征。在图标板上的第 1 个下拉列表框中提供了以下 4 种边倒角创建方法。

- 【D×D】：在两曲面上距参照边距离为 D 处创建边倒角特征。
- 【D1×D2】：在一个曲面上距参照边距离为 D1，在另一个曲面上距参照边距离为 D2 处创建边倒角特征。
- 【角度×D】：在一个曲面上距参照边距离为 D 同时与另一曲面成指定角度创建边倒角特征。
- 【45×D】：与曲面成 45° 角且在两曲面上与参照边距离为 D 处创建边倒角特征。

图 4-70 所示为 4 种边倒角样式的示例。

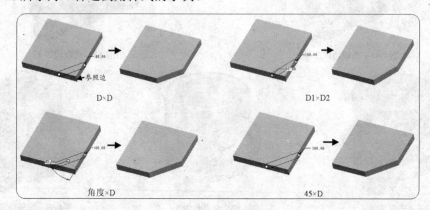

图4-70 4 种边倒角样式示例

虽然【D×D】方式创建的边倒角效果和使用【45×D】方式一样，但是后者仅能在两垂直表面之间创建边倒角特征，而前者还可以在非垂直表面之间创建边倒角特征。使用【D1×D2】和【角度×D】方式也可以在非垂直表面间创建边倒角特征。

二、 倒角集的使用

在图标板中单击 按钮后，系统弹出上滑参数面板创建倒角集。如果要在模型上创建多组不同参数的边倒角，可以分别为其设置不同的倒角集，然后在一个特征创建过程中生成，简单快捷。

与创建倒圆角特征相似，参数面板上列出了当前已经创建的倒角集，每个倒角集包含一组特定倒角参照和特定几何参数。在设计时，可以选中某一倒角集并重新编辑其参数。

如果每次选取单个边参照，系统将分别为每一边参照创建一个倒角集；如果按住 Ctrl 键选取多个边，系统将为这一组边创建一个倒角集；如果选取一条边后，按住 Shift 键，再选取另一条边，系统将选取包含这两条边线的整个封闭边链作为倒角参照，并创建一个倒角集。

4.4.2 创建拐角倒角特征

创建基础实体特征后，选择【插入】/【倒角】/【拐角倒角】命令，可以创建拐角倒角特征，拐角倒角使用实体顶点作为倒角的放置参照。

创建拐角倒角时，选取第 1 条边线确定倒角顶点后，系统将该边线加亮为红色，同时弹出如图 4-71 所示的【选出/输入】菜单，该菜单提供了以下两种输入倒角尺寸的方法。

- 选出点：直接在边线上选出一个参考点作为尺寸参照。
- 输入：通过系统的文本框输入边线长度作为倒角尺寸。

当选取第 1 条边线确定倒角顶点后，再通过【选出点】或者【输入】的方式在该边线上确定一个参照点或长度尺寸。然后系统会加亮该顶角的另一条边线（边线为深黑色），并提示用户在该边线上设置参照或输入尺寸，如图 4-72 所示。直到在一个顶点的 3 条边线上都设置了参照或长度尺寸为止，即可创建该拐角倒角特征。

图4-71 【选出/输入】菜单

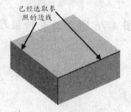
图4-72 确定参照

在 Pro/E 中，系统常常使用加亮边线（加深边线的颜色）的方法来重点强调实体上的部分图元，这时需要使用渲染模型才能看清这些突出显示的图元。另外，系统常常使用红色网格平面强调当前比较重要的设计参照，例如参考平面、拔模面以及壳特征上移除的曲面等，这些平面在线框模型上也能看清。

如果在【选出/输入】菜单中选择【输入】选项，系统将打开输入信息框要求输入在选定的边线上顶角到参照点的距离数值。在实际设计中，可以综合运用【选出点】或者【输入】方式来确定倒角尺寸。

4.4.3 应用实例——创建倒角特征

下面结合实例说明倒角特征的创建原理和技巧。

1. 创建旋转实体特征。
(1) 新建名为 "Cross_pipe" 的零件文件。
(2) 选择基准平面 TOP 作为草绘平面，接受其他缺省参照进入二维草绘模式。
(3) 绘制如图 4-73 所示的剖面图，完成后退出二维草绘模式。

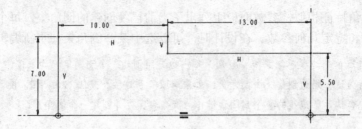

图4-73　草绘剖面图

(4)　在图标板中接受默认参数设置，最后创建如图 4-74 所示的旋转实体特征。

2.　创建拉伸特征。

(1)　在右工具箱中单击 ⬚ 按钮打开设计图标板。

(2)　选择基准平面 FRONT 作为草绘平面，接受其他缺省参照进入二维草绘模式。

(3)　在草绘平面内绘制如图 4-75 所示的剖面图形，完成后退出二维草绘模式。

图4-74　旋转实体特征

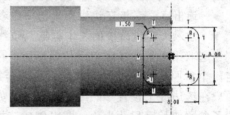

图4-75　绘制草绘剖面图

(4)　按照如图 4-76 所示设置特征参数，最后创建的拉伸实体特征如图 4-77 所示。

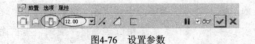

图4-76　设置参数

图4-77　创建拉伸实体特征

3.　创建基准轴 A_2。

(1)　在右工具箱中单击 ✎ 按钮打开【基准轴】对话框。

(2)　选取基准平面 TOP 和 RIGHT 作为基准轴线的放置参照（选择时按住 Ctrl 键），创建经过两个基准平面交线的基准轴线 A_3，如图 4-78 所示。

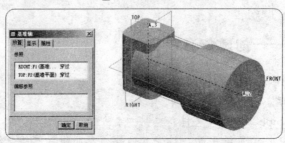

图4-78　创建基准轴线

4. 旋转复制特征。

(1) 选择【编辑】/【特征操作】命令，在【特征】菜单中选择【复制】选项，在随后弹出的菜单中分别选择【移动】、【选取】、【独立】和【完成】选项。

(2) 在【选取特征】菜单中选择【选取】选项，按住 Ctrl 键在模型树窗口中选取前面已经创建的旋转实体特征和拉伸实体特征后，在【选取特征】菜单中选择【完成】选项。

(3) 在【移动特征】菜单中选择【旋转】选项，在弹出的【选取方向】菜单中选择【曲线/边/轴】选项，随后在模型树窗口选择前一步创建的基准轴线 A_3 作为旋转参照。

(4) 在弹出的【方向】菜单中选择【正向】选项。

(5) 在输入文本框中输入旋转角度 "90.00"。

(6) 在【移动特征】菜单中选择【完成移动】选项，在【组可变尺寸】菜单中选择【完成】选项。

(7) 单击【组元素】对话框中的 确定 按钮，最后的结果如图 4-79 所示。

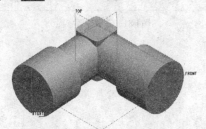

图4-79　旋转复制特征 1

(8) 继续在【特征】菜单中选择【复制】选项，在随后弹出的菜单中分别选择【移动】、【选取】、【独立】和【完成】选项。

(9) 在【选取特征】菜单中选择【选取】选项，按住 Ctrl 键在模型树窗口中选取旋转实体特征、拉伸实体特征上一步已经镜像复制创建的组特征，然后在【选取特征】菜单中选择【完成】选项。

(10) 在【移动特征】菜单中选择【旋转】选项，在弹出的【选取方向】菜单中选择【曲线/边/轴】选项，随后在模型树窗口选择上一步创建的基准轴线 A_3 作为旋转参照。

(11) 在弹出的【方向】菜单中选择【正向】选项。

(12) 在输入文本框中输入旋转角度 "180.00"。

(13) 在【移动特征】菜单中选择【完成移动】选项，在【组可变尺寸】菜单中选择【完成】选项。

(14) 单击【组元素】对话框中的 确定 按钮，最后的结果如图 4-80 所示。

(15) 在【特征】菜单中选择【完成】选项。

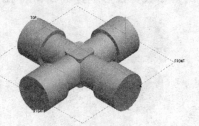

图4-80　旋转复制特征 2

Pro/ENGINEER 中文野火版 4.0 基础教程

 这里也可以采用特征阵列以及镜像复制等方法来创建模型上的对称结构，请读者学习下一章的内容后尝试该设计操作。

5. 创建孔特征。

(1) 在右工具箱中单击 按钮，打开设计图标板。

(2) 在图标板中单击 放置 按钮，按住 Ctrl 键选取如图 4-81 所示的轴线和平面作为孔的放置参照，其他参数设置如图 4-82 所示，最后的结果如图 4-83 所示。

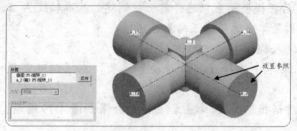

图4-81 选取放置参照

图4-82 参数设置

图4-83 孔特征

(3) 使用同样的方法选取如图 4-84 所示的参照创建孔特征，参数设置如图 4-82 所示。设计结果如图 4-85 所示。

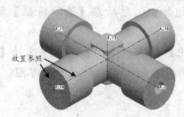

图4-84 设置放置参照

图4-85 创建孔特征

6. 创建倒角特征。

(1) 在右工具箱中单击 按钮打开设计图标板，选择倒角样式为【角度×D】，选取如图 4-86 所示的边线 1 作为倒角边（按住 Ctrl 键同时选中对称位置的其余 3 条边线），按照如图 4-87 所示设置倒角参数，最后创建的倒角特征如图 4-88 所示。

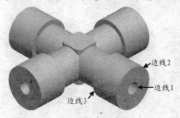

图4-86 选取倒角边

图4-87 设置参数

图4-88 创建倒角特征1

(2) 使用类似的方法创建第 2 个倒角特征。选择倒角样式为【45×D】,选取如图 4-145 所示的曲线 2 和曲线 3 为倒角边(按住 Ctrl 键同时选中对称位置的其余 6 条边线),设置倒角 D 尺寸为 "1.50"。最后生成如图 4-89 所示的倒角特征。

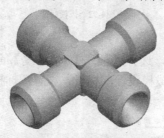

图4-89 创建倒角特征2

7. 创建倒圆角特征。

(1) 在右工具箱中单击 按钮,打开设计图标板。

(2) 按住 Ctrl 键选取如图 4-90 所示的 4 条曲线作为倒圆角特征的放置参照,设置倒圆角半径为 2.0,最终的设计结果如图 4-91 所示。

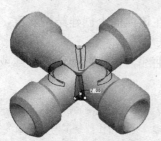

图4-90 选取放置参照

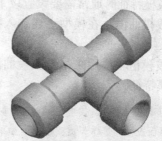

图4-91 倒圆角结果

4.5 创建其他工程特征

下面介绍其他几种在生产中广泛应用的工程特征的创建方法。

4.5.1 拔模特征

拔模特征是一种在模型表面上引入的结构斜度,用于将实体模型上的圆柱面或平面转换为斜面,这类似于铸件上为方便起模而添加拔模斜度后的表面,如图 4-92 所示。

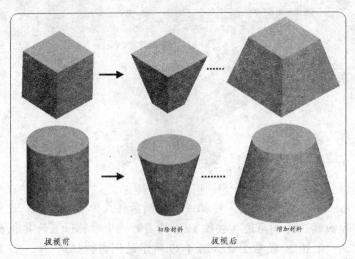

图4-92　拔模特征

一、　设计工具

在创建基础实体特征以后，选择【插入】/【斜度】命令，或在右工具箱中单击 按钮，系统打开如图 4-93 所示的拔模设计图标板，设置图标板上的参数创建拔模特征。

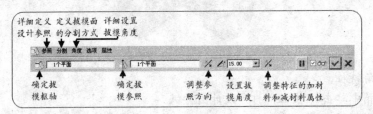

图4-93　拔模设计图标板 。

创建拔模特征时通常需要设置以下 4 个基本要素。

(1)　拔模曲面：在模型上要加入拔模特征的曲面，在该曲面上创建结构斜度，简称拔模面。

(2)　拔模枢轴：用来指定拔模曲面上的中性直线或曲线，拔模曲面绕该直线或曲线旋转生成拔模特征。

从创建原理上讲，拔模特征可以看做是拔模曲面绕某直线或曲线转过一定角度后生成的。通常选取平面或曲线链作为拔模枢轴，如果选取平面作为拔模枢轴，拔模曲面围绕其与该平面的交线旋转生成拔模特征。

(3)　拔模角度：拔模曲面绕由拔模枢轴所确定的直线或曲线转过的角度，该角度决定了拔模特征中结构斜度的大小。拔模角度的取值范围为-30°～30°，并且该角度的方向可调。调整角度的方向可以决定在创建拔模特征时，是在模型上添加材料还是去除材料。

(4)　拖动方向：用来指定测量拔模角度所用的方向参照。选取平面为拔模枢轴时，拖动方向将垂直于该平面。系统使用箭头标示拖动方向的正向，设计时可以根据需要调整其正向的指向。可以选取平面、实体边、基准轴或者坐标系作为决定拖动方向的参照。

在模具设计中，拖动方向通常为模具开模的方向。

图 4-94 所示为拔模原理示意图。

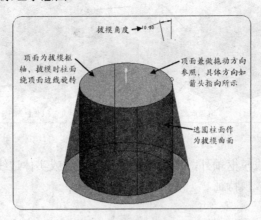

图4-94　拔模原理示意图

启动拔模工具后，在图标板顶部单击 参照 按钮打开如图 4-95 所示的上滑参数面板，在这里设置 3 个参数确定拔模参照。

图4-95　上滑参数面板

二、 选择拔模曲面

激活【拔模曲面】列表框选取拔模曲面。然后选取曲面作为拔模曲面，如果需要同时在多个曲面上创建拔模特征，可以按住 Ctrl 键并依次选取其他拔模曲面，如图 4-96 所示

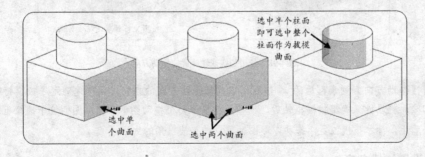

图4-96　选取拔模曲面

三、 确定拔模枢轴

选取了拔模曲面后，接着在如图 4-95 所示的参照面板中激活【拔模枢轴】列表框来选取拔模枢轴，可选取实体边线或平面作为拔模枢轴。

拔模枢轴用来确定拔模时拔模曲面转动的轴线。如果选取平面作为拔模枢轴，此时该平面（或平面延展后）与拔模曲面的交线即是拔模曲面转动的轴线，如图 4-97 所示。

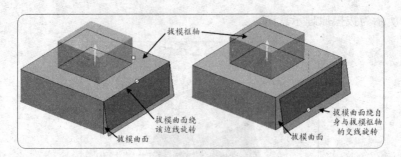

图4-97　选取拔模枢轴

除了使用平面作为拔模枢轴外，也可以直接选取曲线或实体边线作为拔模枢轴，拔模曲面将绕该边线旋转创建拔模特征。

四、　确定拖动方向

激活拔模参照面板中的【拖动方向】列表框，选取适当的平面、边线或轴线参照来确定拖动方向，单击列表框右侧的 反向 按钮可以调整拖动方向的指向。

能够充当拖动方向参照的对象主要有以下 3 种。

(1)　平面：平面的法线方向为拖动方向。如果选取平面作为拔模枢轴，系统将自动使用该平面来确定拖动方向，并使用一个黄色箭头指示拖动方向的正向。

(2)　边线或轴线：轴线或边线的方向即为拖动方向。

(3)　指定的坐标轴：拖动方向沿着坐标轴的指向。

使用边线或轴线确定拖动方向的示例如图 4-98 所示。

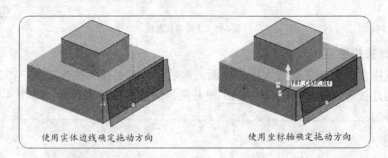

图4-98　使用边线或轴线确定拖动方向

 单击【拖动方向】列表框后的 ╱ 按钮可以反转拖动方向的指向，间接地确定了拔模特征的加材料或切减材料属性。确定拔模枢轴后，模型上将显示两个拖动图柄：圆形图柄位于拔模枢轴或拔模曲面轮廓上，标示拔模位置；拖动方形图柄可以调整拔模角的大小。

五、　设置拔模角度

在正确设置了拔模参照后，如果创建基本拔模特征，可以直接在图标板上设置拔模角度；如果创建可变拔模特征，则需要单击图标板上的 角度 按钮打开参数面板来详细编辑拔模角度。具体设计过程与创建可变圆角类似。

当正确设置了拔模参照后，在图标板上以及模型上都将出现拔模角度的相关图示，对于创建基本拔模特征，只需要设置需要的拔模角度即可。

注意拔模角度的取值范围为-30°~30°，不要超出该数值范围。此外，单击图标板上【拔模角度】列表框右侧的 ✕ 按钮可以反转拔模角度，其实际效果与单击【拔模枢轴】列表框右侧的 ✕ 按钮来反转拖动方向类似，主要用于改变拔模特征的加材料或切减材料属性。

4.5.2 创建壳特征

壳特征是一种应用广泛的放置实体特征，这种特征通过挖去实体特征的内部材料，获得均匀的薄壁结构。由壳特征创建的模型具有较少的材料消耗和较轻的重量，常用于创建各种薄壳结构和各种壳体容器等。图 4-99 所示为以壳特征为主体结构的模型外壳。

图4-99 壳特征

一、 壳设计工具

在创建基础实体特征之后，选择【插入】/【壳】命令或在右工具箱中单击 按钮，都可以选中壳设计工具，打开如图 4-100 所示的图标板。

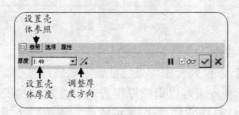

图4-100 壳设计图标板

二、 设置壳体参照

单击图标板上的 按钮，系统弹出如图 4-101 所示的放置参数面板。在该参数面板中包含以下两项参数设置。

图4-101 放置参数面板

(1) 移除的曲面：用来选取创建壳特征时在实体上删除的曲面。激活该列表框后，可以在实体表面选取一个或多个移除曲面，如果需要选取多个实体表面作为移除表面，则应该按住 Ctrl 键。

图 4-102 所示为各种移除曲面的示例。

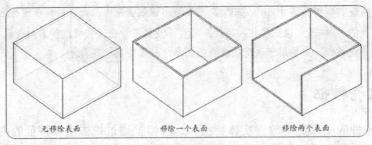

图4-102 移除曲面示例

（2）非缺省厚度：用于选取要为其指定不同厚度的曲面，然后分别为这些曲面单独指定厚度值，如图 4-103 所示。其余曲面将统一使用缺省厚度，缺省厚度值在图标板上的厚度文本框中设定。

在如图 4-101 所示的面板中激活【非缺省厚度】列表框后，选取需要设置非缺省厚度的表面并依次为其设置厚度即可。选择多个曲面时需要按住 Ctrl 键。

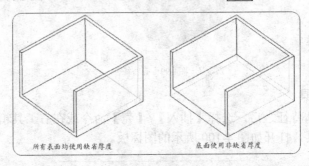

图4-103 非缺省厚度

三、 设定壳体缺省厚度

在图标板上的【厚度】下拉列表中为壳特征输入缺省厚度值。

单击下拉列表旁边的 ⁄ 按钮可以调整厚度方向。在默认情况下，将在模型上保留指定厚度的材料，然后将其余材料掏空，单击 ⁄ 按钮后，将把整个模型对应的实体材料掏空，然后在外围添加指定厚度的材料，如图 4-104 所示。

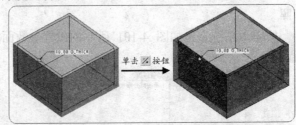

图4-104 设定壳体缺省厚度

四、 特征创建顺序对设计的影响

至此，我们已经介绍了孔特征、倒圆角特征、拔模特征以及壳特征等多种放置实体特征，在三维建模时必须注意在基础实体特征上添加这些特征的顺序。即使在同一个模型上添加同一组放置实体特征，但是由于特征添加的先后顺序不同，最后的生成结果也不尽相同。

图 4-105 所示为"先孔后壳"和"先壳后孔"的设计结果对比。

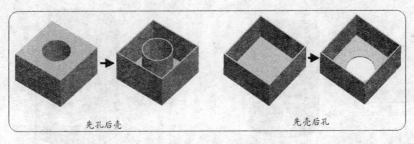

图4-105 不同特征创建顺序的设计结果

此外，不同的特征创建顺序对模型的最终质量也有较大影响，不合理的特征创建顺序可能会在最后模型上留下潜在的设计缺陷。一般来说，壳体特征应该安排在倒圆角特征和拔模特征等之后创建，否则容易在模型上产生壳体壁厚不均的缺陷。请对比图 4-106 中不同特征创建顺序对设计结果的影响。

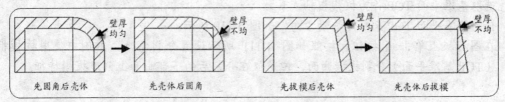

图4-106 不同特征创建顺序对设计结果的影响

4.5.3 应用实例——创建拔模特征和壳特征

下面通过一个完整实例来说明拔模特征和壳特征的设计方法。

1. 新建名为 "vase" 的零件文件，随后进入三维设计环境。
2. 创建拉伸实体特征。
(1) 在右工具箱中单击 按钮打开设计图标板。
(2) 选取基准平面 TOP 作为草绘平面。
(3) 在草绘平面绘制截面图，如图 4-107 所示。

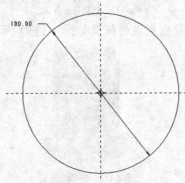

图4-107 草绘截面图

(4) 在图标板左上角单击 选项 按钮打开深度参数面板，按照如图 4-108 所示在草绘平面两侧设置不同的拉伸深度，最后生成的模型如图 4-109 所示。

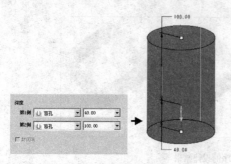

图4-108 设置参数

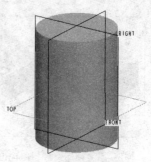

图4-109 拉伸实体特征模型

3. 创建第 1 个拔模特征。

(1) 在右工具箱中单击 按钮打开拔模设计图标板。在图标板上单击 参照 按钮，打开参数面板。

(2) 选取圆柱面作为拔模曲面（选半个柱面即可）。

(3) 选取基准平面 TOP 作为拔模枢轴。

(4) 使用基准平面 TOP 来确定拖动方向，如图 4-110 所示。

(5) 在图标板上单击 分割 按钮，按照如图 4-111 所示设置分割参数。本例中使用拔模枢轴（TOP 基准平面）分割拔模曲面，但是仅在分割后的下部曲面上创建拔模特征。

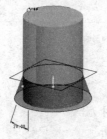

图4-110 第 1 拔模特征参照的设置

图4-111 设置分割参数

(6) 在图标板上设置拔模角度为 20.00，单击拔模角度下拉列表框旁边的 按钮，使最后创建的拔模特征为加材料属性，如图 4-112 所示。

图4-112 拔模特征参数

(7) 在图标板上单击 按钮，最后生成的模型如图 4-113 所示。

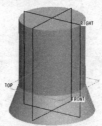

图4-113 拔模特征 1

4. 创建第 2 个拔模特征。

(1) 再次打开拔模工具。

(2) 选取圆柱面作为拔模曲面（此时需要按住 Ctrl 键选中左右两半柱面）。

(3) 选取基准平面 TOP 作为拔模枢轴。

(4) 选取基准平面 TOP 作为确定拖动方向参照，单击 反向 按钮创建加材料的拔模特征。

(5) 在图标板上单击 角度 按钮，打开角度参数面板。这里准备创建可变拔模特征，首先为如图 4-114 所示右半圆弧的 5 个参照点设置拔模角度，按照如图 4-115 所示在左半圆弧上选取 3 个参照点设置拔模角度。各参照点的基本参数如表 4-1 所示。

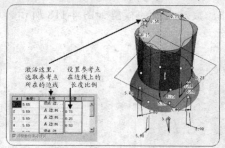

图4-114　选取右半圆弧的 5 个参照点

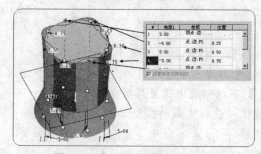

图4-115　选取左半圆弧的 3 个参照点

表 4-1　　　　　　　　　　　　各参照点处的拔模角度参数

编号	角度	点在曲线上的位置比例	
1	5.00	0	
2	−5.00	0.25	
3	5.00	0.5	右半圆弧
4	−5.00	0.75	
5	5.00	1	
6	−5.00	0.25	
7	5.00	0.5	左半圆弧
8	−5.00	0.75	

(6) 在图标板上单击 ✓ 按钮，最后生成的模型如图 4-116 所示。

图4-116　拔模特征 2

5. 创建倒圆角特征。

(1) 在右工具箱中单击 🔾 按钮，打开倒圆角图标板。

(2) 按照如图 4-117 所示分别选取两条边线创建两个倒圆角集，并为倒圆角集 1 设置圆角半径 "150.00"，为倒圆角集 2 设置圆角半径 "5.00"。

(3) 在图标板上单击 ✔ 按钮，最后生成的模型如图 4-118 所示。

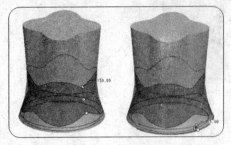

图4-117 选取边

图4-118 倒圆角特征

6. 创建壳特征。

(1) 在右工具箱中单击 🔲 按钮，打开壳特征设计图标板。

(2) 选取如图 4-119 所示的平面作为移除的曲面。

(3) 在图标板上的【厚度】下拉列表中设置厚度值为 "5.00"。

(4) 在图标板上单击 ✔ 按钮，最后生成的模型如图 4-120 所示。

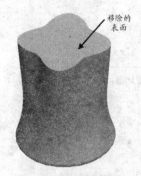

移除的表面

图4-119 选取倒圆角参照

图4-120 生成模型

7. 创建倒圆角特征。

按照如图 4-121 所示，按住 Ctrl 键选中图示边线创建半径为 "2" 的倒圆角特征，最后的设计结果如图 4-122 所示。

图4-121 选取圆角参照

图4-122 最终设计结果

4.6 实训

综合使用学过的各种特征建模方法创建如图 4-123 所示的墨水瓶模型。注意总结特征建模的基本方法和技巧，该模型的基本设计思路如图 4-124 所示。

图4-123 墨水瓶模型

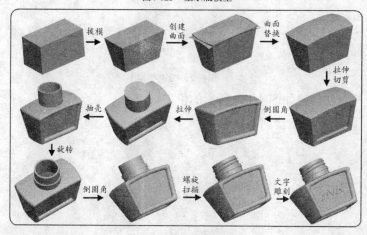

图4-124 建模过程

小结

根据 Pro/E 的建模规律，在创建基础实体特征之后，继续在模型上添加各种具有实际意义的工程特征。本章详细介绍了各种常用工程特征的设计方法，这些工程特征包括孔特征、倒圆角特征、拔模特征、壳特征和倒角特征等。在创建工程特征时，除了确定描述特征其自身形状和大小的定形参数外，更为重要的是还必须指定定位参数来确定其在基础实体特征上准确的放置位置。

孔特征是常用的工程特征之一。Pro/E 提供了直孔、草绘孔和标准孔 3 种孔类型，在设计时可以根据需要选取。在放置孔特征时，用户要掌握系统提供的 4 种放置孔特征的方法及各自的应用特点，其中【线性】、【径向】和【同轴】都比较常用。倒圆角用于消除模型上的棱角，实现模型表面间的光滑过渡。通过创建不同的圆角集可以在一个倒圆角特征中的不同边线处放置不同参数的圆角，在提高设计效率的同时也减少了特征的数量。

倒角特征与倒圆角特征有较大的相似之处，其创建方法也有诸多共同点。除了可以在边线处放置倒角特征外，还可以选取顶点作为参照创建倒角特征。拔模特征用于在模型上加入斜度结构，必须深刻理解拔模特征的 4 个基本设计要素的含义与设计方法。此外，还应该掌握获得加材料和减材料拔模特征的方法。壳特征用来创建中空的薄壁结构。要特别注意壳特征通常安排在拔模特征、倒圆角以及倒角特征之后进行。

思考与练习

1. 使用实体建模方法创建如图 4-125 所示的模型。

图4-125 实体模型 1

2. 使用实体建模方法创建如图 4-126 所示的模型。

图4-126 实体模型 2

第 **5** 章

特征的阵列、复制和编辑

在 Pro/E 中，特征是模型的基本组成单位，一个三维模型由为数众多的特征按照设计顺序以搭积木方式"拼装"而成，这样创建的实体模型具有清晰的结构。同时，特征又是模型操作的基本操作单位，在模型上选取特定特征后，可以使用阵列、复制等方法，可以为其创建副本，还可以使用修改、重定义等操作来修改和完善设计中的缺陷。

学习目标

- 掌握特征阵列的基本方法与技巧。
- 掌握特征复制的基本方法与技巧。
- 明确特征之间的主从关系及其应用。
- 掌握特征的编辑和重定义方法的用法和用途。

5.1 特征阵列

在特征建模中，有时候需要在模型上创建多个相同结构的特征，而这些特征在模型特定位置上规则整齐地排列，这时可以使用特征阵列的方法，例如电话上整齐排列的按键、风扇上整齐排列的叶片等。特征阵列是指将一定数量的对象按照规则有序的格式进行排列，常用于快速、准确地创建数量较多、排列规则且形状相近的一组结构。

5.1.1 特征阵列综述

通过阵列的方法可以轻松创建选定特征的多个实例，可以大大提高设计效率。在进行阵列之前，首先创建一个阵列对象，我们称之为原始特征，然后根据原始特征创建一组副本特征，也就是原始特征的一组实例特征。

一、 阵列的特点

归纳起来，阵列操作具有以下特点。

(1) 特征阵列使用特征复制的方法来创建新特征，操作简便。

(2) 特征阵列受阵列参数控制，通过改变阵列参数（例如实例总数、实例之间的间距

Pro/ENGINEER 中文野火版 4.0 基础教程

以及原始特征的尺寸等）可方便地修改阵列结果。

(3) 特征阵列间包含了严格的约束关系，修改原始特征后，系统自动更新整个阵列。

(4) 阵列特征及其实例通常被作为一个整体进行操作，对包含在一个阵列中的多个特征同时执行操作，比单独操作特征更为方便和高效。

> 每次只能对一个特征进行操作阵列。如果要同时阵列多个特征，可以先使用这些特征创建一个"局部组"，然后阵列这个组。

二、 设计图标板

选中阵列对象后选择【编辑】/【阵列】命令或在右工具箱中单击 按钮都可以打开如图 5-1 所示的设计图标板。

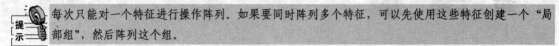

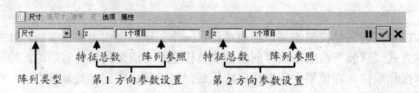

图5-1 阵列设计图标板

三、 阵列方法分类

阵列方法形式多样，根据设计参照以及操作过程的不同，系统提供了尺寸阵列、方向阵列、轴阵列、表阵列、参照阵列、填充阵列和曲线阵列 7 种类型，简介如下。

(1) 尺寸阵列：使用驱动尺寸并指定阵列尺寸增量来创建特征阵列。可以根据需要创建一维特征阵列和二维特征阵列，是最常用的特征阵列方式。

(2) 方向阵列：通过指定方向参照来创建线性阵列。

(3) 轴阵列：通过指定轴参照来创建旋转阵列或螺旋阵列。

(4) 表阵列：编辑阵列表，在阵列表中为每一阵列实例指定尺寸值来创建阵列。

(5) 参照阵列：参照一个已有的阵列来阵列选定的特征。

(6) 填充阵列：用实例特征使用特定格式来填充选定区域以创建阵列。

(7) 曲线阵列：按照选定的曲线排列阵列特征。

四、 基本概念

为了方便叙述并帮助读者理解各种阵列设计方法，先简要介绍几个相关的术语。

(1) 原始特征：选定用于阵列的特征，是阵列时的父本特征。

(2) 实例特征：根据原始特征创建的一组副本特征。

(3) 一维阵列：仅仅在一个方向上创建阵列实例的阵列方式。

(4) 多维阵列：在多个方向上同时创建阵列实例的阵列方式。

(5) 线性阵列：使用线性尺寸创建阵列，阵列后的特征成直线排列。

(6) 旋转阵列：使用角度尺寸创建阵列，阵列后的特征以指定中心成环状排列。

图 5-2 所示为一维线性阵列的示例，图 5-3 所示为二维线性阵列的示例，图 5-4 所示为一维旋转阵列的示例，图 5-5 所示为二维旋转阵列的示例。

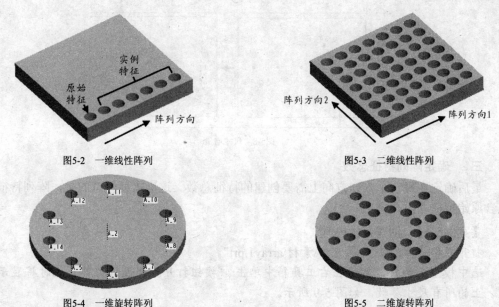

图5-2 一维线性阵列   图5-3 二维线性阵列

图5-4 一维旋转阵列   图5-5 二维旋转阵列

5.1.2 创建尺寸阵列

尺寸阵列主要选取特征上的尺寸作为阵列设计的基本参数。在创建尺寸特征之前，首先需要创建基础实体特征以及原始特征。

一、 确定驱动尺寸

在创建尺寸阵列时，必须从原始特征上选取一个或多个定形或定位尺寸作为驱动尺寸。选定驱动尺寸后，将以该尺寸的标注参照为基准，沿尺寸标注的方向创建实例特征，如图5-6所示，实例特征的生成方向总是从标注参照开始沿着尺寸标注的方向，如图 5-7 所示。

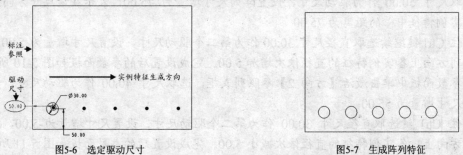

图5-6 选定驱动尺寸   图5-7 生成阵列特征

二、 确定尺寸增量

根据驱动尺寸类型的不同，尺寸增量主要有以下两种用途。

(1) 选取定位尺寸作为驱动尺寸时，尺寸增量指明各实例特征之间的间距。

(2) 选取定形尺寸作为驱动尺寸时，尺寸增量指明各实例特征上对应尺寸依次增加（或减小）量的大小。

在图 5-8 中，选取孔的定位尺寸 50.00 作为驱动尺寸，并为其设置尺寸增量 90.00，则生成的实例特征相互之间的中心距为 90.00；继续选取定形尺寸 50.00 作为另一个驱动尺寸，并为其设置尺寸增量 10.00，则生成的各实例特征的直径将依次增加 10.00。

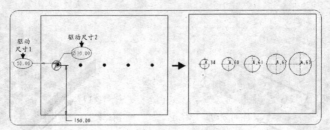

图5-8　尺寸增量

三、确定阵列特征总数

最后确定在每一个阵列方向上需要创建的特征总数。这里需要注意的是，阵列特征总数包含原始特征在内。

【案例5-1】 创建尺寸阵列。

1. 打开教学资源文件 "\第5章\素材\array1.prt"。

2. 选中模型上的孔，然后在右工具箱中单击 ▦ 按钮打开阵列设计工具。此时将显示模型上的所有尺寸参数，如图5-9所示。

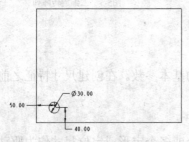

图5-9　尺寸参数

图5-10　参数面板

3. 在图标板左上角单击 尺寸 按钮打开参数面板，此时，系统激活【方向1】参照列表框，选取尺寸 50.00 作为驱动尺寸，设置阵列尺寸增量为 75.00，表示在该尺寸方向上每两个实例特征中心的距离为75.00。

4. 按住 Ctrl 键继续选取直径尺寸 30.00 作为第二个驱动尺寸，设置尺寸增量为5.00，在该阵列方向上各实例特征的直径依次增加5.00。完成设置后的参数面板如图5-10所示。

5. 在参数面板中单击激活【方向2】参照列表框，选取尺寸 40.00 作为驱动尺寸，设置阵列尺寸增量为55.00。

6. 按住 Ctrl 键选取直径尺寸 30.00 作为第二个驱动尺寸，设置尺寸增量为-5.00，在该阵列方向上，各实例特征的直径依次减小5.00。完成设置后的参数面板如图5-11所示。

图5-11　参数面板

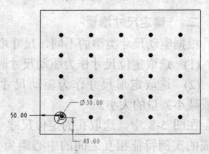

图5-12　阵列效果预览

7. 分别在图标板上设置第 1 方向和第 2 方向上的特征总数，随后系统会给出阵列效果预览，每个黑点代表一个阵列实例特征，如图 5-12 所示。设置完成的图标板如图 5-13 所示。

图5-13 阵列图标板

8. 单击鼠标中键，最后创建的阵列结果如图 5-14 所示。

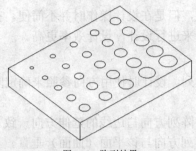

图5-14 阵列结果

 在图 5-12 中，每个小黑点代表一个实例特征，单击某个小黑点使之变成空心点，该点对应的实例特征将被删除，再次单击空心点又可变成小黑点，重新显示该实例特征，如图 5-15 所示。

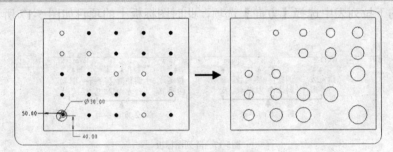

图5-15 删除和显示阵列特征

9. 在模型对话框中，单击展开阵列特征标记，其中第一个为原始特征，其余为实例特征，如图 5-16 所示。

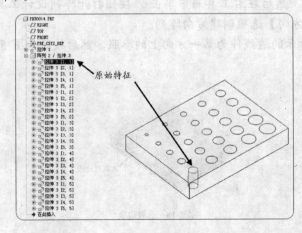

图5-16 原始特征

10. 在模型对话框中的阵列特征标记上单击鼠标右键，在弹出的快捷菜单中选择【删除阵列】命令，删除阵列实例特征。

 如果在弹出的快捷菜单中选择【删除】命令，将删除原始特征和所有阵列实例特征。

5.1.3 创建其他阵列

尺寸阵列虽然通用性很强，但是在设计操作时并不简便。在实际应用中，通常根据特征的具体情况选用以下阵列方法来进行设计，设计效率更高。

一、创建方向阵列

方向阵列用于创建线性阵列，设计时使用方向参照来确定阵列方向。可以作为方向参照的元素如下。

(1) 实体上的平直边线：阵列方向与边线的延伸方向一致。

(2) 平面或平整曲面：阵列方向与该平面（曲面）垂直。

(3) 坐标系：阵列方向与该坐标系中指定坐标轴的指向一致。

(4) 基准轴：阵列方向与该轴线的指向一致。

要创建方向阵列，在选取原始特征后，在右工具箱中单击 按钮打开设计图标板，在图标板左侧的下拉列表中选择【方向】选项，此时图标板上的项目如图 5-17 所示。

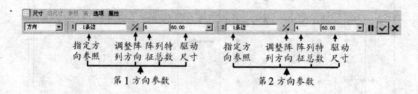

图5-17 阵列图标板

【案例5-2】 创建方向阵列。

1. 打开教学资源文件 "\第 5 章\素材\array1.prt"。

2. 选中模型上的孔，然后在右工具箱中单击 按钮打开阵列设计工具。在图标板上的下拉列表中选择【方向】选项创建方向阵列。

3. 选取如图 5-18 所示的边线作为第一方向上的参照，然后按照如图 5-19 所示输入特征总数和驱动尺寸。

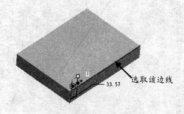

图5-18 选取边线

图5-19　设置参数

4. 在图标板左上角单击 尺寸 按钮打开参数面板，单击激活【尺寸 1】列表框，然后选取尺寸 40.00 作为第 1 个驱动尺寸，设置尺寸增量为 40.00，按住 Ctrl 键选取直径尺寸 30.00 作为第 2 个驱动尺寸，设置尺寸增量为 6.00，如图 5-20 所示。

5. 单击鼠标中键，最后创建的阵列结果如图 5-21 所示。

图5-20　参数面板

图5-21　阵列结果

二、创建轴阵列

轴阵列主要用于创建旋转阵列。设计中首先选取一个旋转轴线作为参照，然后围绕该旋转轴线创建特征阵列，既可以创建一维旋转阵列，也可以创建二维旋转阵列。

选取原始特征后，在右工具箱中单击 按钮打开设计图标板，在图标板左侧的下拉列表中选择【轴】选项，此时图标板上的项目如图 5-22 所示。

图5-22　设计图标板

【案例5-3】　创建螺旋阵列。

1. 打开教学资源文件 "\第 5 章\素材\array2.prt"。

2. 选中模型上的孔，然后在右工具箱中单击 按钮打开阵列设计工具。在图标板上的下拉列表中选择【轴】选项创建轴阵列。

3. 选取如图 5-23 所示的轴线 A_2 作为阵列参照。

图5-23　选取参照

图5-24　驱动尺寸

4. 在图标板左上角单击 尺寸 按钮打开参数面板，单击激活【尺寸 1】列表框，然后选取如图 5-24 所示的尺寸 200.00 作为第 1 个驱动尺寸，设置尺寸增量为-8.00，按住 Ctrl 键选取直径尺寸 50.00 作为第 2 个驱动尺寸，设置尺寸增量为-2.00，如图 5-25 所示。

图5-25　参数面板

5. 按照如图 5-26 所示设置特征总数以及特征间的角度增量，单击鼠标中键后创建的实例特征逐渐逼近参照轴线，并且其直径逐渐减小，如图 5-27 所示。

图5-26　设置参数

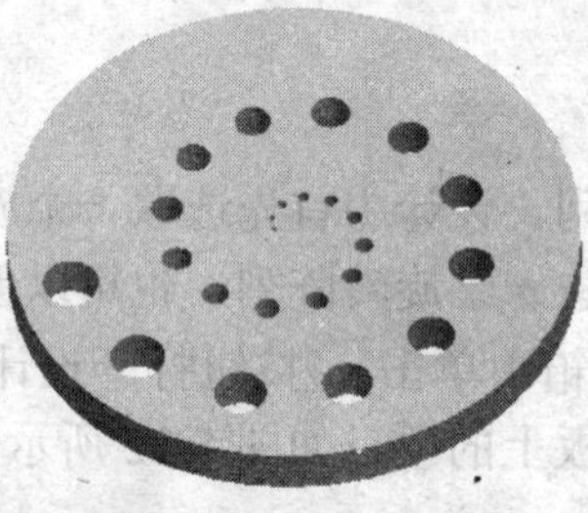

图5-27　阵列结果

三、 创建参照阵列

在创建一个特征阵列之后，如果在原始特征之上继续添加新特征并希望在各实例特征上也添加相同的特征，可以使用参照阵列的方法。

【案例5-4】 创建参照阵列。

1. 打开教学资源文件 "\第 5 章\素材\array3.prt"。

2. 在模型数中展开阵列特征，按照如图 5-16 所示找出原始特征，如图 5-28 所示。

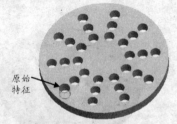

图5-28　原始特征

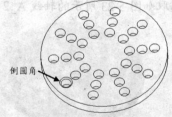

图5-29　倒圆角

3. 在右工具箱中单击 按钮打开倒圆角工具，在原始特征上创建半径为 5.00 的倒圆角，结果如图 5-29 所示。

4. 确保新建倒圆角特征被选中的情况下，单击 按钮打开阵列工具，目前仅有参照阵列可以使用。

5. 单击最内层的小黑点，使之显示为空心点，这些实例特征上将不创建倒圆角，而其余实例特征上将创建与原始特征参数相同的倒圆角，如图 5-30 所示。

6. 单击鼠标中键，最后创建的阵列结果如图 5-31 所示。

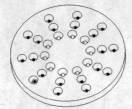

图5-30 选取要阵列的实例特征

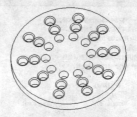

图5-31 阵列结果

 如果原始特征上新建的特征具有多种可能的阵列结果，系统会打开阵列图标板，用户可以根据需要选取适当的阵列方法。如果希望使用参照阵列，可以从图标板前面的下拉列表中选取【参照】选项。

四、 创建表阵列

表阵列是一种相对比较自由的阵列方式，常用于创建不太规则布置的特征阵列。在创建表阵列之前，首先收集特征的尺寸参数创建阵列表，然后使用文本编辑的方式编辑阵列表，为每个阵列实例特征确定尺寸参数，最后使用这些参数创建阵列特征。

【案例5-5】 创建表阵列。

1. 打开教学资源文件 "\第 5 章\素材\array1.prt"。

2. 选中模型上的孔，然后在右工具箱中单击 按钮打开阵列设计工具。在图标板上的下拉列表中选择【表】选项创建表阵列。此时将显示该孔的所有尺寸参数，如图 5-32 所示。

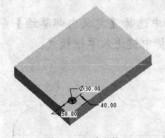

图5-32 尺寸参数

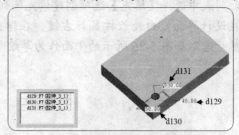

图5-33 尺寸列表

3. 在图标板上单击 表尺寸 按钮，按住 Ctrl 键将孔的 3 个尺寸填写到尺寸列表中，如图 5-33 所示。

4. 在图标板上单击 编辑 按钮打开记事本，按照如图 5-34 所示编辑阵列表创建 4 个实例特征，注意表中每个特征参数的对应关系。

5. 在文本编辑器中选择【文件】/【保存】命令保存修改后的阵列表，然后选择【文件】/【退出】命令退出文本编辑器。

 阵列表中，"*"代表该参数与原始特征对应参数相同。

6. 单击图标板上的 ✓ 按钮，最后的阵列结果如图 5-35 所示。

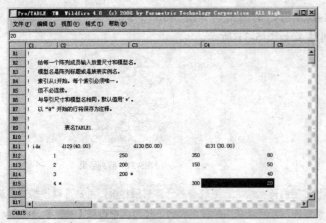

图5-34 编辑阵列表

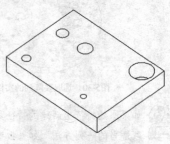

图5-35 阵列结果

五、 创建填充阵列

填充阵列是一种操作更加简便，实现方式更加多样化的特征阵列方法。在创建填充阵列时，首先划定阵列的布置范围，然后指定特征阵列的排列格式并微调有关参数，系统将按照设定的格式在指定区域内创建阵列特征。

【案例5-6】 创建填充阵列。

1. 打开教学资源文件 "\第 5 章\素材\array4.prt"。
2. 选中模型上的孔，然后在右工具箱中单击▦按钮打开阵列设计工具。在图标板上的下拉列表中选择【填充】选项创建填充阵列。
3. 在设计界面空白处长按鼠标右键，在弹出的快捷菜单中选择【定义内部草绘】命令，然后选取如图 5-36 所示的平面作为草绘平面，单击鼠标中键进入草绘模式。

草绘平面

图5-36 选取草绘平面

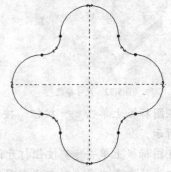

图5-37 绘制填充区域

4. 使用▭工具选取实体模型边线绘制填充区域，结果如图 5-37 所示。完成后退出草绘模式。
5. 从图标板的第一个下拉列表中选择实例特征的排列阵型，主要有【正方形】、【菱形】、【三角形】、【圆】、【曲线】和【螺旋】等，这里选择【菱形】选项。
6. 在▦40.00▼下拉列表中输入实例特征之间的距离 40.00。
7. 在▦20.00▼下拉列表中输入实例特征到草绘边界的距离 20.00。
8. 在▦45.00▼下拉列表中输入实例阵列关于中心原点转过的角度 45.00。此时预览阵列效果如图 5-38 所示，图中标出了各参数的含义。

9. 单击取消如图 5-39 所示的实例特征。
10. 单击鼠标中键,最后创建的阵列结果如图 5-40 所示。

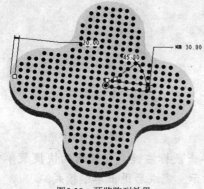

图5-38 预览阵列效果

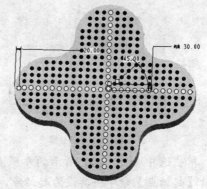

图5-39 实例特征

图5-40 阵列结果

六、 创建曲线阵列

曲线阵列是一种更加灵活的阵列方法,可以沿着曲线布置实例特征。

【案例5-7】 创建曲线阵列。

1. 打开教学资源文件 "\第 5 章\素材\array5.prt"。
2. 选中模型上的菱形孔,然后在右工具箱中单击 按钮,打开阵列设计工具。在图标板上的下拉列表中选择【曲线】选项创建曲线阵列。
3. 在设计界面空白处长按鼠标右键,在弹出的快捷菜单中选择【定义内部草绘】命令,然后选取如图 5-41 所示的平面作为草绘平面,单击鼠标中键进入草绘模式。

图5-41 选取草绘平面

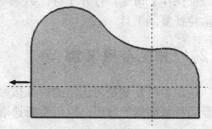

图5-42 选取边线链

4. 在右工具箱中单击 按钮(在 工具组中),在【类型】面板中选择【环】,然后任意选取一条模型边线从而选中整个模型边线链,如图 5-42 所示。

5. 在截面底部的下拉列表中输入偏距数值-30.00，然后按 $\boxed{\text{Enter}}$ 键，最后在【选取】面板中单击 按钮，创建的草绘曲线如图 5-43 所示。

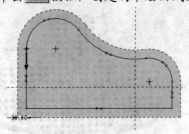

图5-43　草绘曲线

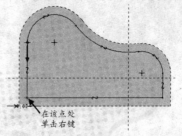

图5-44　选取参照点

6. 单击选中如图 5-44 所示的参照点，在其上单击鼠标右键，在弹出的快捷菜单中选择【起始点】命令将其设为起始点，如图 5-45 所示。完成后退出草绘模式。

 通常将曲线上的起始点设置在距离原始特征最近的位置处，否则最后创建的阵列设计结果与参照曲线间的偏距太大。

7. 图标板上的 按钮用于设置实例特征之间的间距，本设计中我们单击右侧的 按钮输入特征总数：40。

8. 单击鼠标中键，最后创建的阵列结果如图 5-46 所示。

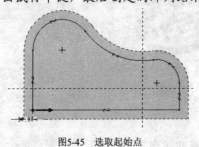

图5-45　选取起始点

图5-46　阵列结果

5.2　特征复制

通过特征复制的方法可以复制模型上的现有特征（我们称之为原始特征），并将其放置在零件的一个新位置上，以实现快速"克隆"已有对象，避免重复设计，提高设计效率。

特征复制主要有指定参照复制、镜像复制和移动复制 3 种基本方法。选择【编辑】/【特征操作】命令，打开【特征】菜单，选择【复制】选项后打开【复制特征】菜单，即可启动特征复制工具。

5.2.1　指定参照复制

指定参照复制是将选定的特征按照指定的参照在另一处创建副本特征，复制时可以使用与原始特征相同的参照，也可重新选取新参照，并可以更改实例特征的尺寸。

【案例5-8】　指定参照复制对象

1. 打开教学资源文件 "\第 5 章\素材\copy1.prt"。

2. 使用【新参照】复制特征。

(1) 选择【编辑】/【特征操作】命令，打开【特征】菜单，选择【复制】选项打开【复制特征】菜单，接受默认的【新参考】、【选取】、【独立】和【完成】选项，选取模型上的孔特征作为复制对象，如图 5-47 所示。然后在【选取特征】菜单中选择【完成】选项。

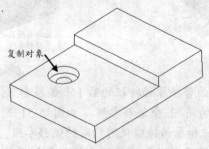

图5-47　选取复制对象

提示　在【复制特征】菜单中选择【独立】选项时，复制后的特征与原始特征之间不会建立关联关系，这样修改原始特征时，对复制后的实例特征没有影响。如果选择【从属】选项，则在二者之间建立起了关联关系，修改原始特征时，复制特征也会随之改变。

(2) 此时模型上会显示该特征所有尺寸参数，同时弹出【组可变尺寸】菜单，选中需要在复制特征时变更的尺寸。这里选中了 4 个尺寸，分别是孔的两个定位尺寸以及深度方向上的两个定形尺寸，如图 5-48 所示。然后在【组可变尺寸】菜单中选择【完成】选项。

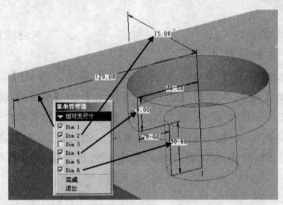

图5-48　选取尺寸

提示　将鼠标指向【组可变尺寸】菜单中的尺寸项目时，模型上相应的尺寸将变为红色，这样即可将【组可变尺寸】菜单中的符号尺寸与模型上的尺寸关联起来。

(3) 为尺寸 Dim1 输入新值 80.00，按 Enter 键。

(4) 为尺寸 Dim2 输入新值 150.00，按 Enter 键。

(5) 为尺寸 Dim4 输入新值 30.00，按 Enter 键。

(6) 为尺寸 Dim6 输入新值 50.00，按 Enter 键。

(7) 系统提示为孔选取放置参照，并提示原始特征的参照，接受【参考】菜单中的【替换】选项，按照如图 5-49 所示选取替换的平面。

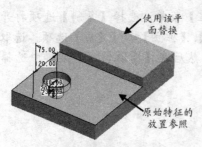

图5-49　替换平面

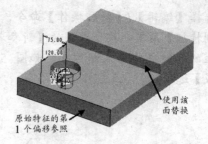

图5-50　替换偏移参照

(8) 使用如图 5-50 所示的平面替换原始特征的第 1 个偏移参照。

(9) 系统加亮显示原始特征的第 2 个偏移参照，如图 5-51 所示，在【参考】菜单中选择【相同】选项，复制特征和原始特征使用相同的偏移参照。

(10) 在【组放置】菜单中选择【完成】选项结束特征复制操作。这里使用新参照复制了特征，在确保特征形状相似的情况下，更改了特征尺寸，复制结果如图 5-52 所示。

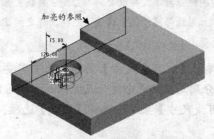

图5-51　加亮的参照

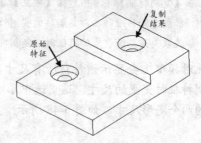

图5-52　复制结果

3.　使用【相同参考】复制对象。

(1) 选择【编辑】/【特征操作】命令，弹出【特征】菜单，选择【复制】选项弹出【复制特征】菜单，选取【相同参考】、【选取】、【独立】和【完成】选项，选取模型上的孔特征作为复制对象，如图 5-47 所示。然后在【选取特征】菜单中选择【完成】选项。

(2) 由于原始特征和实例特征使用相同的定位参照，因此这里只需要修改模型的尺寸参数即可，按照如图 5-53 所示选取要修改的尺寸。然后在【组可变尺寸】菜单中选择【完成】选项。

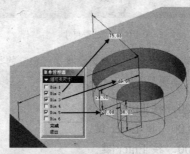

图5-53　选取尺寸

(3) 为尺寸 Dim2 输入新值 225.00，按 Enter 键。

(4) 为尺寸 Dim3 输入新值 60.00，按 Enter 键。

(5) 为尺寸 Dim5 输入新值 30.00，按 Enter 键。

(6) 在【组元素】对话框中单击 确定 按钮，最后复制的结果如图 5-54 所示。

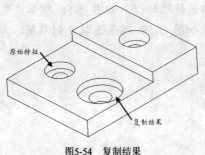

图5-54 复制结果

5.2.2 镜像复制

镜像复制操作主要创建关于选定平面对称的结构，这里重点说明从属属性在特征复制中的应用。

【案例5-9】 创建镜像复制。

1. 打开教学资源文件 "\第 5 章\素材\copy1.prt"。
2. 选择【编辑】/【特征操作】命令，弹出【特征】菜单，选择【复制】选项弹出【复制特征】菜单，选择【镜像】、【选取】、【从属】和【完成】选项，然后选取模型上的孔特征作为复制对象，最后在【选取特征】菜单中选择【完成】选项。
3. 系统提示选取镜像参照，选取基准平面 TOP 后创建镜像结果，如图 5-55 所示。

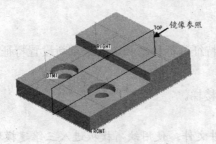

图5-55 选取镜像参照

4. 在模型树窗口中的 "孔 1" 标识上单击鼠标右键，在弹出的快捷菜单中选择【编辑】命令，将孔尺寸 "40.00" 修改为 "60.00"，如图 5-56 所示。
5. 选择【编辑】/【再生】命令再生模型，可以看到原始特征和实例特征同时发生改变，如图 5-57 所示，这是因为在特征复制时设置了【从属】属性。

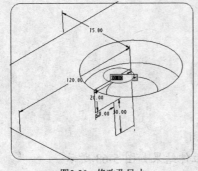

图5-56 修改孔尺寸

图5-57 再生后的特征

6. 在模型树窗口中单击顶部的特征标识，如图 5-58 所示，然后在右工具箱中单击 ⅡE 按钮打开镜像复制工具，按照如图 5-59 所示选取复制参照，单击鼠标中键将模型整体复制后的结果如图 5-60 所示。

图5-58　选取特征标识

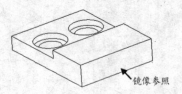

图5-59　选取复制参照

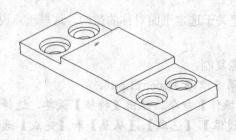

图5-60　复制结果

5.2.3 移动复制

移动复制可以对选定的特征进行移动和旋转来重新设置特征的放置位置，使用更加灵活多样，应用更广泛。

【案例5-10】创建旋转楼梯。

1. 新建文件。

新建名为"stair"的零件文件，使用缺省模板进入三维建模环境。

2. 创建第 1 个拉伸实体特征。

(1) 在右工具箱上单击 按钮打开拉伸设计图标板。

(2) 选取基准平面 FRONT 作为草绘平面。

(3) 绘制如图 5-61 所示的截面图，完成后退出草绘模式。

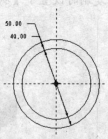

50.00
40.00

图5-61　绘制草绘截面

(4) 按照如图 5-62 所示设置特征参数，最后创建的拉伸结果如图 5-63 所示。

图5-62 设置参数   图5-63 拉伸结果

3. 创建第 2 个拉伸实体特征。

(1) 在右工具箱上单击 ⬚ 按钮,打开拉伸设计图标板。

(2) 选取基准平面 FRONT 作为草绘平面,此时系统默认的草绘视图方向如图 5-64 的箭头方向所示,在【草绘】对话框中单击 反向 按钮改变其指向,如图 5-65 所示,接受系统其他缺省参照放置草绘平面后,进入二维草绘模式。

(3) 在草绘平面内按照以下步骤绘制拉伸剖面。

- 用 ⬚ 工具绘制如图 5-66 所示的一段圆弧。

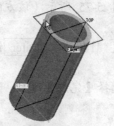

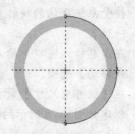

图5-64 默认草绘方向   图5-65 更改草绘方向   图5-66 绘制圆弧

- 用 ╲ 工具绘制如图 5-67 所示的两条线段。
- 用 ⬚ 工具绘制如图 5-68 所示的一段同心圆弧。
- 裁去图形上的多余线条,保留如图 5-69 所示的剖面图,完成后退出草绘模式。

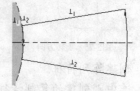

图5-67 绘制线段   图5-68 绘制同心圆弧   图5-69 草绘结果

(4) 在图标板上确认设计参数,如图 5-70 所示。设置特征生成方向如图 5-71 所示。创建的特征如图 5-72 所示。

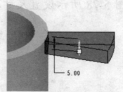

图5-70 设置拉伸参数   图5-71 特征生成方向

4. 复制拉伸实体特征。

(1) 选择【编辑】/【特征操作】命令,弹出【特征】菜单,选择【复制】选项,在弹出的【复制特征】菜单中选择【移动】、【选取】、【独立】和【完成】选项,选取如图 5-73 所示的特征作为复制对象后,在【选取特征】菜单中选择【完成】选项。

(2) 在【移动特征】菜单中选择【平移】选项，在【选取方向】菜单中选择【曲线/边/轴】选项，然后选取如图 5-74 所示的轴线 A_6 作为平移参照，在【方向】菜单中选择【正向】选项，接受系统默认的旋转方向。

图5-72　创建特征

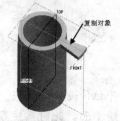
图5-73　选取复制对象

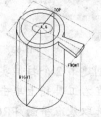
图5-74　选取平移参照

(3) 在消息输入窗口中输入特征的平移距离 "5"，按 Enter 键。

(4) 接着在【移动特征】菜单中选择【旋转】选项，在【选取方向】菜单中选择【曲线/边/轴】选项，继续选取轴线 A_6 作为旋转参照，在【方向】菜单中选择【正向】选项，接受系统默认的旋转方向，如图 5-75 所示（该方向与上一步设置平行方向的箭头指向一致）。

(5) 在消息输入窗口中输入旋转角度 "18"，按 Enter 键，在【移动特征】菜单中选择【完成移动】选项。

(6) 在【组可变尺寸】菜单中直接选择【完成】选项，最后单击模型对话框中的 确定 按钮，创建如图 5-76 所示的设计结果。

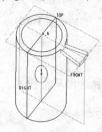
图5-75　旋转方向

图5-76　复制结果

5. 创建阵列特征。

(1) 选中刚创建的复制特征，然后在右工具箱上单击 ▦ 按钮，打开阵列设计图标板。

(2) 在图标板左上角单击 尺寸 按钮，弹出【尺寸】参数面板，首先选中上一步复制特征时的平移距离尺寸 5.00，然后按住 Ctrl 键再选取旋转尺寸作为驱动尺寸，如图 5-77 所示，按照如图 5-78 所示设置尺寸增量。

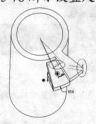
图5-77　选取驱动尺寸

图5-78　设置尺寸增量

(3) 按照如图 5-79 所示设置其他阵列参数，预览阵列效果如图 5-80 所示，创建的阵列效果如图 5-81 所示。

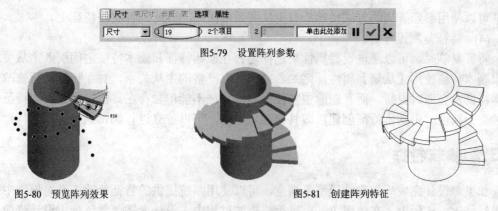

图5-79 设置阵列参数

图5-80 预览阵列效果   图5-81 创建阵列特征

5.3 特征的编辑和重定义

使用 Pro/E 创建三维模型的过程实际上是一个不断修正设计结果的过程。特征创建完成后，根据设计需要还将对其进行各种操作，熟练掌握这些操作工具能全面提高设计效率。

5.3.1 特征之间的主从关系

在讲述特征阵列时，我们曾经讲过，通过阵列操作可以在原始特征和各实例特征之间引入主从关系，主从关系是参数化设计方法的重要特点。

一、 主从关系对设计的影响

实际上，构成模型的各个特征并非完全独立。创建一个特征的过程中常常需要选取其他特征作为参照。例如在由零开始创建第 1 个特征时，通常使用基准特征作为草绘平面。在进行阵列、镜像以及复制等操作时，必须首先选取原始特征（主特征），然后再创建其复制副本。

一个特征必须依附于一个已有特征来为其定位，一旦在特征之间建立了主从关系后，对特征进行操作就必须考虑这种关系对设计的影响。

二、 主从关系产生的条件

在以下几种情况下将在特征之间引入主从关系。

(1) 为基础特征选取设计参照时。

当特征 A 或其上的图元被选作特征 B 的草绘平面时，将在特征 A 和特征 B 之间建立主从关系，其中，特征 A 为主；特征 B 为从。

如果选取特征 A 上的平面作为创建特征 B 的草绘平面的参考平面，也将在特征 A 和特征 B 之间引入主从关系。

(2) 为工程特征选取放置参照时。

在创建工程特征时，往往需要选取多个放置参照才能准确确定特征的放置位置，这时所有被选为放置参照的图元所在的特征都为该放置实体特征的主特征。

(3) 特征阵列操作时。

在特征阵列时，原始特征和各实例特征之间具有严格的主从关系。如果删除原始特征，则各实例特征将被全部删除。对原始特征进行编辑和重定义后，实例特征随之改变。在特征阵列中，主从关系的重要体现是参照阵列的使用，如果在原始特征上继续添加新特征，这些新特征可以使用参照阵列的方法按照原有主从关系依次添加到阵列各实例特征上。

(4) 特征复制操作时。

特征复制时，可以通过设置属性来选择是否在原始特征和副本特征之间引入主从关系。如果副本特征使用【从属】属性，则二者之间具有严格的主从关系，对主特征进行修改后，副本特征也会即时更新，而且删除主特征后副本特征不能单独存在。但是如果副本特征使用【独立】属性，则副本特征创建后即具有独立地位，可以独立进行编辑。

5.3.2 编辑特征

如果对设计完成后创建的模型不满意，可以使用系统提供的特征修改工具对模型中的特征进行修改。实际上，在使用 Pro/E 进行建模的过程中，设计者需要熟练使用设计修改工具反复修改设计内容，直至满意为止，这也是 Pro/E 设计的重要特点之一。

在进行特征修改之前，首先在模树窗口中选取需要修改的特征，然后在其上单击鼠标右键，在弹出的快捷菜单中选择【编辑】命令，如图 5-82 所示。此时，系统将显示该特征的所有尺寸参数。双击需要修改的尺寸参数后，输入新的尺寸，如图 5-83 所示。

图5-82 选择【编辑】命令

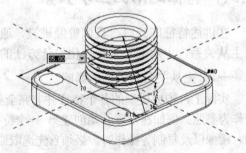

图5-83 修改尺寸

特征编辑完毕后，选择【编辑】/【再生】命令或单击上工具箱中的按钮再生模型，如图 5-84 所示。

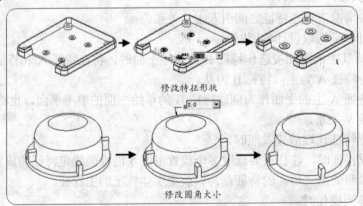

修改特征形状

修改圆角大小

图5-84 再生模型

 再生模型时，系统会根据特征创建的先后顺序依次再生每一个特征。如果使用了不合理的设计参数，还可能导致特征再生失败。

5.3.3 编辑定义特征

使用特征修改的方法来修改设计意图操作简单、直观，但是这种方法功能比较单一，主要用于修改特征的尺寸参数。而且，当模型结构比较复杂时，常常难以找到需要修改的参数。如果需要全面修改特征创建过程中的设计内容，包括草绘平面的选取、参照的选取以及草绘剖面的尺寸等则应该使用编辑定义特征方法。

在进行特征编辑定义之前，首先在模型树窗口中选取需要编辑定义的特征，然后在其上单击鼠标右键，在弹出的快捷菜单中选择【编辑定义】命令，系统将打开创建该特征的设计图标板，重新设定需要修改的参数即可。

【案例5-11】重定义特征草绘截面。

1. 打开教学资源文件 "\第 5 章\素材\redifine.prt."，该文件相应的模型如图 5-85 所示，下面将使用编辑定义方法编辑模型上指定特征的草绘剖面。
2. 在模型上选中上部的孔，系统在模型树窗口中加亮该特征，在其上单击鼠标右键，在弹出的快捷菜单中选择【编辑定义】命令，如图 5-86 所示。

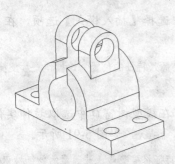

图5-85　打开的模型

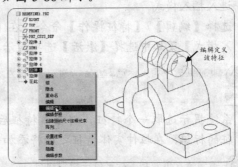

图5-86　选择【编辑定义】命令

3. 系统打开创建该特征时的设计图标板，如图 5-87 所示。

图5-87　设计图标板

4. 在设计界面空白处单击鼠标右键，在弹出的快捷菜单中选择【编辑内部草绘】命令进入二维草绘模式。
5. 删除原来的圆形剖面，重新绘制方形剖面，如图 5-88 所示，完成后退出草绘模式。
6. 单击鼠标中键，系统根据新的设计参数再生模型，结果如图 5-89 所示。

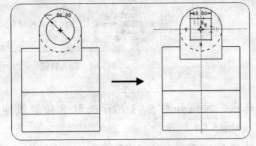

图5-88　修改草绘

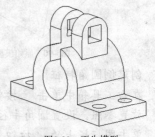

图5-89　再生模型

除了可以编辑定义特征剖面之外，还可以在图标板上编辑定义特征的其他参数，例如特征深度、特征生成方向以及特征的加减材料属性等。

5.3.4 插入特征

在使用 Pro/E 进行特征建模时，系统根据特征创建的先后顺序搭建模型。如果希望在已经创建完成的两个特征之间加入新特征，可以使用插入特征的方法。使用插入方法能够方便设计者在一项规模很大的设计基本完成之后，根据需要添加某些细节特征以进一步完善设计内容。

【**案例5-12**】插入特征。

1. 打开模型。

在开始该实例之前，首先打开教学资源文件 "\第 5 章\素材\insert.prt"，该文件相应的模型如图 5-90 所示。模型上包括一个加材料的拉伸特征和一个壳特征，先介绍在这两个特征之间插入倒圆角特征的方法。

2. 进入插入模式。

(1) 选择【编辑】/【特征操作】命令，在【特征】菜单中选择【插入模式】选项，在【插入模式】菜单中选择【激活】选项激活插入模式。

也可以选中插入标记 ➔ 在此插入 ，按住鼠标左键将其拖放到需要插入特征的位置，该操作更加便捷。

(2) 系统提示选取一个特征，将在该特征后插入新特征。在模型树窗口中选取拉伸实体特征的标识，在拉伸实体特征之后将添加一个插入标记 ➔ 在此插入 ，如图 5-91 所示。

通常情况下，插入标记位于模型树窗口的最下端，该标记下特征将被隐藏，被隐藏的特征标识的左上角处有一黑色隐藏标记。此时的模型的结构如图 5-92 所示，在窗口右下角有 "插入模式" 字样，可以使用普通建模方法创建特征。

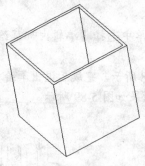

图5-90　原始模型

图5-91　插入特征

3. 创建倒圆角特征。

(1) 在右工具箱中单击 🔘 按钮打开设计图标板。按照如图 5-93 所示选取 8 条边线作为圆角放置参照，设置圆角半径为 "40.00"，如图 5-94 所示。

(2) 单击图标板上的 ✔ 按钮，创建倒圆角特征后的模型如图 5-95 所示。

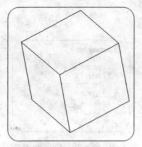

图5-92　选取圆角放置参照

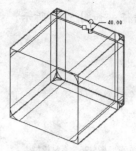

图5-93　圆角特征

4.　退出插入模式。

(1)　再次选择【编辑】/【特征操作】命令，在【特征】菜单中选择【插入模式】选项。

(2)　在【插入模式】菜单中选取【取消】选项，系统询问是否恢复隐藏的特征，单击 ▣ 按钮。

(3)　在【特征】菜单中选择【完成】选项。最终的设计结果如图 5-95 所示。

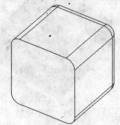

图5-94　圆角特征

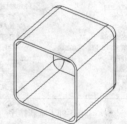

图5-95　最后结果

通过该实例可以看出，通过插入方法创建的倒圆角特征的效果和按照自然顺序创建的倒圆角特征完全相同，这也说明特征插入方法不失为一种在已经创建的模型上补充特征的有效方法，这也进一步提高了软件的设计灵活性。

5.3.5 重排特征顺序

根据 Pro/E 的建模思想，特征按照一定的先后顺序以"搭积木"方式构建成模型，在一定条件下，还可以调整特征中模型的设计顺序。

可以重排一个模型中特征的创建顺序并不意味着可以随便更改任意两个特征的设计顺序，在操作时必须注意以下两个基本原则。

(1)　重排特征顺序时，不能违背特征之间的主从关系，也就是说不能把从属特征调整到主特征的前面。通常的情况是调整顺序的几个特征之间相互独立，没有主从关系。

(2)　在重排特征顺序时，应该首先了解模型的特征构成，做到心中有数。对于比较复杂的模型，通常使用模型树查看其特征构成。

【案例5-13】重排特征顺序。

1.　打开文件。

在开始该实例之前，首先打开教学资源文件"\第 5 章\素材\reorder.prt"，该文件相应的模型如图 5-96 所示。模型上先后创建了一个拉伸实体特征、一个壳特征和一个孔特征，由于壳特征和孔特征之间没有主从关系，因此可以重排二者的顺序。

2.　查看重排序前的模型构成。从模型树窗口可以看到，重排序之前是先创建壳特征后创建孔特征，如图 5-97 所示。

图5-96 素材模型

图5-97 特征创建顺序

3. 在模型树窗口中选中壳特征的标识，按住鼠标左键将其拖到孔特征的标识下，拖动时会出现黑色标志杆，如图 5-98 所示。

4. 系统自动再生模型，结果如图 5-99 所示。

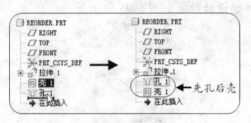

图5-98 重新排序

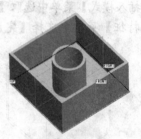

图5-99 再生模型

5.3.6 控制模型的可见性

当模型创建完毕，数量繁多的基准平面和基准曲线等会使整个视图显得很杂乱，通常我们会隐藏这些基准特征，如图 5-100 所示。图 5-101 所示为一根装配好了的轴，在齿轮和轴之间采用键联接，为了方便地观察轴和键的联接情况，可以把齿轮隐藏起来。

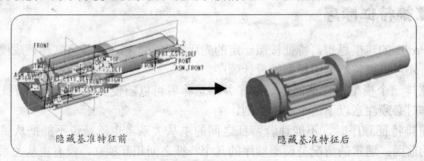

隐藏基准特征前   隐藏基准特征后

图5-100 隐藏基准特征

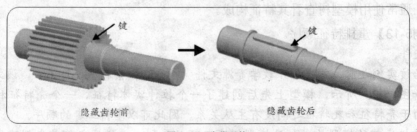

隐藏齿轮前   隐藏齿轮后

图5-101 隐藏元件

一、　隐藏对象

隐藏选定的对象，使其不可见，但是该对象依然存在模型中，系统再生模型仍然会再生该对象。隐藏对象的方法主要用于在零件模式下暂时隐藏基准点、基准平面以及基准曲线等基准特征和曲面特征，在组件模式下暂时隐藏指定的元件。

(1)　隐藏对象的方法。

在模型树窗口中选定对象上单击鼠标右键，在弹出的快捷菜单中选择【隐藏】命令可以隐藏选定的对象。被隐藏对象的标识图标上将显示黑色底纹，如图 5-102 所示。

图5-102　隐藏对象

(2)　取消隐藏的方法。

在模型树窗口中的隐藏对象上单击鼠标右键，在弹出的快捷菜单中选择【取消隐藏】命令即可取消对对象的隐藏。

二、　隐含对象

隐藏选定的对象时将选定的对象暂时排除在模型之外，系统再生模型时不会再生该对象。在模型树窗口中选定的对象上单击鼠标右键，在弹出的快捷菜单中选择【隐含】命令即可隐含该对象。

同删除操作相似，如果被隐含的对象具有从属特征，系统也会弹出如图 5-103 所示的【隐含】对话，提示对从属特征进行必要的处理。相关的处理方法与删除特征时类似，这里不再赘述。

图5-103　隐含对象

与删除操作不可逆不同，被隐含的对象可以恢复。此时选择【编辑】/【恢复】命令可以恢复上一个隐藏的特征；选择【恢复】/【上一个】命令可以依次恢复隐含的各个特征；选择【恢复】/【全部】命令可以恢复全部隐含特征。

5.4　实训

打开教学资源文件 "\第 5 章\素材\exercise.prt"，该模型如图 5-104 所示。

依次执行以下操作。

(1)　将特征 1 向右平移 150.00 创建新特征。

(2) 将特征 2 旋转 35°创建新特征。

(3) 选用 RIGHT 基准平面为参照镜像复制特征 3。

(4) 使用编辑方法修改特征 3 的孔径，使之减小一半。

(5) 使用编辑定义方法修改特征 4 的截面形状，将其改为矩形截面。

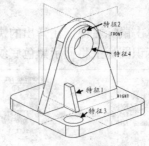

图5-104　实训图形

小结

特征阵列是一项非常有效的设计工作，特别适合于创建规则排列的一组特征。尺寸阵列应用最具有一般性，既可以用于创建线性阵列，也可以用于创建旋转阵列，方向阵列和轴阵列是两种方便实用的设计方法，前者用于创建线性阵列，后者用于创建旋转阵列，操作简便实用。参照阵列、表阵列、填充阵列和曲线阵列各自具有专门的设计用途。

特征复制中应用最为广泛的是镜像复制和移动复制。镜像复制需要指定镜像参照，一般指定基准平面或实体上的平面作为参照。移动复制分为平移和旋转两种类型，设计时要注意"从属"和"独立"属性的差别。

特征的编辑和编辑定义是两个有效的设计工具，必须很好地掌握。在建模过程中，要善于使用这两个工具来修改和完善模型设计。每项出色的设计都是在反复使用这两种工具不断改进设计方案的基础上最终获得的。

使用插入工具可以在已经创建完成的两个特征之间插入特征。使用调整特征顺序的方法可以交换不具有主从关系的一组特征的设计顺序，以此来改变设计结果。

思考与练习

1. 使用特征阵列方法创建如图 5-105 所示的模型。

2. 使用实体建模手段创建如图 5-106 所示的模型。

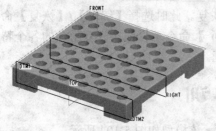

图5-105　练习模型 1

图5-106　练习模型 2

第 **6** 章

曲面及其应用

曲面是构建复杂模型最重要的材料之一。回顾 CAD 技术的发展历程不难发现，曲面技术的发展为表达实体模型提供了更加有效的工具。在现代的复杂产品设计中，曲面应用广泛，例如汽车、飞机等具有漂亮外观和优良物理性能的表面结构通常使用参数曲面来构建。

学习目标

- 掌握基本曲面特征的创建方法。
- 掌握边界混合曲面特征的创建原理和方法。
- 了解创建可变剖面扫描曲面特征的创建原理和方法。
- 掌握曲面合并操作的原理的技巧。
- 明确曲面的实体化原理和设计方法。

6.1 创建曲面特征

曲面特征是一种几何特征，没有质量和厚度等物理属性，这是与实体特征最大的差别。但是从创建原理来讲，曲面特征和实体特征却具有极大的相似性。

6.1.1 创建基本曲面特征

基本曲面特征是指使用拉伸、旋转、扫描和混合等常用三维建模方法创建的曲面特征，其创建原理和实体特征类似。

一、 创建拉伸曲面特征

在右工具箱上选取拉伸工具 后，打开拉伸设计图标板，然后按下曲面设计工具 创建曲面特征，如图 6-1 所示。既可以使用开放截面来创建曲面特征，也可以使用闭合截面，如图 6-2 所示。

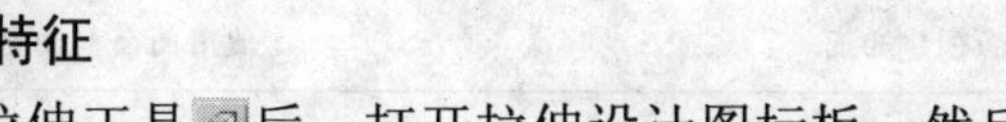

图6-1　拉伸设计图标板

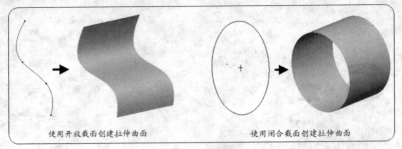

使用开放截面创建拉伸曲面　　　　　　使用闭合截面创建拉伸曲面

图6-2　拉伸曲面特征

　　采用闭合截面创建曲面特征时，还可以指定是否创建两端封闭的曲面特征，方法是在图标板上单击 选项 按钮，在参数面板上选择【封闭端】复选框，如图 6-3 所示。

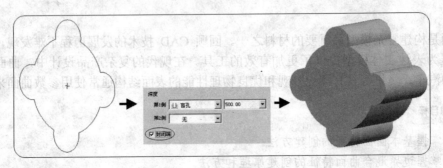

图6-3　两端封闭的曲面特征

二、　创建旋转曲面特征

　　在右工具箱上选取旋转工具 后，打开旋转设计图标板，然后选取曲面设计工具，正确放置草绘平面后，可以绘制开放截面或闭合截面创建曲面特征。在绘制截面图时，注意绘制旋转中心轴线，如图 6-4 所示。

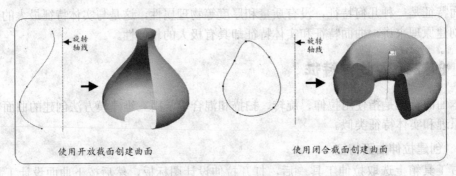

使用开放截面创建曲面　　　　　　使用闭合截面创建曲面

图6-4　旋转曲面特征

三、　创建扫描曲面特征

　　选择【插入】/【扫描】/【曲面】命令可以创建扫描曲面特征，设计过程主要包括设置扫描轨迹线以及草绘截面图两个基本步骤。在创建扫描曲面特征时，系统会弹出【属性】菜单来确定曲面创建完成后端面是否闭合。如果设置属性为【开放终点】，则曲面的两端面开放不封闭；如果属性为【封闭端】，则两端面封闭，如图 6-5 所示。

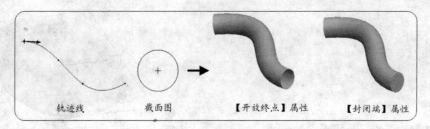

| 轨迹线 | 截面图 | 【开放终点】属性 | 【封闭端】属性 |

图6-5 扫描曲面特征

四、 创建混合曲面特征

选择【插入】/【混合】/【曲面】命令可以创建混合曲面特征。与创建混合实体特征相似，可以创建平行混合曲面特征、旋转混合曲面特征和一般混合曲面特征这3种曲面类型。混合曲面特征的创建原理也是将多个不同形状和大小的截面按照一定顺序顺次相连，因此各截面之间也必须满足顶点数相同的条件。

混合曲面特征的属性除了【开放终点】和【封闭端】外，还有【直的】和【光滑】两种属性，主要用于设置各截面之间是否光滑过渡，如图6-6所示。

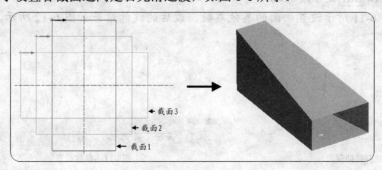

图6-6 混合曲面特征

【**案例6-1**】 创建帽形曲面。

1. 创建旋转曲面特征。

(1) 新建名为 "basic_surface" 的零件文件。

(2) 在右工具箱中单击 按钮打开设计图标板，在图标板上按下 按钮创建曲面特征。

(3) 单击左上角的 按钮弹出参照面板，单击 按钮打开【草绘】对话框，选取基准平面 FRONT 作为草绘平面，接受系统所有缺省参照放置草绘平面后进入二维草绘模式。

(4) 在草绘平面内使用 工具绘制一段圆弧，如图6-7所示。完成后退出草绘模式。

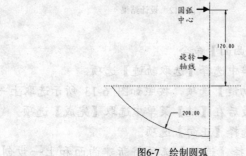

图6-7 绘制圆弧

(5) 按照如图6-8所示设置旋转曲面的其他参数，最后的设计结果如图6-9所示。

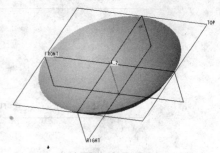

图6-9 设计结果

图6-8 设置参数

2. 创建拉伸曲面特征。

(1) 在右工具箱中单击 □ 按钮打开设计图标板，按下 □ 按钮创建曲面特征。

(2) 单击左上角的 位置 按钮弹出参照面板，单击 定义... 按钮打开【草绘】对话框，选取基准平面 TOP 作为草绘平面，随后进入二维草绘模式。

(3) 在右工具箱中单击 □ 按钮使用边工具来选取上一步创建的旋转曲面的边线来围成拉伸剖面，按住 Ctrl 键分两次选中整个圆弧边界，如图 6-10 所示。

(4) 按照如图 6-11 所示设置曲面的其他参数，最后的设计结果如图 6-12 所示。

图6-10 选择拉伸剖面

图6-11 参数设置

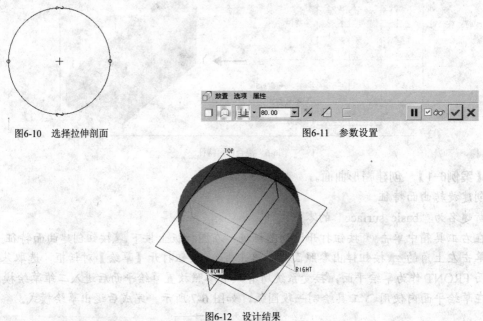

图6-12 设计结果

3. 创建扫描曲面特征。

(1) 选择【插入】/【扫描】/【曲面】命令。

(2) 在弹出的【扫描轨迹】菜单中选择【选取轨迹】选项。

(3) 在【链】菜单中选择【相切链】选项，按照如图 6-13 所示选取上一步创建的拉伸曲面的边界作为扫描轨迹线。最后在【链】菜单中选取【完成】选项。

(4) 在弹出的【方向】菜单中选择【正向】选项。

(5) 在【曲面连接】菜单中选择【连接】选项将新建曲面和上一步创建的曲面连接在一起，随后进入二维草绘模式。

(6) 在草绘剖面中绘制如图 6-14 所示的扫描剖面，完成后退出草绘模式。

(7) 在模型对话框中单击 确定 按钮，最后的设计结果如图 6-15 所示。

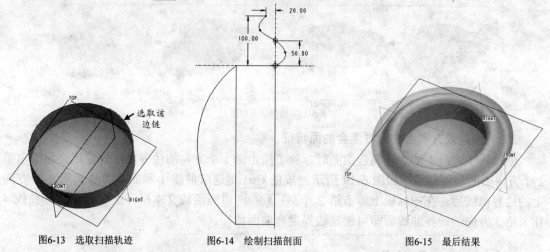

图6-13 选取扫描轨迹　　　　图6-14 绘制扫描剖面　　　　图6-15 最后结果

6.1.2 创建边界混合曲面特征

边界混合曲面特征的创建原理具有典型代表性：首先构建曲线围成曲面边界，然后填充曲线边界构建曲面。设计时，可以在一个方向上指定边界曲线，也可以在两个方向上指定边界曲线。此外，为了获得理想的曲面特征，还可以指定控制曲线来调节曲面的形状。

选择【插入】/【边界混合】命令或单击右工具箱上的 按钮，弹出如图 6-16 所示的设计图标板即可创建边界混合曲面。

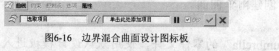

图6-16 边界混合曲面设计图标板

一、 使用一个方向上的曲线创建边界混合曲面特征

单击图标板上的 曲线 按钮，弹出参数面板，激活【第一方向】列表框后，按住 Ctrl 键依次选取如图 6-17 所示的曲线 1、曲线 2 和曲线 3 作为边界曲线创建边界混合曲面。如果选择【闭合混合】复选框，可以将将第 1 条曲线和第 3 条曲线混合生成封闭曲面。

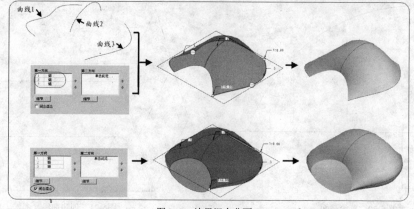

图6-17 边界混合曲面 1

不同的曲线选取顺序会生成不同的曲面，如图 6-18 所示。选中曲线后，单击参数面板右侧的 ▲或 ▼ 按钮，可使曲线向上或向下移动，从而调节混合连线的选取顺序。

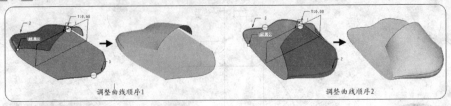

调整曲线顺序1　　　　　　　　　　　调整曲线顺序2

图6-18　边界混合曲面 2

二、 创建双方向上的边界混合曲面特征

创建两个方向上的边界混合曲面时，除了指定第 1 个方向的边界曲线外，还必须指定第 2 个方向上的边界曲线。如图 6-19 所示，按住 Ctrl 键选取曲线 1 和曲线 3 作为第 1 个方向上的边界曲线后，在图标板上单击第 2 个 //// □单击此处添加 以激活该文本框，选取曲线 2 和曲线 4 作为第 2 方向的边界曲线后即可创建边界混合曲面特征。

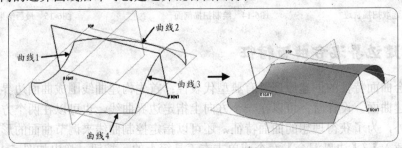

图6-19　边界混合曲面 3

【案例6-2】 创建雨伞曲面。

1. 新建零件文件。

新建名称为 "umbrella" 的零件文件，使用默认设计模板进入三维建模环境。

2. 创建草绘曲线。

(1) 单击 ▧ 按钮启动草绘曲线工具。

(2) 选择基准平面 FRONT 为草绘平面，单击鼠标中键。

(3) 绘制如图 6-20 所示的草绘截面。最后创建的曲线如图 6-21 所示。

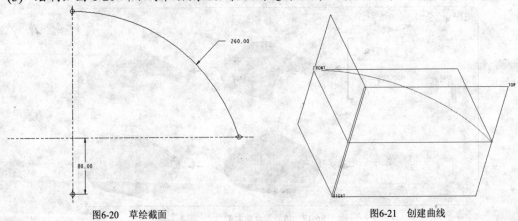

图6-20　草绘截面　　　　　　　　　　图6-21　创建曲线

3. 创建基准轴。

(1) 单击 / 按钮启动基准轴工具。

(2) 先选择基准平面 TOP，按住 Ctrl 键再选择如图 6-22 所示的曲线终点。

(3) 单击鼠标中键创建基准轴，结果如图 6-23 所示。

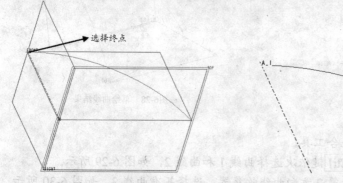

图6-22　选择参照　　　　　　　　　　图6-23　创建基准轴

4. 复制曲线。

(1) 选中草绘曲线，选择【编辑】/【复制】命令。

(2) 选择【编辑】/【选择性粘贴】命令，参数设置如图 6-24 所示，然后单击 确定(O) 按钮。

(3) 选择上一步的基准轴为方向参照，然后设置【旋转】角度为 60，如图 6-25 所示。

(4) 单击鼠标中键完成复制曲线操作，结果如图 6-26 所示。

图6-24　设置参数 1

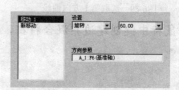

图6-25　设置参数 2

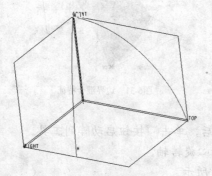

图6-26　复制曲线

5. 草绘曲线。

(1) 单击 ⚙ 按钮启动草绘曲线工具。

(2) 选择基准平面 TOP 为草绘平面，单击鼠标中键。

(3) 绘制如图 6-27 所示的草绘截面，最后创建的结果如图 6-28 所示。

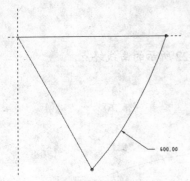

图6-27 草绘截面

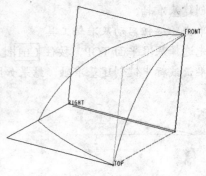

图6-28 草绘曲线结果

6. 创建边界混合特征。

(1) 单击 ⬚ 按钮启动创建边界混合工具。

(2) 选择第 1 方向的曲线，按 Ctrl 键依次选择曲线 1 和曲线 2，如图 6-29 所示。

(3) 选择第 2 方向的曲线。激活第 2 方向曲线收集器，选择基准曲线 3，如图 6-30 所示。

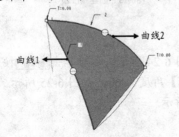

图6-29 选取第 1 方向曲线

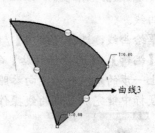

图6-30 选取第 2 方向曲线

(4) 单击鼠标中键创建边界混合特征，结果如图 6-31 所示。

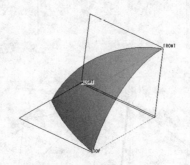

图6-31 边界混合特征

7. 创建阵列特征。

(1) 选中上一步创建的曲面后，单击 ⬚ 按钮启动阵列工具。

(2) 选择基准轴 A_1 作为中心旋转轴。

(3) 其他参数设置如图 6-32 所示。

图6-32 参数设置

(4) 单击鼠标中键创建阵列特征，结果如图 6-33 所示。

图6-33 阵列特征

6.1.3 创建可变剖面扫描曲面特征

基本扫描建模时，将扫描截面沿一定的轨迹线扫描后生成曲面特征，虽然轨迹线的形式多样，但由于扫描剖面固定不变，所以最后创建的曲面相对比较单一。可变剖面扫描使用可以变化的剖面创建扫描特征，可以创建出形状变化更为丰富的特征。

一、 可变剖面的含义

可变剖面扫描的核心是剖面"可变"，剖面的变化主要包括以下几个方面。

(1) 方向：可以使用不同的参照确定剖面扫描运动时的方向。

(2) 旋转：扫描时可以绕指定轴线适当旋转剖面。

(3) 几何参数：扫描时可以改变剖面的尺寸参数。

框架实质上是一个坐标系，该坐标系能带动其上的扫描剖面沿着扫描原始轨迹滑动。坐标系的轴由辅助轨迹和其他参照定义，如图6-34所示。

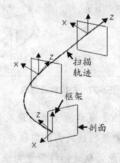

图6-34 框架

 最后总结可变剖面扫描的创建原理：将草绘剖面放置在框架上，再将框架附加到扫描轨迹上并沿轨迹长度方向移动来创建扫描特征。框架的作用不可小视，因为它决定着草绘沿原始轨迹移动时的方向。

二、 可变剖面扫描的一般步骤

可变剖面扫描主要设计步骤如下。

(1) 创建并选取原始轨迹。

(2) 打开可变剖面扫描工具。

(3) 根据需要添加其他轨迹。

(4) 指定剖面控制以及水平/垂直方向控制参照。

(5) 草绘剖面。

(6) 预览几何并完成特征。

三、 选取轨迹

选择【插入】/【可变剖面扫描】命令，或在右工具箱中单击 按钮，都可以弹出如图 6-35 所示的设计图标板。

图6-35　可变剖面扫描设计图标板

在图标板上单击 **参照** 按钮，弹出如图 6-36 所示的【参照】面板。

首先向面板顶部的轨迹列表中添加扫描轨迹。在添加轨迹时，如果同时按住 Ctrl 键可以添加任意多个轨迹。

可变剖面扫描时可以使用以下几种轨迹类型。

图6-36　【参照】面板

- 【原始轨迹】：在打开设计工具之前选取的轨迹，即基础轨迹线，具备引导截面扫描移动与控制截面外形变化的作用，同时确定截面中心的位置。
- 【法向轨迹】：在扫描过程中，扫描剖面始终保持与法向轨迹垂直。
- 【X轨迹】：沿X坐标方向的轨迹线。

图 6-37 所示为扫描轨迹选取示例。

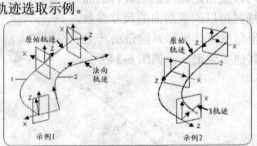

图6-37　扫描轨迹选取

在图 6-36 中，选择轨迹列表中的【X】复选框使该轨迹成为 X 轨迹。但是第 1 个选取的轨迹不能作为 X 轨迹；选择【N】复选框可使该轨迹成为法向轨迹；如果轨迹存在一个或多个相切曲面，则选中【T】复选框。通常情况下，将原始轨迹始终设置为法向轨迹。

四、 绘制剖面

设置完成参照后，单击 按钮打开二维草绘截面绘制剖面图。

如果仅仅选择了原始轨迹线，绘制完成草绘剖面后如果马上退出草绘器，此时创建的曲面为普通扫描曲面，显然没有达到预期的可变剖面的效果，如图 6-40 所示。

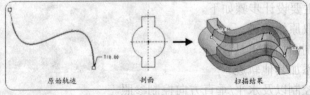

原始轨迹　　剖面　　扫描结果

图6-38　普通扫描曲面

【案例6-3】 创建可变剖面扫描特征。

1. 创建基准曲线1。

(1) 在右工具箱中单击 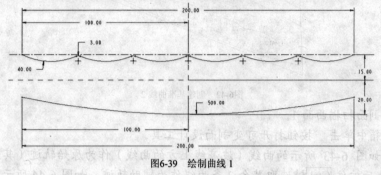 按钮打开草绘曲线工具。

(2) 选取基准平面FRONT作为草绘平面，接受缺省参照后进入草绘模式。

(3) 在草绘平面内绘制如图6-39所示的曲线，创建如图6-40所示的基准曲线。

图6-39 绘制曲线1

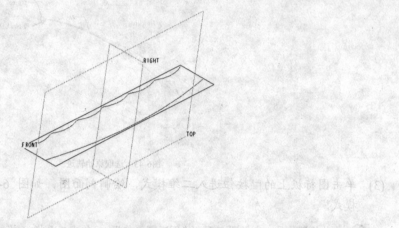

图6-40 创建基准曲线1

2. 创建基准曲线2。

(1) 在右工具箱中单击 按钮打开草绘曲线工具。

(2) 选取基准平面TOP作为草绘平面，接受缺省参照后进入草绘模式。

(3) 在草绘平面内绘制如图6-41所示的曲线，创建如图6-42所示的基准曲线。

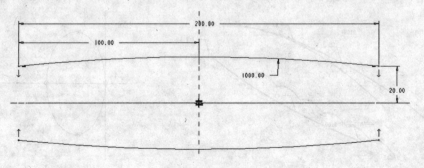

图6-41 绘制曲线2

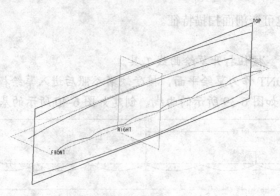

图6-42 创建基准曲线 2

3. 创建可变剖面扫描曲面 1。

(1) 在右工具箱中单击 按钮打开可变剖面设计工具。

(2) 首先选取如图 6-43 所示的曲线（波浪线上方的曲线）作为原始轨迹（其上有"原点"字样），然后按住 Ctrl 键选取其余 3 条曲线作为辅助轨迹，如图 6-44 所示。

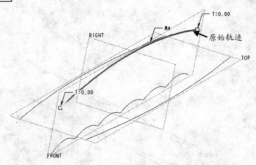

图6-43 选取原始轨迹

(3) 单击图标板上的 按钮进入二维模式，绘制剖面图，如图 6-45 所示。完成后退出草绘模式。

 此处绘制的是一个椭圆剖面，绘图时需要使用 约束工具将 4 条曲线的端点（图 6-45 中的点
1、2、3 和 4）对齐到椭圆上。

(4) 单击鼠标中键，最后创建的可变剖面扫描曲面如图 6-46 所示。

4. 创建基准曲线 3。

(1) 在右工具箱中单击 按钮打开草绘曲线工具。

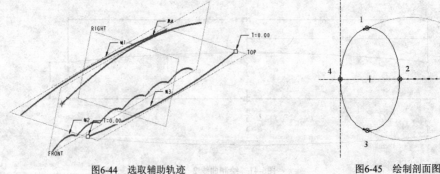

| 图6-44 选取辅助轨迹 | 图6-45 绘制剖面图 |

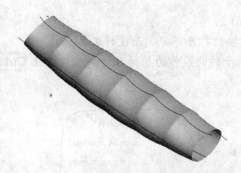

图6-46 可变剖面扫描曲面1

(2) 选取基准平面 **FRONT** 作为草绘平面，接受缺省参照后进入草绘模式。

(3) 在草绘平面内绘制如图 6-47 所示的曲线，创建如图 6-48 所示的基准曲线。

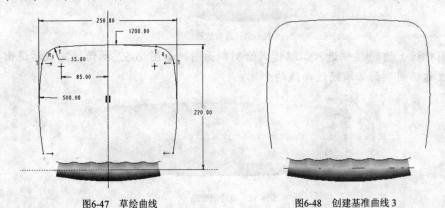

图6-47 草绘曲线　　　　　　　　　　　图6-48 创建基准曲线3

5. 创建基准曲线 4。

(1) 在右工具箱中单击 按钮打开草绘曲线工具。

(2) 选取基准平面 **FRONT** 作为草绘平面，接受缺省参照后进入草绘模式。

(3) 在草绘平面内绘制如图 6-49 所示的曲线，创建如图 6-50 所示的基准曲线。

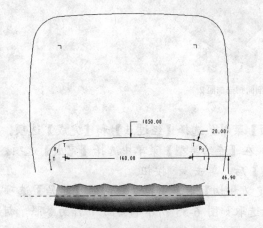

图6-49 草绘曲线　　　　　　　　　　　图6-50 创建基准曲线4

 此处曲线3和曲线4的形状读者可以自行设计，不必拘泥于图 6-47 和图 6-49 中的尺寸标注。

6. 创建可变剖面扫描曲面 2。

(1) 在右工具箱中单击 按钮打开可变剖面设计工具。

(2) 首先选取如图 6-51 所示的曲线作为原始轨迹，然后按住 Ctrl 键选取另一条曲线作为辅助轨迹。

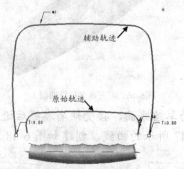

图6-51　选取轨迹

(3) 单击图标板上的 按钮进入二维模式绘制剖面图，如图 6-52 所示。完成后退出草绘模式。注意椭圆剖面必须经过曲线两个端点。

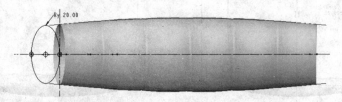

图6-52　草绘剖面图

(4) 单击鼠标中键，最后创建的可变剖面扫描曲面如图 6-53 所示。

图6-53　可变剖面扫描曲面 2

7. 创建基准曲线 5。

(1) 在右工具箱中单击 ～ 按钮打开【曲线选项】菜单，选择【经过点】和【完成】选项。

(2) 依次选取如图 6-54 所示的点 1 和点 2 后，在【连结类型】菜单中选择【完成】选项。

(3) 在【曲线：通过点】对话框中选取【相切】后，单击 定义 按钮。

(4) 首先定义曲线起始端的相切关系，在【定义相切】菜单中接受默认的【起始】选项，接着在该菜单中选择【曲面】选项，然后选取如图 6-55 所示的曲面 1 作为参照，新建曲线将与该曲面相切。

(5) 系统自动在【定义相切】菜单中选择【终止】选项定义曲线终点的相切关系，继续在该菜单中选择【曲面】选项，然后选取如图 6-55 所示的曲面 2 作为参照，新建曲线将与该曲面相切。最后在【定义相切】菜单中选择【完成/返回】选项。

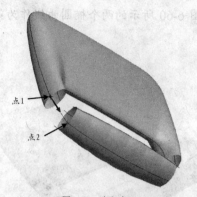

图6-54 选取点 图6-55 选取曲面

(6) 单击鼠标中键，最后创建的基准曲线如图 6-56 所示。

8. 创建基准曲线 6、7 和 8。

(1) 采用创建曲线 5 类似的方法创建曲线 6，该曲线经过如图 6-57 所示点 3 和点 4，在始末两端分别与曲面 1 和曲面 2 相切。

(2) 使用类似的方法在另一侧创建曲线 7 和曲线 8，完成后的结果如图 6-58 所示。

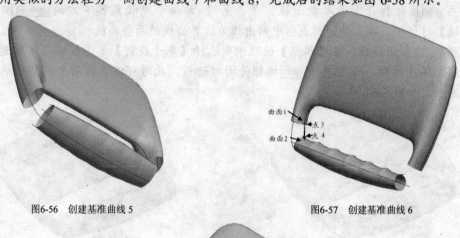

图6-56 创建基准曲线 5 图6-57 创建基准曲线 6

图6-58 创建的基准曲线 7、8

9. 创建边界混合曲面。

(1) 单击 按钮启动创建边界混合工具。

(2) 按住 Ctrl 键选择如图 6-59 所示的两条曲线作为第一方向边界曲线。

(3) 激活第 2 方向曲线收集器，按住 Ctrl 键选择如图 6-60 所示的两个椭圆曲线作为第 2 方向边界曲线。

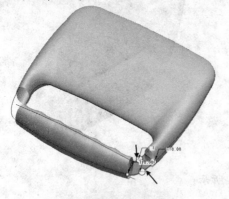

图6-59 选取第 1 方向边界曲线

图6-60 选取第 2 方向边界曲线

提示 实际上第 2 个方向上的边界曲线只选中了半个椭圆，单击 ☑∞ 按钮可以看到最后也只是创建了半个曲面，因此需要进一步选中这两条边界曲线。

(4) 单击 曲线 按钮打开上滑参数面板，单击第 2 方向参照收集器下方的 细节... 按钮打开【链】对话框，左上角的列表框中列出作为边界曲线的两条曲线。

(5) 选取第 1 条曲线后，在【参照】选项卡中选择【基于规则】单选按钮，然后选择【完整环】单选按钮。最后单击 确定 按钮关闭对话框。此时可以看到两个完整的椭圆边线被选中，如图 6-61 所示。

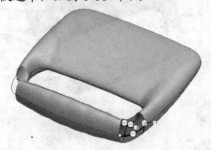

图6-61 被选中的椭圆边线

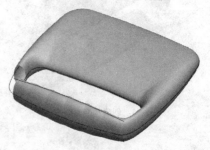

图6-62 边界混合曲面

(6) 单击鼠标中键，最后创建的边界混合曲面如图 6-62 所示。

(7) 使用类似的方法创建另一侧的边界混合曲面，最终创建的设计结果如图 6-63 所示。

图6-63 最后结果

6.2 编辑曲面特征

在三维实体建模中，曲面特征是一种常用的设计材料。使用各种方法创建的曲面特征并不一定正好满足设计要求，这时可以采用多种操作方法来编辑曲面，就像裁剪布料制作服装一样，可以将多个不同曲面特征进行编辑后拼装为一个曲面，最后由该曲面创建实体特征。

6.2.1 修剪曲面特征

修剪曲面特征是指裁去指定曲面上多余的部分以获得理想大小和形状的曲面，既可以使用已有基准平面、基准曲线或曲面来修剪，也可以使用拉伸、旋转等三维建模方法来修剪。选取需要修剪的曲面特征，选择【编辑】/【修剪】命令或在右工具箱上单击 按钮，都可以选中曲面修剪工具。

一、 使用基准平面作为修剪工具

如图 6-64 所示，选取被修剪的曲面特征，选取基准平面 FRONT 作为修剪对象，确定这两项内容后，系统使用一个黄色箭头指示修剪后保留的曲面侧，另一侧将会被裁去，单击图标板上的 按钮可以调整箭头的指向以改变保留的曲面侧。

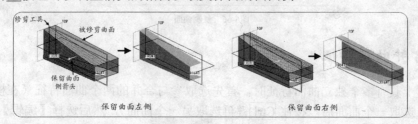

图6-64 使用基准平面修剪

二、 使用一个曲面修剪另一个曲面

可以使用一个曲面修剪另一个曲面，这时要求被修剪曲面能够被修剪曲面严格分割开，如图 6-65 所示。进行曲面修剪时，用户可以单击图标板上的 按钮调整保留曲面侧以获得不同的结果。

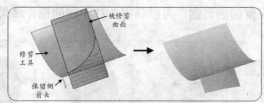

图6-65 使用曲面修剪

6.2.2 复制曲面特征

使用曲面复制的方法也可以创建已有曲面的副本。系统提供了多种曲面复制方法，用户在设计时可以根据设计需要进行选取。

一、 曲面的复制操作

选取曲面特征后，选择【编辑】/【复制】命令或在上工具箱上单击 按钮，或者使用快捷键 Ctrl+C 都可以启用曲面复制工具。

复制完曲面后，选择【编辑】/【粘贴】命令或在上工具箱中单击 按钮，或者使用快捷键 Ctrl+V 启用粘贴工具，即可创建复制特征，复制生成的曲面和原曲面完全重叠，由模型树窗口可以看出复制曲面特征确实存在。

二、镜像复制曲面特征

镜像复制的原理在实体建模中已介绍过。选取曲面特征后，选择【编辑】/【镜像】命令或在右工具箱上单击 按钮，都可以选中镜像复制工具。

单击图标板上的 参照 按钮打开参数面板，在【镜像平面】列表框中指定基准平面或实体表面作为镜像参照，单击 选项 按钮打开选项参数面板，选择【复制为从属项】复选框后，复制曲面和原始曲面具有主从关系，修改源曲面后复制曲面自动被修改，如图 6-66 所示。

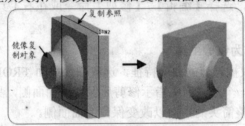

图6-66　复制曲面

6.2.3 合并曲面特征

当模型上具有多个独立曲面特征时，首先选取参与合并的两个曲面特征（在模型树窗口或者模型上选取一个曲面后，按住 Ctrl 键再选取另一个曲面），然后选择【编辑】/【合并】命令或在右工具箱上单击 按钮，系统打开如图 6-67 所示的合并图标板。

图6-67　合并图标板

在图标板上有两个 按钮，分别用来确定合并曲面时每一曲面上保留的曲面侧。

在图 6-68 中，选取合并的两个相交曲面后，分别单击两个 按钮调整保留的曲面侧，系统用黄色箭头指示要保留的曲面侧，可以获得 4 种不同的设计结果。

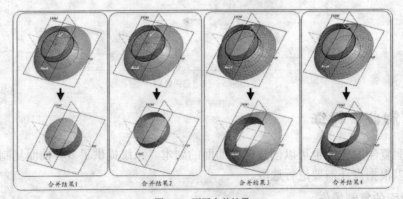

图6-68　不同合并结果

【案例6-4】 合并曲面特征。

1. 打开文件。

使用浏览方式打开教学资源文件 "\第 10 章\素材\merge.prt"，这里已经创建了 5 个独立的曲面特征，如图 6-69 所示。

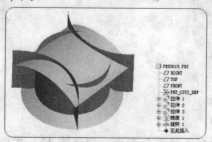

图6-69 曲面特征

2. 第一次合并曲面。

(1) 在模型树窗口中选取曲面 "拉伸 1" 和曲面 "拉伸 2"，然后在右工具箱中单击 按钮打开曲面合并工具。

(2) 接受默认的保留曲面侧，如图 6-70 所示，单击鼠标中键，合并结果如图 6-71 所示。

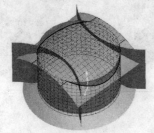

图6-70 保留曲面侧 1

图6-71 合并结果 1

3. 第二次合并曲面。

(1) 在模型树窗口中选取曲面 "拉伸 3" 和曲面 "合并 1"（上一步合并的结果），然后在右工具箱中单击 按钮打开曲面合并工具。

(2) 单击代表曲面保留侧的黄色箭头，使之指向如图 6-72 所示，单击鼠标中键，最后的合并结果如图 6-73 所示。

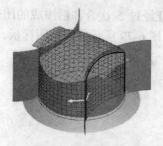

图6-72 保留曲面侧 2

图6-73 合并结果 2

4. 第三次合并曲面。

(1) 按住 Ctrl 键选取上一步合并的曲面和曲面 "镜像 1"，然后在右工具箱中单击 按钮打开曲面合并工具。

(2) 单击代表曲面保留侧的黄色箭头，使之指向如图 6-74 所示，单击鼠标中键，最后的合并结果如图 6-75 所示。

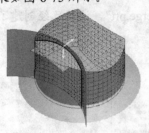

图6-74 保留曲面侧 3

图6-75 合并结果 3

5. 第四次合并曲面。

(1) 按住 Ctrl 键选取上一步合并的曲面和曲面"旋转 1"，然后在右工具箱中单击 按钮打开曲面合并工具。

(2) 单击代表曲面保留侧的黄色箭头，使之指向如图 6-76 所示，单击鼠标中键，最终的合并结果如图 6-77 所示。

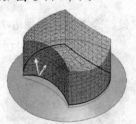

图6-76 保留曲面侧 4

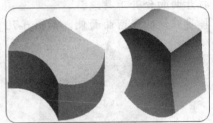

图6-77 合并结果 4

6.3 曲面的实体化操作

曲面特征的重要用途之一就是由曲面围成实体特征的表面，然后将曲面实体化，这也是现代设计中对复杂外观结构的产品进行造型设计的重要手段。

6.3.1 使用曲面特征构建实体特征

如图 6-78 所示的曲面特征是由 6 个独立的曲面特征经过 5 次合并后围成的闭合曲面。选取该曲面后，选择【编辑】/【实体化】命令，打开如图 6-79 所示的设计图标板。

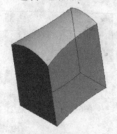

图6-78 曲面特征

图6-79 设计图标板

通常情况下，系统选取默认的实体化设计工具 ，因为将该曲面实体化生成的结果唯一，因此可以直接单击图标板上的 按钮生成最后的结果。

注意 这种将曲面实体化的方法只适合闭合曲面。另外,虽然曲面实体化后的结果和实体前的曲面在外形上没有多大的区别,但是曲面实体化后已经彻底变为实体特征,这个变化是质变,这样所有实体特征的基本操作都适用于该特征。

对于位于实体模型外部的曲面,如果曲面边界全部位于实体特征外表面或内部,可以在曲面内填充实体材料构建实体特征,如图 6-80 所示。

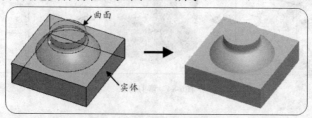

图6-80 填充实体材料

对于位于实体模型内部的曲面,如果曲面边界全部位于实体特征外表面或外部,可以切除曲面对应部分的实体材料,如图 6-81 所示。

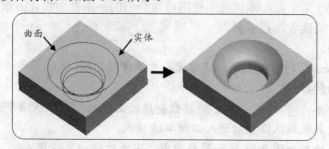

图6-81 切除实体材料

6.3.2 曲面的加厚操作

除了使用曲面构建实体特征外,还可以使用曲面构建薄板特征。构建薄板特征时,对曲面的要求相对宽松得多。选取曲面特征后,选择【编辑】/【加厚】命令,系统弹出如图 6-82 所示的加厚设计图标板。

图6-82 加厚设计图标板

使用图标板上默认的 □ 工具可以加厚任意曲面,在图标板上的文本框中输入加厚厚度,黄色箭头指示加厚方向,单击 按钮可以调整加厚方向,如图 6-83 所示。

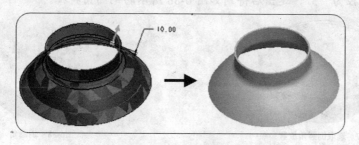

图6-83 加厚曲面

选取实体特征内部的曲面特征后，选择【编辑】/【加厚】命令打开设计工具。在图标板上单击 ▨ 按钮，可以在实体内部进行薄板修剪。系统用箭头指示薄板修剪的方向，单击 ▨ 按钮可以改变该方向，设置修剪厚度后，即可获得修剪结果，如图 6-84 所示。

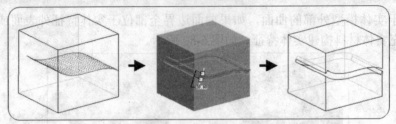

图6-84　修剪薄板

6.4　综合实例——花洒设计

本例将设计一个花洒，主要帮助读者理解曲面在辅助创建具有复杂形状表面模型时的应用。曲面设计手段非常丰富，本例除了使用前面介绍的基本曲面设计方法外，还将使用造型曲面的设计技巧，请读者注意掌握。

1. 新建零件文件。

新建名为 "spray" 的零件文件，随后进入三维建模环境。

2. 创建旋转曲面特征。

(1) 在右工具箱中单击 ⊛ 按钮，单击 ▱ 按钮创建曲面特征，选取基准平面 FRONT 作为草绘平面，接受其他默认设置后进入二维草绘模式。

(2) 在草绘平面内绘制如图 6-85 所示的截面图，完成后退出草绘模式。

(3) 设置特征类型为曲面，退出后得到如图 6-86 所示的旋转特征。

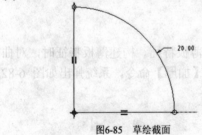

图6-85　草绘截面

图6-86　旋转特征

3. 创建倒圆角特征。

(1) 在右工具箱中单击 ▨ 按钮，选取如图 6-87 所示的边线作为倒圆角放置参照。

(2) 设置圆角半径为 "3"，退出后得到如图 6-88 所示的倒圆角特征。

图6-87　选取倒圆角放置参照

图6-88　倒圆角

4. 创建曲面实体化特征。

(1) 选取曲面特征后，选择【编辑】/【加厚】命令打开加厚设计工具。

(2) 设置加厚方向朝内，厚度为"2"，如图6-89所示，退出后得到如图6-90所示的加厚特征。

图6-89 设置方向和厚度

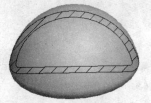

图6-90 加厚特征

5. 创建拉伸特征。

(1) 在右工具箱中单击 按钮打开拉伸设计工具，按下 按钮创建减材料特征。

(2) 选取如图6-91所示的平面作为草绘平面，接受默认设置进入二维草绘模式

(3) 在草绘平面内绘制如图6-92所示的截面图，完成后退出草绘模式。

(4) 设置拉伸终止条件为拉伸至下一曲面，退出后得到如图6-93所示的拉伸结果。

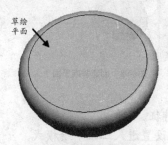

图6-91 选取草绘平面

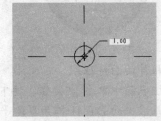

图6-92 绘制草绘截面

图6-93 拉伸结果

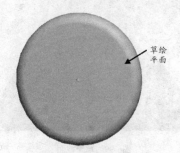

图6-94 选取草绘平面

6. 创建阵列特征。

(1) 在左边的模树型窗口中选取上一步的拉伸特征，单击鼠标右键，在弹出的快捷菜单中选择【阵列】命令进入阵列操作界面。

(2) 选取阵列方式为【填充】，在设计工作区中长按鼠标右键，在弹出的快捷菜单中选择【定义内部草绘】命令。

(3) 选取如图6-94所示的模型底面作为草绘平面，接受默认设置进入草绘模式。

(4) 在草绘平面内绘制如图6-95所示的截面图，完成后退出草绘模式。

(5) 按照如图6-96所示设置其余阵列参数，退出后得到如图6-97所示的阵列结果。

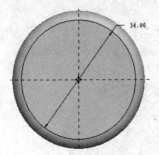

图6-95 草绘截面

图6-96 设置阵列参数

7. 创建基准平面特征。

(1) 在右工具箱中单击□按钮打开【基准平面】对话框。

(2) 按照如图 6-98 所示创建基准平面 DTM1。

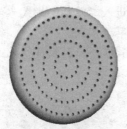

图6-97 阵列结果

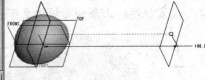

图6-98 创建基准平面1

8. 创建拉伸曲面特征。

(1) 在右工具箱中单击□按钮，按下□按钮创建曲面特征。

(2) 选取基准平面 DTM1 作为草绘平面，接受其他默认设置进入二维草绘模式。

(3) 在草绘平面内绘制如图 6-99 所示的截面图，完成后退出草绘模式。

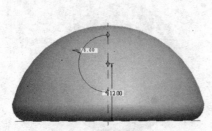

图6-99 草绘截面

图6-100 拉伸曲面

(4) 设置拉伸深度为 "15"，退出后得到如图 6-100 所示的拉伸曲面。

9. 创建造型曲面特征。

(1) 在右工具箱中单击□按钮进入造型设计模式。

(2) 在右工具箱中单击▦按钮设置活动平面，选取基准平面 FRONT 作为参照，稍后绘制的曲线将位于该活动平面上。

(3) 单击右工具箱中的∿按钮绘制曲线，设置曲线类型为【平面】。

(4) 在按住 Shift 键的同时把光标靠近旋转曲面的上表面，可以看到出现一个十字星形状的图标，选取沐浴喷头头部的表面，如图 6-101 所示。

图6-101　捕捉参照

图6-102　创建曲线

(5)　在曲线中间加入控制点，再次按住 Shift 键，把光标靠近拉伸曲面特征的表面，捕捉到曲面的一个顶点作为参照，创建如图 6-102 所示的曲线。

(6)　在右工具箱中单击 按钮对刚才生成的造型曲线进行编辑修改，设置造型曲面的一端相切于参照曲面，如图 6-103 所示。

(7)　采用同样的方法使造型曲线与另一个曲面相切，如图 6-104 所示。

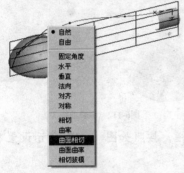

图6-103　设置相切 1

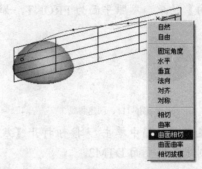

图6-104　设置相切 2

(8)　选取造型曲线，然后在上工具箱中单击 按钮显示曲率，以便于确定曲线的形状是否合理，如图 6-105 所示。

(9)　在设计工作区中长按鼠标右键，在弹出的快捷菜单中选择【活动平面方向】命令，使活动平面与屏幕平行。

(10)　拖动造型曲线的控制点，编辑造型曲线，结果如图 6-106 所示。

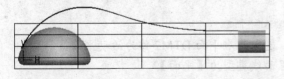

图6-105　显示曲线 1

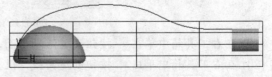

图6-106　编辑曲线 1

(11)　仿照前述方法继续绘制第 2 条平面曲线，按住 Shift 键捕捉旋转特征的上表面作为参照，如图 6-107 所示。

图6-107　选取参照

图6-108　创建曲线 2

(12)　在曲线中间插入控制点，然后按住 Shift 键捕捉另一侧的曲面作为参照，创建如图 6-

108 所示的曲线。

(13) 在右工具箱中单击 按钮对刚才生成的造型曲线进行编辑操作，将曲线的两端分别设置相切于曲面，结果如图 6-109 所示。

(14) 选取造型曲线，然后在上工具箱中单击 按钮显示曲率，结合曲率图调整曲线的形状如图 6-110 所示。

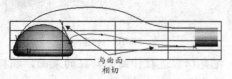

图6-109　设置相切

图6-110　调整曲线 2 形状

(15) 在右工具箱中单击 按钮创建第 3 条曲线，设置曲线类型为【COS】。

(16) 按住 Shift 键分别捕捉到前两条曲线的端点，创建如图 6-111 所示的曲线。

(17) 在右工具箱中单击 按钮对刚才绘制的曲线进行编辑，为曲线的两个端点添加【法向】约束，参照平面为 FRONT，如图 6-112 所示。

图6-111　创建曲线 3

图6-112　编辑曲线 3

(18) 在右工具箱中单击 按钮打开【基准平面】对话框，按照如图 6-113 所示设置参数，创建基准平面 DTM2。

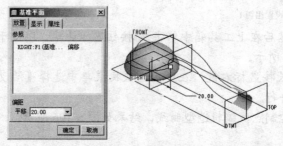

图6-113　创建基准平面 2

(19) 在右工具箱中单击 按钮设置活动平面，选取基准平面 DTM2 作为活动平面。

(20) 在右工具箱中单击 按钮创建曲线，设置曲线类型为【平面】。

(21) 按住 Shift 键分别捕捉第 1 条、第 2 条曲线创建曲线，结果如图 6-114 所示。

(22) 在右工具箱中单击 按钮对刚才生成的造型曲线进行编辑，设置曲线的两端法向于基准平面 FRONT，结果如图 6-115 所示。

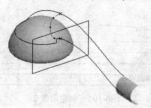

图6-114　创建曲线 4

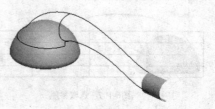

图6-115　编辑曲线 4

(23) 在右工具箱中单击 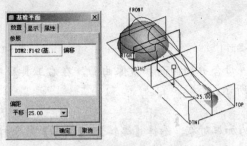 按钮打开【基准平面】对话框，按照如图 6-116 所示设置参数，创建基准平面 DTM3。

图6-116 创建基准平面3

(24) 在右工具箱中单击 ▦ 按钮设置活动平面，选取基准平面 DTM3 作为参照。

(25) 重复先前的步骤创建如图 6-117 所示的第 5 条曲线。

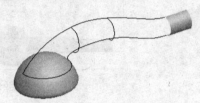

图6-117 创建曲线5

(26) 在右工具箱中单击 ▧ 按钮创建造型曲面，选取如图 6-118 所示的曲线作为边界参照，图 6-119 所示的曲线作为内部曲线。

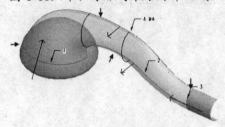

图6-118 选取边界参照

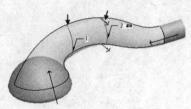

图6-119 选取内部曲线

(27) 单击鼠标中键退出，得到如图 6-120 所示的造型曲面，完成后退出造型模式。

图6-120 创建造型曲面

10. 创建合并特征。

(1) 按住 Ctrl 键选取造型曲面和拉伸曲面作为合并对象。

(2) 在右工具箱中单击 ▱ 按钮进行合并操作，结果如图 6-121 所示。

11. 创建镜像特征。

(1) 选取合并后的面组作为参照，在右工具箱中单击 ▯Ⅱ 按钮。

(2) 选取基准平面 FRONT 作为参照，镜像结果如图 6-122 所示。

图6-121　合并曲面1

图6-122　镜像结果

(3) 按住 Ctrl 键选取上一步合并的曲面和镜像曲面，在右工具箱中单击 [图标] 按钮进行合并操作，结果如图 6-123 所示。

12. 加厚曲面。

(1) 选取合并后的曲面作为加厚对象，选择【编辑】/【加厚】命令打开加厚设计图标板。

(2) 设计加厚厚度为 "2"，方向朝内，模型的最终设计结果如图 6-124 所示。

图6-123　合并曲面2

图6-124　最后结果

6.5　实训

主要使用曲面建模方法来创建风扇叶片，设计结果如图 6-125 所示。

图6-125　实训图形

设计中综合使用多种曲面设计方法以及曲面合并、曲面实体化等工具。基本设计过程如图 6-126 所示。

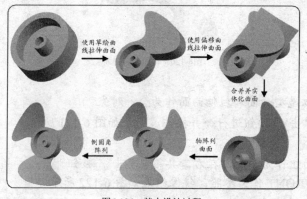

图6-126　基本设计过程

小结

曲面是三维实体建模的一种理想设计材料。在现代复杂产品的造型设计中，参数曲面是有效的设计工具。曲面特征虽然在物理属性上和实体模型有很大的差异，没有质量，没有厚度，但是其创建方法和原理与实体特征极其类似。在曲面特征和实体特征之间并没有不可逾越的鸿沟，使用系统提供的方法，曲面特征可以很方便地转换为实体特征。

从生成方法来看，创建实体特征的所有方法都适合于曲面特征，而且原理相似。在创建曲面特征时，对截面的要求更加宽松，可以使用任意开放截面来构建曲面特征。曲面特征的创建方法比实体特征更丰富。

使用曲面进行设计是一项精巧而细致的工作。再优秀的设计师也不大可能仅使用一种方法就构建出理想的复杂曲面，必须将已有曲面特征加以适当修剪、复制以及合并等操作后才能获得最后的结果。另外还要注意，在实体建模中介绍过的圆角、倒角等设计方法同时也适合于曲面特征。

一般来说，使用一定方法将曲面特征实体化是曲面设计的最终归宿，这项操作包括曲面实体化和曲面薄板化两项基本内容。曲面实体化时对曲面的要求非常严格，曲面必须自行封闭或者与实体特征无缝结合。曲面与实体特征无缝结合时，可以使用曲面来创建加材料或减材料实体特征，也可以通过使用曲面来替换指定的实体表面以构建实体特征。曲面的薄板化对曲面要求很宽松，可以使用任意曲面创建指定厚度的薄板实体。

思考与练习

1. 分析如图 6-127 所示的曲面应该采用什么方法创建。

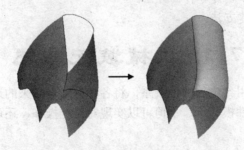

图6-127　曲面特征

2. 综合使用曲面建模和实体建模方法创建如图 6-128 所示的手机壳模型。

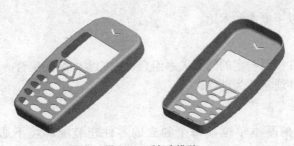

图6-128　手机壳模型

第 **7** 章

组件装配设计

生产中典型的机械总是被拆分成多个零件，分别完成每个零件的建模之后，再将其按照一定的装配关系组装为整机。组件装配是设计大型模型的需要，将复杂模型分成多个零件进行设计，可以简化每个零件的设计过程。本章将介绍机械装配的基本概念、基本装配工具和装配操作过程。

学习目标

- 掌握装配的基本概念和用途。
- 明确约束的种类及其用途。
- 掌握组件装配的一般过程。
- 明确在装配环境下创建零件的方法。
- 掌握分解图的创建方法。

7.1 机械装配综述

机械装配设计是指利用一定的约束关系，将各零件组合起来的过程。组合起来的整体就是装配体。在 Pro/E 的组件模式下，不但可以实现对装配操作，还可以对装配体进行修改、分析和分解。

7.1.1 基本术语

在装配中常用到以下概念和术语。

一、组件

组件是指由零部件按照一定的约束关系组合而成的零件装配集合。一个组件中往往包括若干个子组件，子组件通常称为部件。

二、元件

元件是组成组件的基本单位，每个独立的零件在装配环境下通常作为一个元件来看待。

三、 装配模型树

装配模型图是指在装配环境下，模型树区的结构图，包括组件、零件等装配体的组成部分，以及它们之间的关系，如图 7-1 所示。

四、 分解图

装配体的分解图就是把元件分开来的视图。通过装配分解图可以更好地分析产品和指导生产。一般的产品说明书中，都会附带有产品的分解图，用以说明各部件的作用和使用方法。图 7-2 所示为一个装配体的分解图。

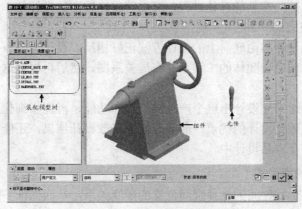

图7-1　装配设计环境

图7-2　分解图

7.1.2 装配工具介绍

在上工具箱中单击 button 按钮打开【新建】对话框，在【类型】分组框中选择【组件】单选按钮，在【子类型】分组框中选择【设计】单选按钮，如图 7-3 所示，输入组件文件名后进入组件装配设计环境。

图7-3　【新建】对话框

一、 两种装配模式

元件的装配主要有以下两种思路：自底向上装配和自顶向下装配。

(1) 自底向上装配。

自底向上装配时，首先创建好组成装配体的各个元件，然后按照一定的装配顺序依次将其装配为组件。

这种装配模式比较简单、初级，其设计思路清晰，设计原理也容易被广大用户接受。但是其设计理念还不够先进，设计方法也不够灵活，还不能完全适应现代设计的要求，主要应用于一些已经比较成熟的产品的设计过程，可以获得比较高的设计效率。

(2) 自顶向下装配。

由顶向下的装配设计与由底向上的设计方法正好相反。设计时，首先从整体上勾画出产品的整体结构关系或创建装配体的二维零件布局关系图，然后再根据这些关系或布局逐一设计出产品的零件模型。

在现代设计中，通常先设计出整个产品的结构和功能，再逐步细化到单个零件的设计，这种设计方法具有参数化设计的优点，能够方便地修改设计结果，还能够很容易地把对某一元件的修改反映到整个产品设计中。

二、 两种装配约束形式

约束是施加在各个零件间的一种空间位置的限制关系，从而保证参与装配的各个零件之间具有确定的位置关系。根据装配约束形式的不同，可以将装配约束划分为以下两类。

(1) 无连接接口的装配约束。

使用无连接接口的装配约束的装配体上各零件不具有自由度，零件之间不能做任何相对运动，装配后的产品成为具有层次结构且可以拆卸的整体，但是产品不具有"活动"零件。这种装配连接称为约束连接。

(2) 使用有连接接口的装配约束。

大多数机器在装配完成后，零件之间还应该具有正确的相对运动，例如轴的转动，滑块的移动等。为此在装配模块中引入了有连接接口的装配约束。这种装配连接称为机构连接，是使用 Pro/E 进行机械仿真设计的基础。

三、 装配工具

在右工具箱中单击 按钮后，浏览到需要装配的零件并将其导入设计环境，同时打开装配设计图标板创建约束连接或者机构连接，如图 7-4 所示。本书仅介绍约束连接。

图7-4 设计图标板

(1) 放置参数面板。

在图标板左上角单击 放置 按钮，弹出放置参数面板，在这里可以详细为新装配元件指定约束类型和约束参照以实现装配过程，如图 7-5 所示。

设计时，首先在右侧上方的下拉列表中为组件和新元件选取约束类型，可以使用的约束类型如图 7-4 所示，然后为其指定约束参照，指定结果会显示在左侧的参数收集器中。

完成一组约束设置后，在图标板上会提示当前的约束状态，如果模型尚未达到需要的约束状态，可以继续添加新的约束和参照。

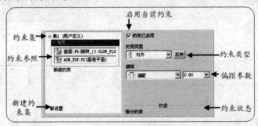

图7-5　放置参数面板

(2)　移动参数面板。

在装配过程中，为了在模型上选取确定的约束参照，有时需要适当对模型进行移动或旋转操作，这时可以在图标板左上角单击 移动 按钮，弹出如图 7-6 所示的移动参数面板，按照如图 7-4 所示设置参数后，即可对选定的模型进行重新放置。

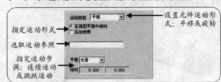

图7-6　移动参数面板

7.2　组件装配方法

组件装配时，需要依次指定约束类型和约束参照，将元件逐个装配到装配体中，通常情况下，每个零件都需要完全确定其位置。对于大型机器，可以先将元件装配为结构相对完整的部件，然后再将部件装配为整机。

7.2.1　常用装配约束及其应用

为了在参与装配的两个元件之间创建准确的连接，需要依次指定一组约束来准确定位这两个元件，这些可用的约束类型共 11 种。

一、　匹配

匹配就是两平面相贴合，其法向方向相反，如图 7-7 所示。此外，也可在匹配的两个平面之间增加间距，构成偏距匹配约束，如图 7-8 所示。

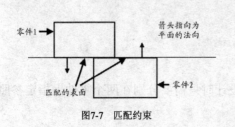

图7-7　匹配约束

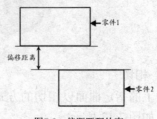

图7-8　偏距匹配约束

二、 对齐

对齐约束可以将两平面对齐或使两圆弧（圆）的中心线在同一条直线上。当两平面相互对齐时，两平面同向，即两平面的法向相向，如图 7-9 所示。它也可以创建偏距对齐，如图7-10 所示。

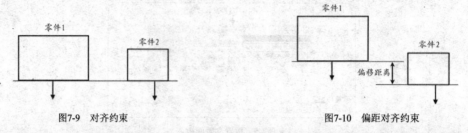

图7-9　对齐约束　　　　　　　　　　　　图7-10　偏距对齐约束

指定对齐和匹配约束时，在两个对象上选取的参照类型必须相同，例如选择的第一个对齐参照是直线，另一个参照也必须是直线。

三、 插入

插入约束主要用于轴与孔的匹配，设计时只需要在轴和孔上分别选取参照曲面即可创建连接，如图 7-11 所示。

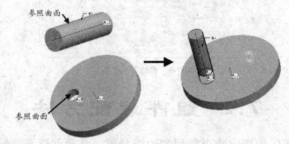

图7-11　插入约束

四、 坐标系

装配完成后，两个零件上的坐标系重合，如图 7-12 所示。利用坐标系进行装配时，必须注意 X、Y 和 Z 轴的方向。

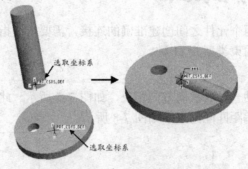

图7-12　坐标系约束

五、 相切

零件上的指定曲面以相切的方式进行装配，设计时只需要分别在两个零件上指定参照曲面即可，如图 7-13 所示。

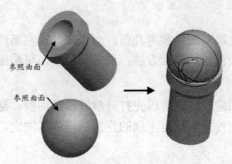

图7-13　相切约束

六、　线上点

将元件上选定的点与组件的边线或其延长线对齐，如图 7-14 所示。

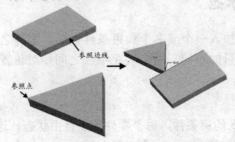

图7-14　线上点约束

七、　曲面上的点

将元件上选定的点放置在组件指定的表面上，如图 7-15 所示。

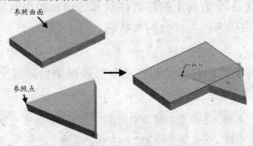

图7-15　曲面上的点约束

八、　曲面上的边

将元件上选定的边放置在组件指定的表面上，如图 7-16 所示。

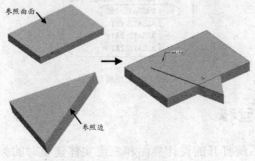

图7-16　曲面上的边约束

九、 自动

用户直接在元组件上选取装配的参考几何，由系统自动判断约束的类型和间距来进行元组件的装配。这是一种比较快速的装配方法，通常只用于简单装配情况下。

十、 固定

将新元件在当前位置固定，这时可以先打开放置参数面板，使用移动或者旋转工具移动或旋转元件，使之相对于组件具有相对正确的位置后再将其固定。

十一、缺省

使用缺省装配坐标系作为参照，将元件的坐标系和组件系统的重合放置，从而将新元件固定在缺省位置。在装配第一个元件时，通常采用"缺省"方式实现元件的快速装配。

7.2.2 零件的约束状态

在两个装配零件之间加入一个或多个约束条件以后，零件之间的相对位置就基本确定了。根据约束的类型和数量的不同，两个装配零件之间相对位置关系的确定度也不完全相同，主要有以下几种情况。

一、 无约束

两个零件之间尚未加入约束条件，每个零件处于自由状态，这是零件装配前的状态。

二、 部分约束

在两个零件之间每加入一种约束条件，就会限制一个方向上的相对运动，因此该方向上两零件的相对位置确定。但是要使两个零件的空间位置全部确定，根据装配工艺原理，必须限制零件在 X、Y 和 Z 这 3 个方向上的相对移动和转动。如果两零件还有某方向上的运动尚未被限定，这种零件约束状态称为部分约束状态。

三、 完全约束

当两个零件 3 个方向上的相对移动和转动全部被限制后，其空间位置关系就完全确定了，这种零件约束状态称为完全约束状态。

 零件无约束或者部分约束时，在模型树窗口中对应零件标识前会有一个小方块符号，如图 7-17 所示，这时需要继续补充参照，使之完全约束，小方块符号随之消失。

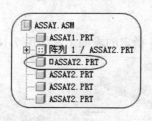

图7-17 装配模型树

7.2.3 装配的一般过程

新建组件文件后，系统打开的设计界面和三维实体建模时的类似，单击 █ 按钮后，打开【打开】对话框，从该对话框中选取零件，将其打开后作为装配元件进行装配设计。当零件数量较多时，可以单击对话框上的 预览(P)>>> 按钮，在对话框右侧打开模型预览窗口以方便零件的选取。

【案例7-1】 装配减速器箱体和箱盖。

1. 新建组件文件。

在上工具箱中单击 按钮，新建名为 "reduce" 的组件文件，随后进入装配设计环境。

2. 使用默认方式装配下箱体。

(1) 在右工具箱中单击 按钮，导入教学资源文件 "\第 7 章\素材\bottom.prt"，该零件为减速器下箱体，如图 7-18 所示。

图7-18 减速器下箱体

(2) 在图标板上选取约束类型为 "缺省"，如图 7-19 所示。单击鼠标中键将该零件在缺省参照中装配。

图7-19 设计图标板

3. 装配上箱盖。

(1) 在右工具箱中单击 按钮，导入教学资源文件 "\第 7 章\素材\top.prt"，该零件为减速器上箱盖，为了便于选取参照，单击界面右下角的 按钮将其在独立创建窗口中显示，如图 7-20 所示。

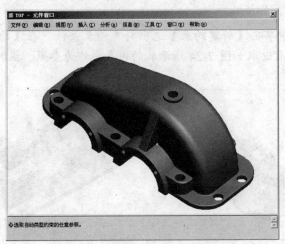

图7-20 独立窗口中打开的上箱盖

在装配过程中可以随时单击图标板左上角的 _{移动} 按钮打开移动工具，来调整元件的位置，以便于在元件上选取合适的参照。

(2) 单击 _{放置} 按钮打开上滑参数面板，在【约束类型】下拉列表中选择"匹配"；在【偏移】下拉列表中接受默认选项"重合"，然后选取如图 7-21 所示的平面作为参照。施加匹配约束后的模型如图 7-22 所示。完成设置后的参数面板如图 7-23 所示。

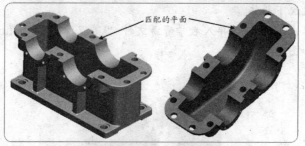

图7-21 匹配约束参照

图7-22 应用参照后的结果

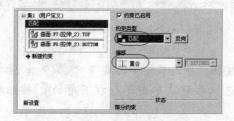

图7-23 参数面板

(3) 在上滑参数面板中单击【新建约束】选项补充约束条件，在【约束类型】下拉列表中选择"插入"；然后选取如图 7-24 所示孔的内表面作为参照。施加插入约束后的模型如图 7-25 所示。

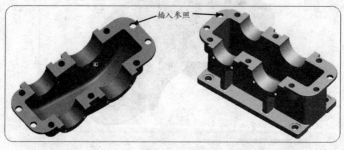

图7-24 插入参照

图7-25 应用参照后的结果

(4) 此时参数面板和图标板上的约束状态提示为"完全约束"，实际上上箱盖并未完全确定位置，该元件还可以绕插入参照孔的轴线转动。这里取消【允许假设】复选框的选择后，约束状态变为部分约束，如图 7-26 所示。

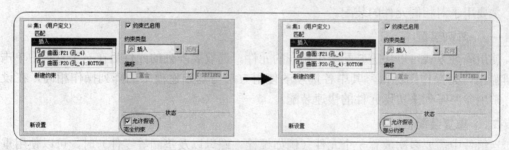

图7-26 参数面板设置

 在装配过程中，系统会根据先前的约束条件自动推断元件的装配位置，如果能够确定便会在【状态】栏下显示【允许假设】复选框，并提示元件已【完全约束】。如果当前的装配位置并不符合设计要求，可以取消对该复选框的选择并继续添加合适的约束项。

(5) 在参数面板中单击【新建约束】选项补充约束条件，在【约束类型】下拉列表中选择"对齐"选项；在【偏移】下拉列表中接受缺省选项"定向"，然后选取如图 7-27 所示的平面作为参照。设置完成后的参数面板如图 7-28 所示。

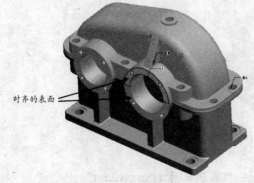

对齐的表面

图7-27 对齐参照

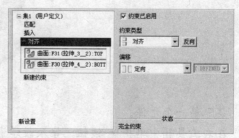

图7-28 参数面板设置

(6) 此时系统提示零件被完全约束，单击鼠标中键，最后创建的结果如图 7-29 所示。

图7-29　装配结果

7.2.4 阵列装配和重复装配

为了实现特殊的装配功能和提高设计效率，软件还提供了阵列装配和重复装配两种方法，主要用于对相同元件的装配。

一、阵列装配

使用阵列方式可以快速装配多个相同的元件。选取要阵列的元件后在右工具箱中单击 按钮弹出阵列操作图标板，其中各选项的使用方法与基础建模中的阵列操作相同，在设计中，常用参照阵列来实现元件的快速装配。

二、重复装配

当组件中需要多次放置一个元件（例如螺栓、螺母以及垫圈等零件）时，可以使用重复方式连续选取参照，以定义元件的位置。

阵列装配和重复装配的步骤如下。

1. 新建组件文件。

在上工具箱中单击 按钮，新建名为"assay"的组件文件，随后进入装配设计环境。

2. 使用默认方式装配下箱体。

(1) 在右工具箱中单击 按钮，导入教学资源文件"\第 7 章\素材\assay1.prt"。

(2) 在图标板上为该零件设置约束方式为"缺省"，单击鼠标中键完成零件的装配，如图 7-30 所示。

图7-30　打开的元件

3. 装配第一个元件。

(1) 在右工具箱中单击 按钮，导入教学资源文件"\第 7 章\素材\assay2.prt"。

(2) 在图标板左上角单击 按钮打开上滑参数面板，为其添加一个【插入】约束，约束参照如图 7-31 所示。

图7-31 插入约束参照

(3) 在参数面板中单击【新建约束】选项补充约束条件，在【约束类型】下拉列表中选取
    "匹配"选项，在【偏移】下拉列表中接受默认选项"重合"，然后选取如图 7-32 所示
    的平面作为参照。

图7-32 匹配约束参照

(4) 确保在参数面板中选择【允许假设】复选框，如图 7-33 所示，最后的装配结果如图 7-34
    所示。

图7-33 参数面板

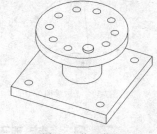

图7-34 装配结果

4. 阵列装配元件。

(1) 如图 7-35 所示，选中刚刚装配完成的元件 assay2，然后在右工具箱中单击▦按钮打开
    阵列工具。

(2) 系统自动选中【参照】阵列选项，单击鼠标中键完成阵列操作，结果如图 7-36 所示。

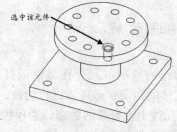

图7-35 选中装配元件

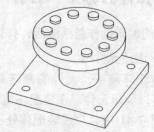

图7-36 参照阵列结果

在阵列装配时，最好两个件之一上已经通过阵列方法创建了特征，例如本例的孔组就是采用轴阵列创建完成的，这样可以直接使用参照阵列来装配其余元件，设计效率高。

5. 重复装配元件。

(1) 仿照第 3 步的操作完成元件的装配，结果如图 7-37 所示。

(2) 选中刚刚装配的元件，然后选择【编辑】/【重复】命令打开【重复元件】对话框，在【类型】列表中选择【插入】选项，如图 7-38 所示。

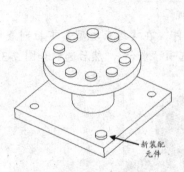

图7-37　装配结果

图7-38　选中约束参照

(3) 在【重复元件】对话框底部单击 添加 按钮，按照如图 7-39 所示依次选取底板孔的内表面作为参照，即可快速创建装配结果，如图 7-40 所示。

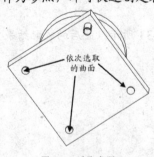

图7-39　选取参照

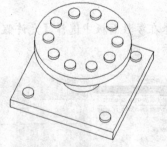

图7-40　重复装配结果

7.3　装配环境下的基本操作

装配体是由多个元件组装而成的整体，在设计中需要对其进行编辑、删除、修改以及替换等操作，有时根据设计需要还要在装配环境下新建新零件。

7.3.1　元件的激活、打开

元件的编辑操作包括激活、打开和包装等，下面分别进行讲解。

一、　激活元件

在装配环境下，元件的激活和打开是进行零件操作的基础，只有在激活或打开元件后，才可以编辑元件。在装配环境下，元件和顶级装配体的当前状态可以进行切换。

在图 7-41 中，顶级装配体处于激活状态，此时各元件上没有激活标志。当顶级装配体处于激活状态时，可以装配新元件以及在装配环境下新建元件。

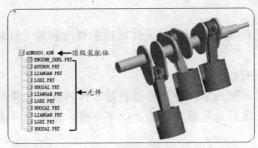

图7-41 装配体及其模型树

在模型树窗口中需要激活的元件上单击鼠标右键,在弹出的快捷菜单中选择【激活】命令,将其激活。此时被激活的元件前有一个激活标志,同时模型上的其他实体元件处于透明状态,如图 7-42 所示。在模型树窗口中激活的零件上单击鼠标右键,在弹出的快捷菜单中可以选择各种编辑操作,例如再生、编辑和打开等。

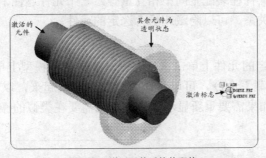

图7-42 激活元件后的装配体

要重新激活顶层装配体,可以采用类似的方法,在顶层装配体上单击鼠标右键,在弹出的快捷菜单中选择【激活】命令,还可以直接选择【窗口】/【激活】命令。

二、 打开元件

在组件模式下,也可以回到零件的设计窗口,对零件的特征进行编辑和变更操作,这时首先需要打开零件。

在模型树窗口中选择需要编辑的元件,在其上单击鼠标右键,在弹出的快捷菜单中选择【打开】命令。随后会打开独立的设计窗口,在这里可以对零件进行各种设计变更操作,其基本操作方法与在零件设计模式下完全相同。

7.3.2 元件的删除和修改

在装配环境下,可以对元件进行修改和删除操作。

一、 删除元件

在模型树窗口中选择需要删除的元件,此时工作界面上的元件显示为红色。在其上单击鼠标右键,在弹出的快捷菜单中选择【删除】命令,系统会弹出确认对话框,确认后即可将元件删除。

在装配环境下的元件往往有主从关系,删去一个元件时,以该元件为参照的其他元件也会被删除,因此在删除元件时需要谨慎操作。

二、 修改元件

在装配环境下，对元件的修改包括对元件特征的修改和对元件装配条件的修改。

(1) 修改元件特征。

修改元件特征的方法有以下两种。

- 打开零件：进入单独的零件设计界面进行零件的设计和修改。
- 激活零件：可以很好地利用其他的元件来参照，方便零件的修改。

(2) 修改装配条件。

在模型树窗口中，用鼠标右键单击需要修改装配条件的元件，在弹出的快捷菜单中选择【编辑定义】命令，打开设计图标板重新定义或者更正装配条件。

7.3.3 元件的隐藏和隐含

在装配体中，各个元件在装配空间中相互重叠，一个元件遮住了其他元件，为了更为全面观察元件的空间位置关系，可以隐藏或隐含选定的元件。

一、 隐藏元件

在模型树窗口中选定的元件上单击鼠标右键（或直接在模型上单击鼠标右键），在弹出的快捷菜单中选择【隐藏】命令，可以将该元件暂时隐藏起来，以便更好地观察被遮盖元件，如图 7-43 所示。如果需要重新显示该元件，只需要在类似的操作中选择【取消隐藏】命令即可。

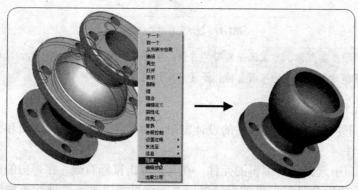

图7-43 元件的隐藏

二、 隐含元件

隐含元件是将元件暂时从装配体中排除，从实际效果来看，与删除操作相似。但是删除后的元件通常不可恢复，而隐含的元件可以通过选择【编辑】/【恢复】命令来恢复。

7.3.4 创建 X-截面视图

Pro/E 为装配图提供了剖分装配体后得到的 X-截面视图，下面介绍其设计方法。

1. 选择【文件】/【打开】命令；打开教学资源文件 "\第 7 章\素材\asm1-01.asm"，如图 7-44 所示。

2. 选择【视图】/【视图管理器】命令，或在上工具箱中单击![]按钮打开【视图管理器】对话框，选中【X 截面】选项卡，如图 7-45 所示。

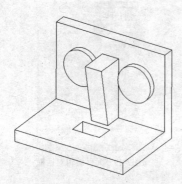

图7-44 打开的模型

图7-45 【视图管理器】窗口

3. 单击 新建 按钮，接受默认的剖面名称 "Xsec0001"，单击鼠标中键。

4. 在弹出的【剖截面选项】菜单中接受默认选项，然后选择【完成】选项。

5. 选取如图 7-46 所示的平面作为剖截面。

6. 在【视图管理器】对话框中选择刚建立的剖截面 "Xsec0001"，选择【显示】/【设置为活动】命令即可得到如图 7-47 所示的剖视图。

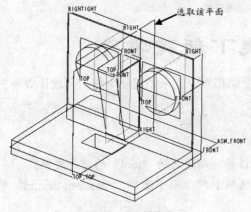

图7-46 选取剖截面

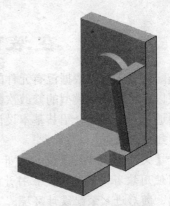

图7-47 创建 X-截面后的结果

7.3.5 零件的简化表示

对于结构复杂的装配体，可以采用简化表示形式将其中的次要零件省去，以简化装配结构。下面介绍创建零件简化表示的方法。

1. 选择【文件】/【打开】命令打开教学资源文件 "\第 7 章\素材\asm1-01.asm"。

2. 在上工具箱中单击 按钮打开【视图管理器】对话框，选择【简化表示】选项卡，如图 7-48 所示。

3. 单击 新建 按钮，接受默认的剖面名称 "Rep0001"，单击鼠标中键。

4. 系统随后打开如图 7-49 所示的编辑对话框，选取视图不需要显示的零件。本例选择零件 PRT-1-3，然后单击 按钮。则此时视图上不再显示零件 PRT-1-3，如图 7-50 所示。

图7-48 【视图管理器】对话框

图7-49 元件编辑对话框

图7-50 简化表示后的装配体

7.4 在装配环境下新建零件

在装配模式下可以依据已有元件的尺寸以及空间相对位置来创建新零件，其设计效率更高，还可以尽可能减少模型的修改次数。

下面通过一个实例介绍其基本设计方法。

1. 新建组件文件。

(1) 选择【文件】/【新建】命令打开【新建】对话框，新建名为"tool"的组件文件。

(2) 取消使用缺省模版选项，在打开的【新文件选项】对话框中选择"mns-asm-design"单位制，随后进入装配设计环境。

2. 利用【复制现有】方法新建第一个元件。

(1) 在右工具箱中单击 按钮打开【元件创建】对话框，具体设置如图 7-51 所示，然后单击 确定 按钮打开【创建选项】对话框，接受默认选项【复制现有】，如图 7-52 所示。

(2) 单击 浏览... 按钮导入教学资源文件 "\第 7 章\素材\ mold.prt"，单击 确定 按钮。

图7-51 【元件创建】对话框

图7-52 【创建选项】对话框

(3) 在设计图标板上指定约束类型为【缺省】，如图 7-53 所示，然后单击 按钮。此时新元件就通过复制现有创建成功，如图 7-54 所示。

图7-53 设计图标板

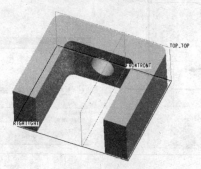

图7-54 装配结果

3. 利用【定位缺省基准】方法新建元件。

(1) 在右工具箱中单击 按钮打开【元件创建】对话框，具体设置如图 7-55 所示，然后单击 确定 按钮打开【创建选项】对话框，按照如图 7-56 所示设置参数。

图7-55 【元件创建】对话框

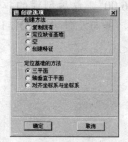

图7-56 【创建选项】对话框

(2) 系统提示 选取将同时用作草绘平面的第一平面。 ，选择 "ASM-TOP" 平面。

(3) 系统提示 选取水平平面(当草绘时将作为顶部参照)。 ，选择 "ASM-FRONT" 平面。

(4) 系统提示 选取用于放置的竖直平面。 ，选择 "ASM-RIGHT" 平面。

图 7-57 所示为操作完成后的模型树，可以看到元件 "TOOL-2.PRT" 已经创建成功，并且处于激活状态。此时，主界面上的 "TOOL-1.PRT" 元件处于半透明状态，可以作为新元件 "TOOL-2.PRT" 的设计基准。

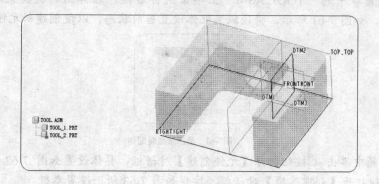

图7-57 创建元件后的结果

(5) 在右工具箱中单击 ⚒ 按钮打开草绘曲线工具。选择"ASM-TOP"平面为草绘平面,接受缺省参照进入草绘模式。选择孔曲面作为标注参照,如图 7-58 所示。

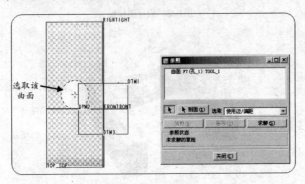

图7-58 选取标注参照

(6) 在草绘平面内使用 ▢ 工具选取孔边线作为草绘截面,完成后退出草绘模式,如图 7-59 所示。

(7) 在右工具箱中单击 ⬚ 按钮,启动拉伸设计工具,设置拉伸方式为双侧拉伸 ⬚ ,拉伸深度为"6.00"。最后创建的拉伸模型如图 7-60 所示。至此,新元件"TOOL-2.PRT"创建完成,并与元件"TOOL-1.PRT"装配完成。

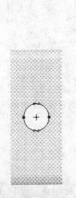

图7-59 草绘截面图

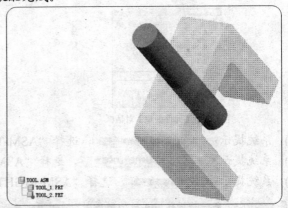

图7-60 创建元件后的结果

4. 利用【空】方法新建元件。

(1) 在模型树窗口中的"TOOL.ASM"上单击鼠标右键,在弹出的快捷菜单中选择【激活】命令,如图 7-61 所示,将顶级装配体设置当前状态,以便创建新元件。

图7-61 激活顶级装配体

(2) 在右工具箱中单击 ⬚ 按钮打开【元件创建】对话框,具体设置如图 7-62 所示,然后单击 确定 按钮打开【创建选项】对话框,按照如图 7-63 所示设置参数。

图7-62 【元件创建】对话框

图7-63 【创建选项】对话框

 此时可以看到如图 7-64 所示的模型树中多了一个"TOOL-3.PRT"标识,只是主设计界面没有对应的元件,也就是说这里创建了一个空元件。我们可以选择"激活"或者"打开"的方法来完善该元件的设计。

图7-64 模型树窗口

5. 利用【创建特征】方法新建元件。

(1) 在右工具箱中单击 按钮打开【元件创建】对话框,具体设置如图 7-65 所示,然后单击 确定 按钮打开【创建选项】对话框,按照如图 7-66 所示设置参数。

(2) 在设计界面中,其他的元件均半透明状态,新建元件"TOOL-4.PRT"为激活状态,如图 7-67 所示。

图7-65 【元件创建】对话框

图7-66 【创建选项】对话框

图7-67 模型树窗口

(3) 在右工具箱中单击 按钮,选择"ASM-TOP"平面为草绘平面,接受缺省参照进入草绘模式。按照如图 7-68 所示选取标注参照。

(4) 在草绘平面中配合 □ 和 □ 工具绘制如图 7-69 所示的截面图,完成后退出草绘模式。

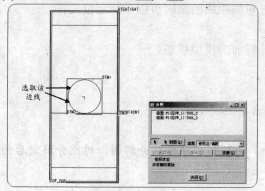

选取该边线

图7-68 选取标注参照

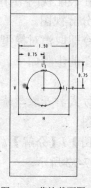

图7-69 草绘截面图

(5) 在右工具箱中单击 ⬚ 按钮打开拉伸设计工具，设置拉伸深度为 "1.00"。完成新元件 "TOOL-4.PRT" 的创建和装配，如图 7-70 所示。激活顶级装配体，结果如图 7-71 所示。

图7-70　新建元件

图7-71　最终设计结果

7.5　装配体的分解

对装配体分解后可以创建分解图，以便查看模型的结构和装配关系。组件装配完成后，选择【视图】/【分解】命令可以启动组件分解工具。

一、　创建默认分解图

选择【视图】/【分解】/【分解视图】命令可以创建默认的分解结果，不过该结果往往并不能让设计者满意，需要进一步编辑。

二、　编辑分解图

此时在【视图】/【分解】菜单下共有 4 个命令。

(1) 编辑位置。

选择该命令后，打开【分解位置】对话框，可以重新编辑定义各个元件的空间位置。

(2) 切换状态。

选定元件后，选择该命令，可以将已经分解的元件切换为分解的状态或把未分解的元件切换为已经分解的状态。

(3) 偏距线。

偏距线用来表示各个元件的对齐位置，一般由 3 条线组成，两端分别为两个元件的特征曲线，中线为在装配视图中添加的中间线，通过对偏距线的编辑可以重新定位元件。

(4) 取消分解视图。

选择该命令即取消对模型的分解，恢复到分解前的模型状态。

创建分解图的步骤如下。

1. 打开文件。

使用浏览方式打开教学资源文件 "\第 7 章\素材\tool\tool.asm"。

2. 创建分解图。

选择【视图】/【分解】/【分解视图】命令，为模型创建默认分解图，对比分解前后的结果如图 7-72 所示。

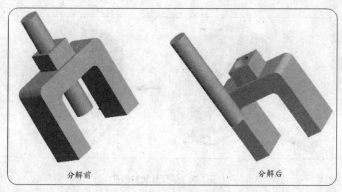

图7-72 默认分解结果

3. 编辑分解位置。

(1) 选择【视图】/【分解】/【编辑位置】命令，打开【分解位置】对话框。在【运动类型】分组框中选择【复制位置】选项。然后依次选取元件 TOOL_2 和 TOOL_4。按照元件 TOOL_2 的位置放置元件 TOOL_4，如图 7-73 所示。

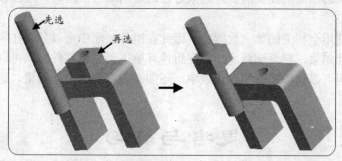

图7-73 放置元件

(2) 在【运动类型】分组框中选择【平移】选项，然后选取轴 "A_2" 作为移动参照，如图 7-74 所示。选取元件 TOOL_1 为移动对象，拖动鼠标将该元件向下平移。接着选取元件 TOOL_2，将其向上平移。最后创建的分解结果如图 7-75 所示。

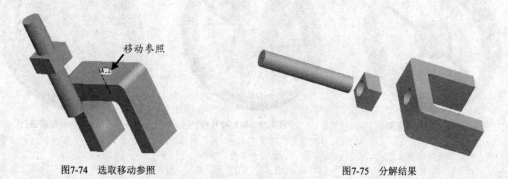

图7-74 选取移动参照   图7-75 分解结果

7.6 实训

打开教学资源文件 "\第 7 章\素材\齿轮组件" 下的键、齿轮和轴 3 个模型，使用前面学过的方法创建齿轮轴组件，如图 7-78 所示。

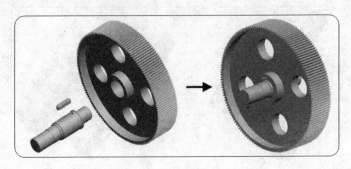

图7-76　装配齿轮轴组件

小结

　　组件装配是将使用各种方法创建的单一零件组装为大型模型的重要设计方法。在组件中，每一个零件作为组件的一个元件。在进行组件装配之前，首先必须深刻理解装配约束的含义和用途，并熟悉系统所提供的多种约束方法的适用场合。同时，还应该掌握约束参照的用途和设定方法。

　　由于 Pro/E 使用全相关的单一数据库，因此在组件装配中可以分别在零件模块和组件模块中反复修改设计结果，直至满意为止。在组件环境下创建新零件时，可以使用已有零件布局作为参照，不但可以获得较高的设计效率，还能获得准确的设计结果，这是一种目前广泛应用的设计方法。

思考与练习

　　依次打开教学资源文件"\第 7 章\素材\Fan\base.prt"、"\第 7 章\素材\Fan\fan.prt"和"\第 7 章\素材\Fan\shield.prt"，按照如图 7-77 至图 7-79 所示将其装配为风扇组件。

图7-77　风扇支架　　　　　　图7-78　装配叶片后　　　　　　图7-79　装配前盖后

第 **8** 章

工程图

表达复杂零件时最常用的方法是使用空间三维模型，简单而且直观。但是在工程中，有时需要使用一组二维图形来表达一个复杂零件或装配组件，也就是使用工程图，例如在机械生产第一线常用工程图来指导生产过程。Pro/E 中文野火版 4.0 具有强大的工程图设计功能，在完成零件的三维建模后，使用工程图模块可以快速方便地创建工程图。

学习目标

- 明确工程图的结构和用途。
- 掌握创建一般视图的方法。
- 明确创建其他各类视图的一般方法。
- 掌握视图的标注和修改方法与技巧。

8.1 工程图概述

选择【文件】/【新建】命令或在上工具箱中单击□按钮，在打开的【新建】对话框中选择【绘图】单选按钮，如图 8-1 所示。输入文件名称后单击 确定 按钮，系统随后打开如图 8-2 所示的【新制图】对话框，选取参照模型和图纸格式后，单击 确定 按钮，即可创建一个工程图文件。

图8-1 【新建】对话框

图8-2 【新制图】对话框

8.1.1 图纸的设置

在创建工程图之前，首先应该设置图纸的格式，内容包括图纸的大小、图纸的摆放方向、有无边框以及有无标题栏等。图纸的设置工作在【新制图】对话框中完成。

模板是系统经过格式优化后的设计样板。新建一个绘图文件时，系统在【新制图】对话框的【指定模板】分组框中，默认选择【使用模板】单选按钮，用户可以从系统提供的模板列表中选取某一模板进行设计。

此时的【新制图】对话框包括以下 3 个分组框。

一、 【缺省模型】分组框

在创建工程图时，必须指定至少一个三维零件或组件作为设计原型。单击该分组框中的 浏览... 按钮打开【打开】对话框，找到欲创建工程图的模型文件后双击将其导入系统。

提示 在创建工程图文件时，用户只可以选取一个参照零件，但这并不代表整个工程图中就只能包含一个文件。在进入工程图模式后，用户可以根据具体情况再次导入其他参照模型，这在系统化地创建一个组件的工程图纸时非常有用。

二、 【指定模板】分组框

在【指定模板】分组框中选取采用什么样的模板创建工程图，其中包含以下 3 个单选按钮。

- 【使用模板】：使用系统提供的模板创建工程图。
- 【格式为空】：使用系统自带的或用户自己创建的图纸格式创建工程图。单击其中的 浏览... 按钮可以导入已有的格式文件。
- 【空】：此时图纸不含任何格式，设置好图纸的摆放方向和图纸大小后即可创建一个空的工程图文件。当用户单击 可变 按钮时，可以根据实际情况自定义图纸的大小。

三、 【模板】分组框

在【模板】分组框中以列表的形式显示系统所有的缺省模板名称，在其中选取适当的模板即可。另外，单击 浏览... 按钮还可以导入自己的模板文件创建工程图。使用模板创建工程图时，系统会自动创建模型的一组正交视图，从而简化了设计过程。

8.1.2 工程图的结构

工程图使用一组二维平面图形来表达一个三维模型。在创建工程图时，根据零件复杂程度的不同，可以使用不同数量和类型的平面图形来表达零件。工程图中的每一个平面图形被称为一个视图。设计者表达零件时，在确保把零件表达清楚的条件下，又要尽可能减少视图数量，因此视图类型的选择是关键。

一、 视图的基本类型

Pro/E 中的视图类型丰富，根据视图使用目的和创建原理的不同，可以分以下几类。

(1) 一般视图。

一般视图是系统默认的视图类型，是为零件创建的第一个视图。一般视图是按照一定投影关系创建的一个独立正交视图，如图 8-3 所示。通常将创建的第一个一般视图作为主视图，并将其作为创建其他视图的基础和根据。

由同一模型可以创建多个不同结果的一般视图，这与选定的投影参照和投影方向有关。通常，用一般视图来表达零件最主要的结构，通过一般视图可以最直观地看出模型的形状和组成。

(2) 投影视图。

对于同一个三维模型，如果从不同的方向和角度进行观察，其结果也不一样。在创建一般视图后，用户还可以在正交坐标系中从其余角度观察模型，从而获得和一般视图符合投影关系的视图，这些视图被称为投影视图。图 8-4 所示为在一般视图上添加投影视图的结果，这里添加了 4 个投影视图，但在实际设计中，仅添加设计需要的投影视图即可。

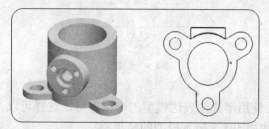

图8-3　一般视图

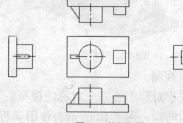

图8-4　投影视图

(3) 辅助视图。

辅助视图是对某一视图进行补充说明的视图，通常用于表达零件上的特殊结构，如图 8-5 所示，为了看清主视图在箭头指示方向上的结构，使用该辅助视图。

(4) 详细视图。

详细视图使用细节放大的方式表达零件上的重要结构。如图 8-6 所示，图中使用详细视图表达了齿轮齿廓的形状。

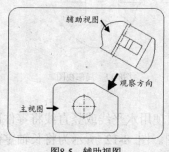

图8-5　辅助视图

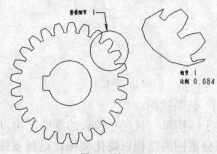

图8-6　详细视图

(5) 旋转视图。

旋转视图是指定视图的一个剖面图，绕切割平面投影旋转 90°。图 8-7 所示为轴类零件，为了表达键槽的剖面形状，创建了旋转视图。

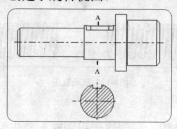

图8-7　旋转视图

二、 全视图和部分视图

根据零件表达细节的方式和范围不同，视图还可以进行以下分类。

（1） 全视图。

全视图以整个零件为表达对象，视图范围包括整个零件的轮廓。例如，对于如图 8-8 所示的模型，使用全视图表达的结果如图 8-9 所示。

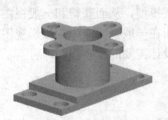

图8-8　三维模型

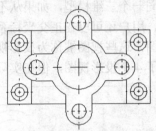

图8-9　全视图

（2） 半视图。

对于关于对称中心完全对称的模型，只需要使用半视图表达模型的一半即可，这样可以简化视图的结构。图 8-10 所示为使用半视图表达如图 8-8 所示模型的结果。

（3） 局部视图。

如果一个模型的局部结构需要表达，可以为该结构专门创建局部视图。图 8-11 所示为模型上部凸台结构的局部视图。

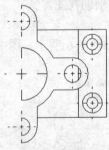

图8-10　半视图

图8-11　局部视图

（4） 破断视图。

对于结构单一且尺寸较长的零件，可以根据设计需要使用水平线或竖直线将零件剖断，舍弃部分雷同的结构以简化视图，这种视图就是破断视图。图 8-12 所示为将长轴零件从中部剖断创建破断视图。

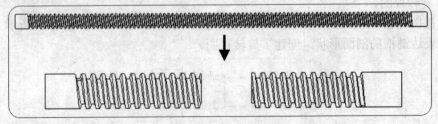

图8-12　破断视图

三、 剖视图

剖视图用于表达零件内部结构。在创建剖视图时，首先沿指定剖截面将模型剖开，然后创建剖开后模型的投影视图，在剖面上用阴影线显示实体材料部分。剖视图又分为全剖视图、半剖视图和局部剖视图等类型。

在实际设计中，常常将不同视图类型进行结合来创建视图。例如，图 8-13 所示为将全视图和全剖视图结合的结果，图 8-14 所示为将全视图和半剖视图结合的结果，图 8-15 所示为将全视图和局部剖视图结合的结果。

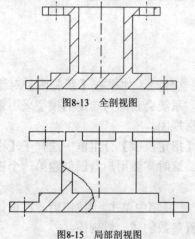

图8-13　全剖视图

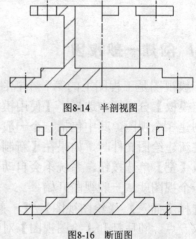

图8-14　半剖视图

图8-15　局部剖视图

图8-16　断面图

 注意剖视图和断面图的区别，断面图仅表达使用剖截面剖切模型后模型断面的形状，而不考虑投影关系，如图 8-16 所示。

四、 工程图上的其他组成部分

一项完整的工程图除了包括一组适当数量的视图外，还应该包括以下内容。

- 必要的尺寸：对于单个零件，必须标出主要的定形尺寸。对于装配组件，必须标出必要的定位尺寸和装配尺寸。
- 必要的文字标注：视图上剖面的标注、元件的标识及装配的技术要求等。
- 元件明细表：对于装配组件，还应该使用明细表列出组件上各元件的详细情况。

一张完整的工程图如图 8-17 所示。

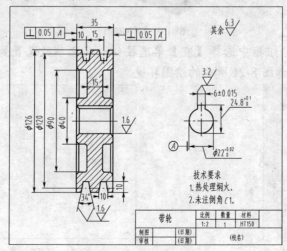

图8-17　工程图的构成

8.2 创建常见视图

打开工程图设计界面后，界面上添加了一个工程图工具条，如图 8-18 所示。该工具条可以根据个人使用习惯放置在上工具箱或右工具箱上。

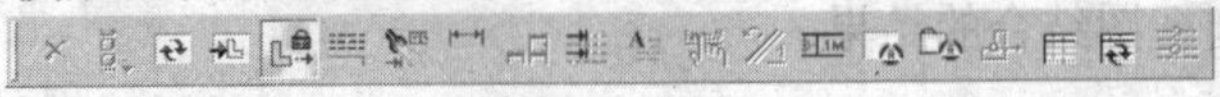

图8-18 工具条

8.2.1 创建一般视图

一般视图是工程图上的第一个视图。在新建绘图文件时，如果在【新制图】对话框的【指定模板】分组框中选择了【使用模板】单选按钮，系统会自动为选定的模型采用第三角画法创建 3 个视图，其中包括一个一般视图和两个投影视图。

在新建绘图文件时，如果在【新制图】对话框的【指定模板】分组框中选择了【格式为空】或【空】单选按钮，系统不会自动创建任何视图。这时需要用户自己创建第一个视图，而第一个视图就从一般视图开始。

选择【插入】/【绘图视图】/【一般】命令或在上工具箱中单击 ⊞ 按钮后，在设计界面上选取一点，随后打开【绘图视图】对话框，依次设置参数创建一般视图。

【**案例8-1**】 创建一般视图。

1. 新建绘图文件。

(1) 在上工具箱中单击 □ 按钮，新建名为 "draw1" 的绘图文件。

(2) 在打开的【新制图】对话框中单击顶部的 浏览... 按钮，打开教学资源文件 "第 8 章\素材\draw1.prt"，添加参照模型，该模型如图 8-19 所示。

图8-19 打开的模型

(3) 在【指定模板】分组框中选择【空】单选按钮，其余参数设置如图 8-20 所示，单击 确定 按钮后进入如图 8-21 所示的绘图环境。

图8-20 【新制图】对话框

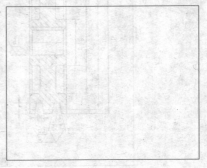

图8-21 打开的图纸界面

2. 创建一般视图。

(1) 设置视图类型。

在上工具箱中单击 按钮打开一般视图工具。

- 系统提示：选取绘制视图的中心点，在绘图图纸左上部选择一点放置模型，随后打开【绘图视图】对话框。在左侧的【类别】列表框中选择【视图类型】选项。此时视图类型中只有【一般】可以选择，这里创建一般视图。
- 在【视图方向】分组框中选择零件定位方法为：【几何参照】。
- 在【参照 1】下拉列表中选择【前面】选项，然后选取如图 8-22 所示的平面作为参照。
- 在【参照 2】下拉列表中选择【右】选项，然后选取如图 8-23 所示的平面作为参照。
- 完成参数设置的【绘图视图】对话框如图 8-24 所示，创建的一般视图如图 8-25 所示。

图8-22　选取参照 1

图8-23　选取参照 2

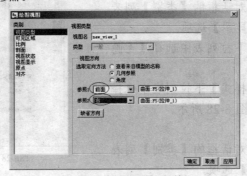

图8-24　【绘图视图】对话框

图8-25　创建的一般视图

提示 确定参照前，出现在图纸上的缺省视图轴测视图，是一个平面图形，并非三维模型，只能移动和缩放视图，不能旋转视图。

(2) 设置比例。

- 在【绘图视图】对话框的【类别】列表框中选择【比例】选项。
- 在【比例和透视图】分组框中选择【定制比例】单选按钮，设置比例为"0.015"，如图 8-26 所示，放大一般视图。
- 在新建的视图上单击鼠标右键，在弹出的快捷菜单中选择【锁定视图移动】命令取消对视图的锁定，然后适当移动视图，结果如图 8-27 所示。

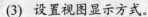

图8-26 【绘图视图】对话框

图8-27 移动后的视图

(3) 设置视图显示方式。

- 在【绘图视图】对话框的【类别】列表框中选择【视图显示】选项。
- 在【显示线型】下拉列表中选择【无隐藏线】选项。
- 在【相切边显示样式】下拉列表中选择【无】选项，如图 8-28 所示。

(4) 设置原点。

- 在【绘图视图】对话框的【类别】列表框中选择【原点】选项。
- 按照如图 8-29 所示设置坐标系原点。

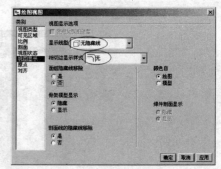

图8-28 【绘图视图】对话框

其他按系统默认设置，单击 确定 关闭对话框后得到的工程效果图如图 8-30 所示。

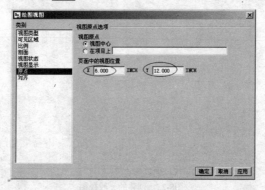

图8-29 【绘图视图】对话框

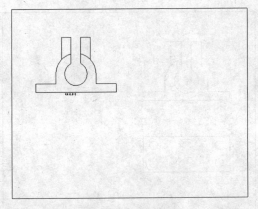

图8-30 最后创建的视图

3. 保存文件。

选择【文件】/【保存】命令，保存文件，记住文件的存储位置，在稍后将继续在该文件中创建其他视图。

8.2.2 创建投影视图

投影视图和主视图之间符合严格的投影关系。创建投影视图的方法比较简单，在主视图周围的适当位置选取一点后，系统将在该位置自动创建与主视图符合投影关系的投影视图。

【案例8-2】 创建投影视图。

1. 打开文件。

打开【案例8-1】中保存的文件。

2. 创建投影视图1。

(1) 在已经创建的主视图上单击鼠标右键，在弹出的快捷菜单中选取【插入投影视图】命令。

(2) 移动鼠标在适当位置单击放置投影视图，如图8-31所示。

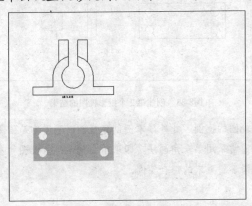

图8-31 创建第1个投影视图

3. 设置投影视图1的参数。

在新建的投影视图上双击鼠标打开【绘图视图】对话框，按照【案例8-1】中的方法设置投影视图的相关参数，参考设计结果如图8-32所示。

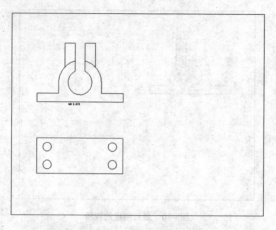

图8-32　设置参数后的视图

4. 创建投影视图 2 并设置参数。

在新建投影视图 1 上单击鼠标右键，在弹出的快捷菜单中选择【插入投影视图】命令，在其右侧适当位置单击放置投影视图，然后设置视图参数，参考结果如图 8-33 所示。

5. 保存文件。

选择【文件】/【保存】命令，保存文件。记住文件的存储位置，在稍后将继续在该文件中创建其他视图。

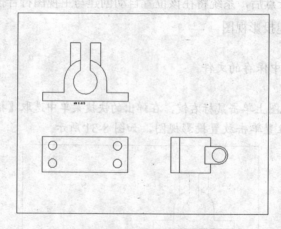

图8-33　创建第 2 个投影视图的结果

投影视图中不能修改视图的比例。此外，本例创建视图时采用的是国际上常用的第三角画法，而我国通用的机械图样通常采用第一角画法，即采用主视图、俯视图和左视图的配置方式。关于第一角画法的设置方法请参看章末的综合实例。

8.2.3 创建剖视图

剖视图是一种重要的视图类型，常用于表达模型内部的孔以及内腔结构。剖视图的类型众多，表达方式灵活多样。在创建剖视图时，首先在【绘图视图】对话框中选择【剖面】选项，进一步设定剖截面的详细内容。

【案例8-3】 创建局部剖视图。

1. 打开文件。

打开【案例 8-2】中保存的文件。

2. 创建局部剖视图。

(1) 双击主视图打开【绘图视图】对话框，在【类型】列表框中选择【剖面】选项。

(2) 在【剖面选项】分组框中选择【2D 截面】单选按钮。

(3) 单击 + 按钮，在弹出的【剖截面创建】菜单中接受默认选项后选择【完成】选项。

(4) 在界面底部的输入文本框中输入截面名称 "A"，然后按 Enter 键。

(5) 在上工具箱中单击 按钮在模型上显示基准平面，然后选取基准平面 DTM2。

(6) 在【剖切区域】下拉列表中选择【局部】选项创建局部剖视图，如图 8-34 所示。

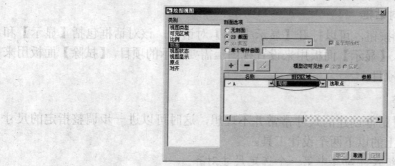

图8-34 【绘图视图】对话框

(7) 系统提示选取一点作为剖切中心，在主视图上如图 8-35 所示的位置选取一点。

(8) 围绕该点草绘封闭曲线作为局部剖视图范围，如图 8-36 所示。

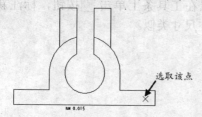

图8-35 选取剖切中心

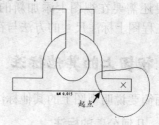

图8-36 绘制剖切区域线

(9) 在【绘图视图】对话框中单击 确定 按钮后，最后创建的视图如图 8-37 所示。

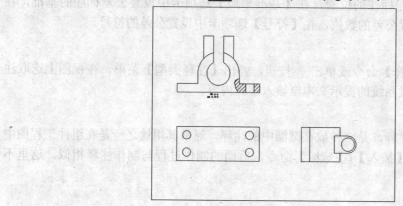

图8-37 最后创建的视图

8.3 视图的操作

一项完整的工程图还应该包括各项视图标注，例如必要的尺寸标注、必要的符号标注以及必要的文字标注等。另外，在创建视图后还需要进一步修改视图上的设计内容。

8.3.1 视图上的尺寸标注

由于 Pro/E 在创建工程图时使用已经创建的三维零件作为信息原型，因此在创建三维模型时的尺寸信息也将在工程图中被继承下来。在完成各向视图绘制后，可以重新显示需要的尺寸并隐藏不需要的尺寸。

一、　【显示/拭除】对话框

在上工具箱中单击　按钮，可以打开【显示/拭除】对话框，该对话框包括【显示】和【拭除】两个面板。其中，【显示】面板用来设置视图上需要显示的项目，【拭除】面板用来设置需要从视图上删除的项目。

二、　尺寸标注的调整

使用【显示/拭除】对话框创建的尺寸常常并不理想，这时可以进一步调整指定的尺寸标注，这主要包括工具条上的以下两个设计工具。

- 　：将选定的一组尺寸与其中第一个选定尺寸对齐。
- 　：打开【整理尺寸】对话框详细编辑尺寸。

三、　添加新的标注

如果还需要在视图上添加新的尺寸标注，可以在工具条上单击　按钮，标注新的尺寸，在工程图上标注尺寸的方法与在二维草图上标注尺寸类似。

8.3.2 视图上的其他标注

下面简要说明视图上的其他标注内容。

一、　几何公差的标注

选择【插入】/【几何公差】命令或单击　按钮，打开【几何公差】对话框。在【模型参照】选项卡中设置公差标注的位置，在【基准参照】选项卡中设置公差标注的基准，在【公差值】选项卡中设置公差的数值，在【符号】选项卡中设置公差的符号。

二、　标注注释

选择【插入】/【注释】命令或单击　按钮，弹出【注释类型】菜单。在视图上选取注释标注位置后，即可通过系统的提示文本框输入注释内容。

三、　插入球标

球标是一种特殊的注释，是一种放在圆圈中的注释，通常其用途之一是在组件工程图中标示不同的零件。选择【插入】/【球标】命令，后面的制作过程与制作注释相似，这里不再赘述。

四、 插入表格

在工具栏中单击 圖按钮，可以在视图中加入表格，此时系统弹出【创建表】菜单用类在视图中创建各类表格。

8.3.3 视图的修改

创建视图后，如果还需要进一步修改视图，可以在需要修改的视图上双击鼠标，此时打开【绘图视图】对话框，用于定义视图上的各项内容。

如果要删除某一视图，选取该视图后，在工具栏上单击 ✕ 按钮即可。此外，如果在剖视图上双击鼠标，则可以在弹出的【修改剖面线】菜单中修改剖面线的基本内容，例如剖面线的间距、倾角等。

8.4 综合应用——创建支座工程图

下面通过一个综合实例说明工程图的设计方法和技巧。

1. 新建绘图文件。

(1) 在上工具箱中单击 □ 按钮，新建名为 "bearing_seat" 的绘图文件。

(2) 在打开的【新制图】对话框中单击顶部的 浏览... 按钮，打开教学资源文件 "第 8 章\素材\bearing_seat.prt"。该模型如图 8-38 所示。

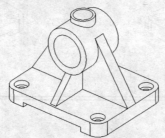

图8-38　打开的模型

(3) 在【指定模板】分组框中选择【格式为空】单选按钮，然后在【格式】分组框中单击顶部的 浏览... 按钮打开 "教学资源文件\第 8 章\素材\format.frm"。

(4) 设置参数后的【新制图】对话框如图 8-39 所示，单击 确定 按钮后进入如图 8-40 所示的绘图环境。

图8-39　【新制图】对话框

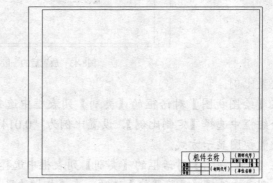

图8-40　新建的图纸

2. 设置第一角画法。

(1) 选择【文件】/【属性】命令，弹出【文件属性】菜单，选择【绘图选项】选项打开【选项】对话框。

(2) 在对话框底部的【选项】文本框中输入"projection_type"，将其修改为"first_angle"，然后单击 添加/更改 按钮，将第三角画法修改为我国通用的第一角画法。最后单击 确定 按钮关闭对话框。

3. 创建一般视图。

(1) 设置视图类型。

在上工具箱中单击 按钮打开一般视图工具。系统提示 选取绘制视图的中心点。，在屏幕图形区选择一点放置模型，并打开【绘图视图】对话框。在左侧的【类别】列表框中选择【视图类型】选项。

此时视图类型中只有【一般】可以选择，这里创建一般视图。在【视图方向】分组框中选取零件定位方法为【几何参照】。在【参照 1】下拉列表中选择【前面】选项，然后选择如图 8-41 所示的平面作为参照。在【参照 2】下拉列表中选择【右】选项，然后选取如图 8-42 所示的平面作为参照。最后创建的一般视图如图 8-43 所示。

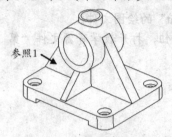

图8-41　设置参照 1

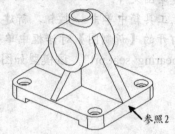

图8-42　设置参照 2

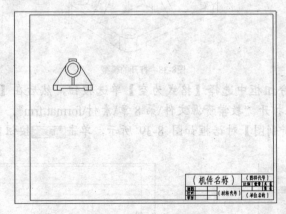

图8-43　放置后的一般视图

(2) 设置比例。

在【绘图视图】对话框的【类别】列表框中选择【比例】选项。在【比例和透视图】分组框中选择【定制比例】，设置比例为"0.014"，稍放大一般视图。

(3) 设置视图显示方式。

在【绘图视图】对话框的【类别】列表框中选择【视图显示】选项。在【显示线型】下拉列表中选择【无隐藏线】选项，在【相切边显示样式】下拉列表中选择【无】选项。

(4) 设置原点。

在【绘图视图】对话框的【类别】列表框中选择【原点】选项。按照如图 8-44 所示设置坐标系原点。其他按系统默认设置，单击 确定 按钮关闭对话框后得到的工程效果图如图 8-45 所示。

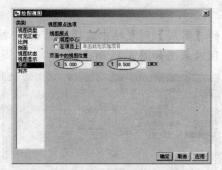

图8-44 【绘图视图】对话框

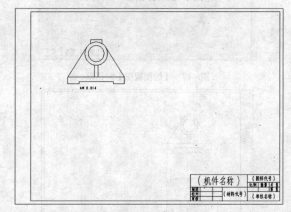

图8-45 调整参数后的工程效果图

4. 创建俯视图。

(1) 插入投影视图。

选取创建的主视图，待出现红色边框线时，长按鼠标右键，在弹出的快捷菜单中选择【插入投影视图】命令。在一般视图下部选取适当位置放置俯视图，结果如图 8-46 所示。

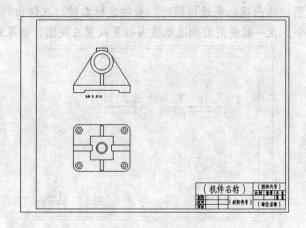

图8-46 创建俯视图

(2) 设置视图显示。

双击刚才创建的俯视图，在【类别】列表框中选择【视图显示】选项。在【显示线型】下拉列表中选择【无隐藏线】选项。在【相切边显示样式】下拉列表中选择【无】选项。

(3) 设置原点。

在【绘图视图】对话框的【类别】列表框中选择【原点】。按照如图 8-47 所示设置坐标系原点。最后得到的工程效果图如图 8-48 所示。

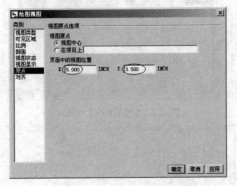

图8-47 【绘图视图】对话框

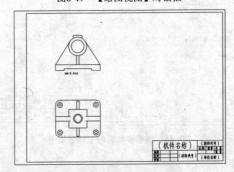

图8-48 完善后的俯视图

5. 创建阶梯剖视图。

(1) 插入投影视图。

选取创建的主视图，待出现红色边框线时，长按鼠标右键，在弹出的快捷菜单中选择【插入投影视图】命令。在一般视图右侧选取适当位置放置左视图，结果如图 8-49 所示。

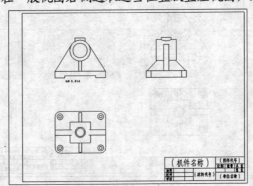

图8-49 创建左视图

(2) 设置视图显示。

双击刚才创建的左视图，在【绘图视图】对话框的【类别】列表框中选择【视图显示】选项。在【显示线型】下拉列表中选择【无隐藏线】选项，在【相切边显示样式】下拉列表中选择【无】选项。

(3) 设置剖面。

① 在【绘图视图】对话框的【类别】列表框中选择【剖面】选项。在【剖面选项】分组框中选中【2D 截面】。

② 单击 **+** 按钮，系统弹出【剖截面创建】菜单管理器。选择【剖截面创建】菜单管理器中的【偏距】/【双侧】/【单一】/【完成】选项。

③ 输入截面名为 A。系统打开新的设计窗口来创建剖截面，选取如图 8-50 所示的模型顶面为草绘平面，接受缺省参照放置草绘平面后进入草绘模式。

④ 在【草绘】菜单中使用线工具绘制如图 8-51 所示的阶梯剖面，完成后在【草绘】菜单中选择【完成】选项退出草绘环境。此时创建的左视图如图 8-52 所示。

图8-50　选取草绘平面

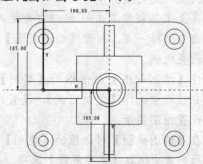

图8-51　绘制剖切平面

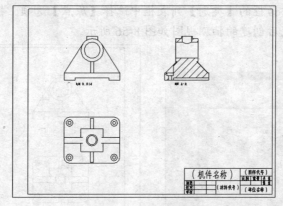

图8-52　最后创建的左视图

(4) 放置剖面箭头。

拖动【绘图视图】对话框中底部的滚动条，在【箭头显示】栏下激活选取文本框，如图 8-53 所示。选取俯视图为剖面箭头的放置视图。在【绘图视图】对话框中单击 应用 按钮后，其上将增加剖面箭头，如图 8-54 所示。

 如果要改变剖面箭头的指向，可以在【绘图视图】对话框中单击 <u>⁄</u> 按钮后再单击 应用 按钮。

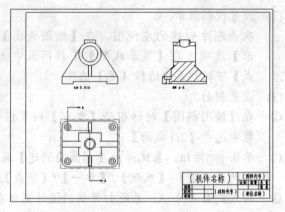

图8-53 【绘图视图】对话框　　　　　　　　　图8-54 最后创建的左视图

6. 创建轴测图。

(1) 设置视图类型。

在上工具箱中单击 按钮打开插入视图工具。系统提示 选取绘制视图的中心点。，在截面右下空白处选择一点，打开【绘图视图】对话框。

(2) 设置比例。

在【绘图视图】对话框的【类别】列表框中选择【比例】选项。在【比例和透视图】分组框中选择【定制比例】，设置比例为"0.014"。

(3) 设置视图显示。

在【绘图视图】对话框的【类别】列表框中选择【视图显示】选项。在【显示线型】下拉列表中选取【无隐藏线】选项，在【相切边显示样式】下拉列表中选取【无】选项。

(4) 设置原点。

在【绘图视图】对话框的【类别】列表框中选择【原点】选项。按照如图 8-55 所示设置坐标系原点。最后创建的轴测视图如图 8-56 所示。

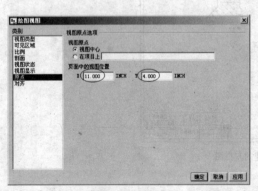

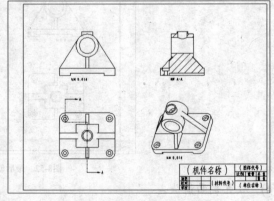

图8-55 设置原点　　　　　　　　　图8-56 最后创建的轴测视图

7. 标注和调整尺寸。

(1) 显示和移动尺寸。

单击 按钮打开【显示/拭除】对话框。单击 显示 按钮，再单击 （尺寸）按钮和 （轴）按钮，最后单击 显示全部 按钮，确认后得到工程图的效果图如图 8-57 所示。单击 接受全部 按钮接受全部尺寸后关闭【显示/拭除】对话框。

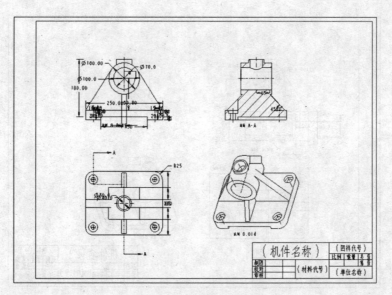

图8-57 显示尺寸后的视图

(2) 移动尺寸。

单击选取尺寸，使之变为红色。当鼠标形状变为 ✛ 后，将位置重叠的尺寸移开，最后效果如图 8-58 所示。

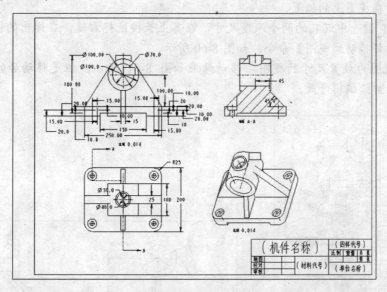

图8-58 移动尺寸后的视图

> 此时得到的尺寸标注很不规范，大多数尺寸主要集中在主视图上。底板上的台阶孔不但标注的视图位置不合理，而且左右两侧重复标注，模型的总高尺寸标注也不合理，因此需要进一步调整尺寸标注。

(3) 拭除不规范和重复标注的尺寸。

再次打开【显示/拭除】对话框，单击 拭除 按钮，在 拭除方式 里选中 ⊙ 所选项目 。放大视图，选中需要删除的尺寸后单击鼠标中键，将其删除，也可按住 Ctrl 键选取一组尺寸后，再单击鼠标中键。删除全部不合理的尺寸标注后得到的效果图如图 8-59 所示。

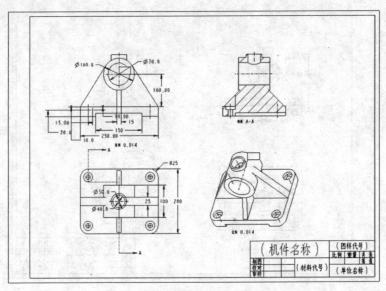

图8-59 删除部分尺寸后的视图

 由图 8-59 可以看出，底座上的阶梯孔尺寸目前全部集中标注在主视图上，现将其移动到表达更为直观的俯视图和左视图上。

(4) 移动尺寸在视图上的位置。

按住 Ctrl 键选中沉孔的两个深度尺寸，在其上长按鼠标右键，在弹出的快捷菜单中选择【将项目移动到视图】命令，如图 8-60 所示。

选取左视图为放置尺寸的视图，移动结果如图 8-61 所示。但是移动后的结果并不理想，稍后继续编辑修改。

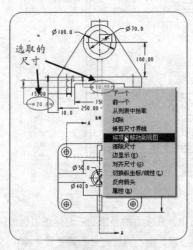

图8-60 选取移动对象

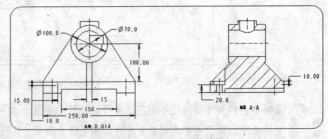

图8-61 移动尺寸后的结果

(5) 添加新尺寸。

选择【插入】/【尺寸】/【新参照】命令。选择【图元上】选项，仿照在草绘模式下标注尺寸的方法为视图标注尺寸。适当调整各个尺寸的放置位置，结果如图 8-62 所示。

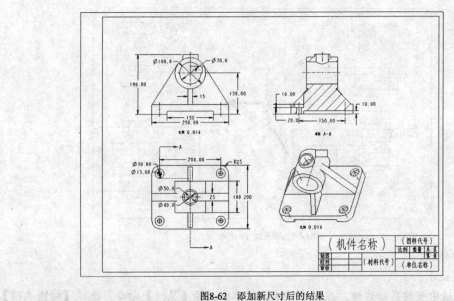

图8-62　添加新尺寸后的结果

(6)　设置尺寸文本放置方式。

在绘图区域中长按鼠标右键在弹出的快捷菜单中选择【属性】命令。选择【绘图选项】，修改 text_orientation 选项的特征值为 "parallel_diam_horiz"，完成后退出。将尺寸平行尺寸线放置，并且在水平方向布置直径尺寸。最后效果图如图 8-63 所示。

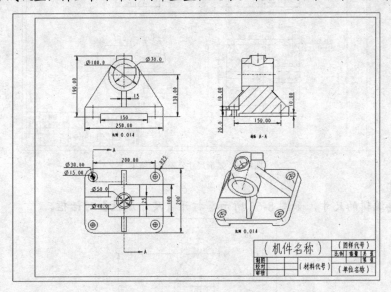

图8-63　设置尺寸标注形式后的结果

(7)　对齐尺寸。

选取要对齐的多个尺寸，单击鼠标右键，在弹出的快捷菜单中选择【对齐尺寸】命令，或在上工具箱中单击 按钮，得到的结果如图 8-64 所示。

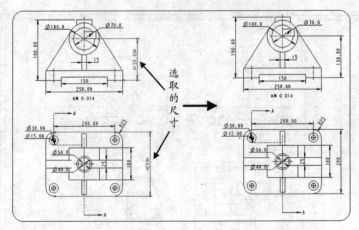

图8-64 对齐尺寸后的结果

8. 标注尺寸公差。

(1) 打开公差显示。

在绘图区域中长按鼠标右键，在弹出的快捷菜单中选择【属性】命令。选择【绘图选项】，修改 tol_display 选项的特征值为"yes"，显示尺寸公差。最后效果图如图 8-65 所示。

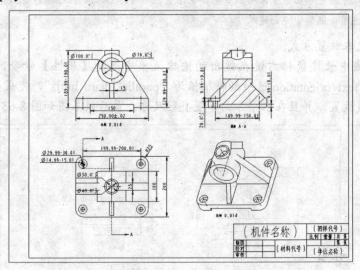

图8-65 显示尺寸公差后的结果

(2) 编辑尺寸。

双击所要编辑的尺寸，如图 8-66 所示，打开【尺寸属性】对话框。

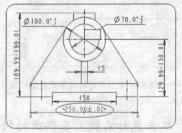

图8-66 尺寸属性

如果选定的尺寸不需要设置公差，可以在【尺寸属性】对话框中的【值和公差】分组框中设置【公差模式】为【象征】，调整完全部公差后的视图如图 8-67 所示。

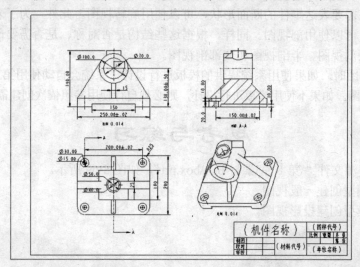

图8-67　调整尺寸属性后的视图

8.5　实训

打开教学资源文件"\第 8 章\素材\flang.prt"，如图 8-74 所示，确定该法兰零件的工程图表达方案。

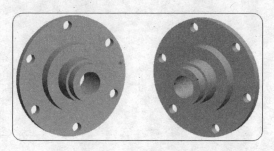

图8-68　法兰零件立体图

小结

工程图以投影方式创建一组二维平面图形来表达三维零件，在机械加工的生产第一线用作指导生产的技术语言文件，具有重要的地位。

工程图包含一组不同类型的视图，这些视图分别从不同视角以不同方式来表达模型特定方向上的结构。应该深刻理解各种视图类型的特点及其应用场合。在创建第一个视图时，一般视图是唯一的选择。一般来说，对于复杂的三维模型，仅仅使用一个一般视图表达零件远远不够，这时可以再添加投影视图，以便从不同角度来表达零件。

如果零件结构比较复杂且不对称，必须使用全视图；如果零件具有对称结构，可以使用半视图；如果只需要表达零件的一部分结构，则可以使用局部视图；如果需要表达零件上位置比较特殊的结构，例如倾斜结构，可以使用辅助视图；如果需要表达结构复杂但尺寸相对较小的结构，可以使用详细视图；如果需要简化表达尺寸较大而结构单一的零件，可以采用破断视图；如果需要表达零件的断面形状，可以使用旋转视图。此外，为了表达零件的内腔结构和孔结构，可以使用剖视图。同样，根据这些结构是否对称、是否需要部分表达等情况可以分别使用全剖视图、半剖视图和局部剖视图。

在创建工程图时，如果使用系统提供的模板进行设计，系统会自动使用第三角画法创建零件的 3 个正交视图。如果不使用模板进行设计，则必须自行使用参照依次创建需要的视图。

思考与练习

打开教学资源文件"\第 8 章\素材\box\box.prt"，如图 8-69 所示。

(1) 为该模型创建一般视图。

(2) 为该模型创建投影视图。

图8-69 参照模型

第 9 章

机构运动仿真设计

使用基本建模工具创建零件模型后，接下来需要将单个的零件组装为整机。大多数机械中都包括能够产生相对运动的机构，完成零件组装后，除了检查产品的结构是否完整外，还需要通过仿真分析检查部件之间的相对运动是否协调、有无干涉，接下来还可以进一步进行受力分析和优化设计。

学习目标

- 理解机械仿真设计的意义。
- 理解常用连接的形式及其用途。
- 掌握机械仿真设计的基本步骤。
- 结合实例掌握仿真设计的基本流程和技巧。

9.1 机构仿真设计综述

在装配模式下，选择【应用程序】/【机构】命令，即可进入仿真设计环境。此时的模型树窗口被划分为上下两个子窗口，如图 9-1 所示。

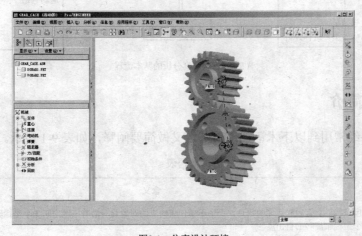

图9-1 仿真设计环境

9.1.1 仿真设计的一般步骤

对一个机构进行仿真分析主要包括以下工作。

一、创建零部件

借助 Pro/E 强大的三维建模功能可以比较方便地创建出符合要求的三维实体模型。

二、创建机构连接

使用模型组装的方法创建机构连接，除了可以在机构中创建多种形式的约束零部件运动的运动副，还可以创建弹簧和阻尼器等特殊的约束。

三、创建驱动器

通过驱动器给机构添加运动动力，运动驱动器提供的动力既可以是恒定的（使机构产生恒定的速度或加速度），也可以是符合特定函数关系的动力（使机构产生按照一定规律变化的速度和加速度）。

四、仿真分析

通过仿真分析，可以获得需要的分析结果。Pro/E 提供的仿真分析结果形式多样，有直观的动画演示，也有数据图标等。

简要概括起来，机构仿真分析的基本流程如图 9-2 所示。

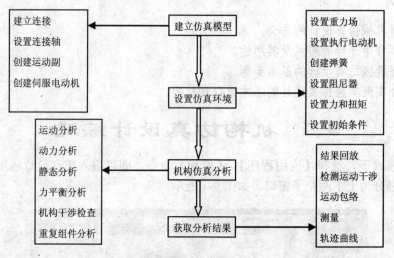

图9-2 机构仿真分析的基本流程

9.1.2 术语简介

后续介绍将经常用到以下术语，现对其含义做简要阐释，如表 9-1 所示。

表 9-1 　　　　　　　　　　　　　　　　　仿真术语表

术语	含义
自由度	自由度是构件具有独立运动的数目。一个不受任何约束的对象具有沿着三维空间 3 个坐标轴平移的自由度和绕 3 个坐标轴旋转的自由度
主体	指单个元件或一组没有相对运动的元件在一个主体内部没有任何运动自由度，不能产生任何的相对运动

术语	含义
基础	基础是不移动的主体,其他主体相对于它运动,如机器的底座等
连接	连接是定义并限制两个主体相对运动的一种关系,用于减少零件之间总自由度的数量。系统提供了多种连接类型,供设计时选用
放置约束	是组件中用于放置元件并限制该元件在组件中运动的点、线、面
拖动	拖动是在屏幕上用鼠标光标选取并移动机构以调整其位置的操作,用户可以动态地调整机构中零件的位置,并初步观察机构的运动状态
回放	回放是记录并重新播放分析运行的结果
伺服电动机	伺服电动机是机构的动力源,用于定义一个主体相对于另一个主体运动的方式。用户可在接头或几何图元上放置伺服电动机,还可以指定主体间的位置、速度或加速度运动

9.2 仿真设计过程

在装配环境中向组件中增加元件后,在设计界面底部将打开设计图标板。传统的装配过程都是在第 2 个下拉列表中为元件加入各种固定约束,并将其自由度减少到 0,使其位置完全固定,这样装配的组件不能用于运动分析,这种传统的装配方法称为创建"约束连接"。

在设计图标板的第 1 个下拉列表中为元件加入各种组合约束,如"销钉"、"圆柱"及"球"等,使用这些组合约束装配的元件,因自由度通常没有被完全消除,保留了一定的移动或旋转自由度,这样装配的元件可用于运动分析,这种装配方法称为创建"机构连接"。

9.2.1 连接及其种类

设计过程中用户可以使用 11 种连接类型,在装配设计环境中单击 按钮,打开元件模型后,打开设计工具,直接在图标板的第 1 个下拉列表中选用即可。

一、刚性

刚性约束是使用一个或多个基本约束将元件与组件连接到一起,连接后元件与组件成为一个主体,相互之间不再有自由度。

二、销钉

销钉约束使被约束的两个零件仅仅具有一个绕公共轴线旋转的自由度,如图 9-3 所示。创建销钉约束时,首先使用一个"轴对齐"约束将两个零件上的轴线对齐,生成公共轴线,然后使用一个"平移"约束来限制两个零件沿着轴线移动,如图 9-4 所示。

图9-3 销钉约束

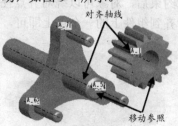

图9-4 参照选择

三、滑动杆

滑动杆约束后，元件具有一个平移自由度，如图 9-5 所示。设计时首先使用"轴对齐"约束将零件上的轴线对齐，然后使用"旋转"约束限制零件绕轴线的转动，如图 9-6 所示。

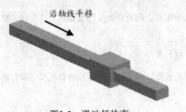

图9-5　滑动杆约束

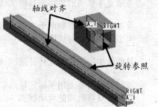

图9-6　参照选择

四、圆柱

圆柱约束具有绕指定轴线的旋转自由度和沿着指定轴向的平移自由度，如图 9-7 所示。设计时只需要使用一个"轴对齐"约束来限制其他 4 个自由度即可，如图 9-8 所示。

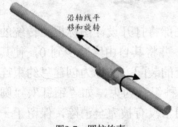

图9-7　圆柱约束

图9-8　参照选择

五、平面

平面约束后，元件可绕垂直于平面的轴线旋转，并在平行于平面的两个方向上平移，如图 9-9 所示。设计时选取元件上的某平面与组件上的某平面作为匹配参照，用户还可以指定两者之间的偏距匹配数值，如图 9-10 所示。

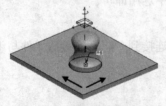

图9-9　平面约束

图9-10　参照选择

六、球

球约束后，对象可以绕对齐点任意旋转，如图 9-11 所示。选取参照时，将元件上的一个点对齐到组件上的一个点上即可，如图 9-12 所示。

图9-11　球约束

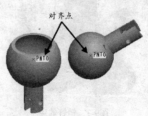

图9-12　参照选择

七、 焊接

焊接后，元件与组件成为一个主体，相互之间不再有自由度，如图 9-13 所示。焊接约束将两个坐标系对齐，元件自由度被完全消除，如图 9-14 所示。

图9-13 焊接约束

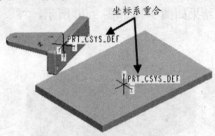

图9-14 参照选择

八、 轴承

轴承约束时，元件可沿轴线平移并任意旋转，它具有一个平移自由度和 3 个旋转自由度，如图 9-15 所示。该约束由一个点对齐约束组成，将元件（或组件）上的一个点对齐到组件（或元件）上的一条直边或轴线上，如图 9-16 所示。

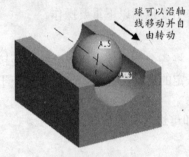

图9-15 轴承约束

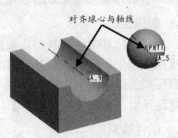

图9-16 参照选择

九、 常规

常规约束即自定义组合约束，用户可根据需要指定一个或多个基本约束来形成一个新的组合约束，其自由度的多少因所用的基本约束的种类和数量的不同而不同。可用的基本约束有匹配、对齐、插入、坐标系、线上点、曲面上的点及曲面上的边 7 种。

十、 6 DOF

6 DOF 即 6 自由度，也就是对元件不做任何约束，元件可任意旋转和平移，具有 3 个旋转自由度和 3 个平移自由度，总自由度为 6，如图 9-17 所示。设计时，仅用一个元件坐标系和一个组件坐标系重合来使元件与组件发生关联，如图 9-18 所示。

图9-17 6 DOF 约束

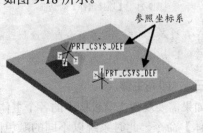

图9-18 参照选取

十一、 槽

槽是 Pro/E 3.0 版本后加入装配模式中的一种定义连接的方式，以前是作为一种连接副放在机构模块中，其定义方式与先前的相同，选取一个参照点和参照曲线，模型跟随曲线移动，结果如图 9-19 和图 9-20 所示。

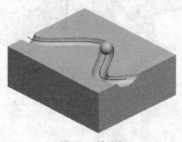

图9-19　槽约束

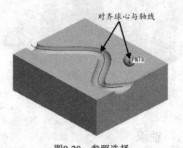

图9-20　参照选择

9.2.2 仿真设计的主要操作

机构运动仿真是一项完整的系统工程，设计过程中主要包括以下重要操作。

一、 创建连接

这一步骤是仿真实现的基础。根据机构工作需要，将各个零件使用前面介绍的连接约束形式依次连接起来，在限制部分自由度的同时，保留一定的运动自由度，确保机构在工作时能够达到预期的运动效果。

创建连接后，选择【应用程序】/【机构】命令，即可进入机构仿真设计环境。

二、 组件检测

组件检测的目的是检测机构的连接是否完全，在上工具箱中单击■按钮或选择【编辑】/【重新连接】命令，打开如图 9-21 所示的【连接组件】对话框，单击 运行 按钮，开始检测，完成后打开如图 9-22 所示的【确认】对话框，单击 是 按钮，以接受系统配置。

图9-21　【连接组件】对话框

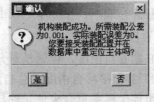

图9-22　【确认】对话框

> 在进入机构模式时系统会自动检测当前的装配情况，如果装配不合理会打开【警告】对话框，如图 9-23 所示。

三、 加亮主体

如果需要观察当前机构中的各个主体，可以单击上工具箱中的■按钮或选择【视图】/【加亮主体】命令，此时系统以不同的颜色区分机构中的各个主体，如图 9-24 所示。单击◨按钮，刷新当前界面，恢复先前的显示方式。

图9-23 【警告】对话框

图9-24 加亮主体后的模型

四、 机构设置

在上工具箱中单击 按钮或选择【工具】/【组件设置】/【机构设置】命令，打开如图 9-25 所示的【设置】对话框，该对话框用于设置仿真分析时的系统环境，如连接、分析、再生及相对公差等，详细设计方法将在稍后实例中具体介绍。

五、 冲突检测设置

选择【工具】/【组件设置】/【冲突检测设置】命令，打开如图 9-26 所示的【冲突检测设置】对话框，该对话框用于设置是否进行冲突检测，当选择【部分冲突检测】单选按钮时，需要选取检测的主体。

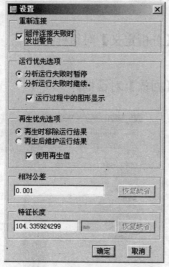

图9-25 【设置】对话框

图9-26 【冲突检测设置】对话框

六、 机构显示设置

在右工具箱中单击 按钮或选择【视图】/【显示设置】/【机构显示】命令，打开如图 9-27 所示的【显示图元】对话框，该对话框用于设置机构将显示哪些元素的图标。

七、 重定义主体

在上工具箱中单击 按钮或选择【编辑】/【重定义主体】命令，打开【重定义主体】对话框，该对话框用于定义基础主体的约束条件。

八、 定义凸轮副

在右工具箱中单击 按钮，打开如图 9-28 所示的【凸轮从动机构连接定义】对话框。

NaNPro/ENGINEER 中文野火版 4.0 基础教程

图9-27 【显示图元】对话框

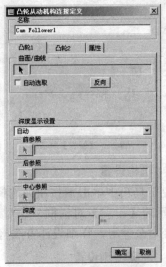

图9-28 【凸轮从动机构连接定义】对话框

九、 定义伺服电动机

在右工具箱中单击 ⚙ 按钮，打开如图 9-29 所示的【伺服电动机定义】对话框。

十、 定义机构分析

在右工具箱中单击 ✕ 按钮，打开如图 9-30 所示的【分析定义】对话框。

十一、 回放分析结果

在右工具箱中单击 ◆▶ 按钮，打开如图 9-31 所示的【回放】对话框。

图9-29 【伺服电动机定义】对话框

图9-30 【分析定义】对话框

- 【结果集】分组框：用于选取相应的结果集，以进行运动仿真。
- 冲突检测设置 按钮：单击该按钮可以打开【冲突检测设置】对话框设置冲突检测方式。
- ◆▶ 按钮：单击该按钮可以打开【动画】对话框，控制运动仿真的播放。单击捕获 按钮，将仿真结果制作成演示动画。

NaN230

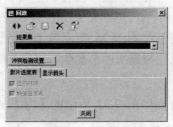

图9-31 【回放】对话框

十二、 测量运动参数

在右工具箱中单击⊠按钮，打开如图 9-32 所示的【测量结果】对话框。

十三、 定义重力

单击右工具箱中的⒧按钮，打开如图 9-33 所示的【重力】对话框，在该对话框中可以根据实际情况设置重力的大小和方向。注意单位为 mm/sec^2。

图9-32 【测量结果】对话框

图9-33 【重力】对话框

十四、 定义执行电动机

执行电动机用于向机构内引入载荷，单击右工具箱中的⒫按钮，打开如图 9-34 所示的【执行电动机定义】对话框，该对话框中各选项的含义与【伺服电动机定义】对话框中的相似，这里不再赘述。

十五、 定义弹簧

单击右工具箱中的⒧按钮，打开如图 9-35 所示的【弹簧定义】对话框。其中有以下 3 个分组框。

- 【名称】分组框：用于定义弹簧的名称。
- 【参照类型】分组框：用于设置弹簧的参照类型，并选取相应的参照以定义弹簧的形状与位置。
- 【属性】分组框：用于定义弹簧的参数，包括弹性系数 k 和初始长度 u。

图9-34 【执行电动机定义】对话框

图9-35 【弹簧定义】对话框

十六、 定义阻尼器

单击右工具箱中的 按钮，打开如图 9-36 所示的【阻尼器定义】对话框。在【属性】分组框中设置阻尼的大小，用户只需根据实际情况输入相应的阻尼系数即可。

十七、 定义力/扭矩

单击右工具箱中的 按钮，打开如图 9-37 所示的【力/扭矩定义】对话框。其中有以下两个分组框和两个选项卡。

图9-36 【阻尼器定义】对话框

图9-37 【力/扭矩定义】对话框

- 【名称】分组框：用于设置力/扭矩的名称。
- 【类型】分组框：用于设置力/扭矩的类型，有【点力】、【主体扭矩】和【点对点力】3 种形式。选取一种类型后，选取相应的参照即可。
- 【模】选项卡：用于设置力/扭矩的大小，它有【常数】、【用户定义】、【表】和【定制负荷】4 个选项。单击左侧的 按钮，打开【图形工具】对话框，该对话框可以显示当前定义的值随函数的变化情况。
- 【方向】选项卡：用于设置力/扭矩的方向，用户可以直接输入向量定义，也可以选取参照轴线或直线来定义，或者选取两个点来定义。其中，【方向相对于】分组框用于设置方向的参照基准。

十八、 定义轨迹曲线

在右工具箱中单击 按钮，打开如图 9-38 所示的【轨迹曲线】对话框。其中有以下 4 个分组框。

- 【纸零件】分组框：用于定义轨迹曲线的参照基准，默认条件下为基础。
- 【轨迹】分组框：用于设置轨迹曲线的类型，有【轨迹曲线】和【凸轮合成曲线】两种。其中，轨迹曲线用于定义机构中某一点的运动轨迹，凸轮合成曲线则用于定义凸轮的外形轮廓。
- 【曲线类型】分组框：有【2D】和【3D】两种。如果机构的运动是三维的，则可以创建三维轨迹。
- 【结果集】分组框：用于选取一结果集作为轨迹曲线的生成依据。

十九、 定义初始条件

单击右工具箱中的 按钮，打开如图 9-39 所示的【初始条件定义】对话框。其中有以下 3 个分组框。

图9-38 【轨迹曲线】对话框

图9-39 【初始条件定义】对话框

- 【名称】分组框：用于设置初始条件的名称，以便于区分。
- 【快照】分组框：用于选取一张快照，以定义初始时机构中各主体的相对位置。
- 【速度条件】分组框：用于定义机构中各主体的初始速度。

二十、 定义质量属性

单击右工具箱中的 按钮，打开如图 9-40 所示的【质量属性】对话框，用于定义机构中各主体的质量属性或密度。

图9-40 【质量属性】对话框

9.3 应用实例——十字联轴器运动仿真

下面通过实例来介绍机构仿真设计的基本方法和技巧。装配后的十字联轴器如图 9-41 所示。

图9-41 十字联轴器

一、创建连接

1. 新建文件。

(1) 新建名为"Cross_coupling"的组件文件。

(2) 取消选择【使用缺省模板】复选框,选用【mmns_asm_design】模板。

2. 装配机座。

(1) 在右工具箱中单击 按钮,打开【打开】对话框。

(2) 使用浏览方式打开教学资源文件"\第 9 章\素材\Cross_Coupling\body.prt",该零件为一机座模型,如图 9-42 所示。

(3) 在界面空白处长按鼠标右键,在弹出的快捷菜单中选择【缺省约束】命令,将元件固定在当前位置。

完全约束后的模型如图 9-43 所示。

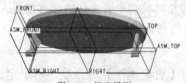
图9-42 机座模型

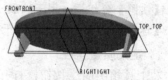
图9-43 完全约束后的模型

3. 装配连轴节 1。

(1) 在右工具箱中单击 按钮,打开【打开】对话框。

(2) 打开教学资源文件"\第 9 章\Cross_Coupling\coupling_1.prt",该零件为一连轴节模型。

(3) 选择约束类型为【销钉】,分别选取如图 9-44 所示的基准轴线作为约束参照,创建【轴对齐】约束,如图 9-45 所示。

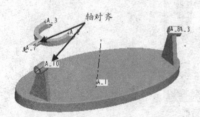
图9-44 参照设置1

图9-45 参数面板

(4) 继续选取如图 9-46 所示的表面作为约束参照,创建【平移】约束,子类型为【重合】,如图 9-47 所示。

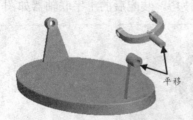
图9-46 参照设置2

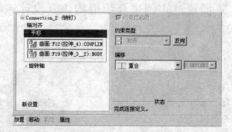
图9-47 参数面板

(5) 设置完毕后单击鼠标中键退出,结果如图 9-48 所示。

按住 Ctrl+Alt 组合键，结合鼠标即可对导入的元件或装配的组件进行移动操作。

4. 重复装配元件

(1) 选中刚才装配的连轴节后，选择【编辑】/【重复】命令，打开【重复元件】对话框。

(2) 按照如图 9-49 所示选取两个装配约束，然后单击 添加 按钮为约束选取参照。

图9-48 装配结果

图9-49 【重复元件】对话框

(3) 选取如图 9-50 所示的基准轴线和平面作为参照，单击 确认 按钮后，得到如图 9-51 所示装配结果。

图9-50 参照设置

图9-51 重复装配结果

5. 装配十字轴。

(1) 在右工具箱中单击 按钮，打开【打开】对话框。

(2) 打开教学资源文件"\第9章\素材\Cross_Coupling\cross_shaft.prt"，该零件为一十字轴模型，如图 9-52 所示。

(3) 设置约束类型为【销钉】，分别选取如图 9-53 所示的基准轴线作为约束参照，创建【轴对齐】约束。

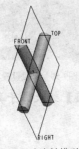

图9-52 十字轴模型

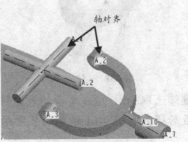

图9-53 参照设置1

(4) 继续选取如图 9-54 所示的表面作为约束参照，创建【平移】约束，子类型为【重合】。设置完毕后单击鼠标中键退出，结果如图 9-55 所示。

 选取对象时，可以在过滤器 全部 ▼ 下拉列表中选择【曲面】选项以筛选需要的特征。

图9-54　参照设置2

图9-55　装配结果

(5) 选中刚才装配的十字轴后，选择【编辑】/【重复】命令，打开【重复元件】对话框。

(6) 选取两个装配约束，单击 添加 按钮为约束选取参照。

(7) 选取如图 9-56 所示的基准轴线和平面作为参照。单击 确认 按钮后，得到如图 9-57 所示的装配结果。

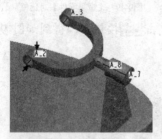

图9-56　选取参照

图9-57　装配结果

6. 装配连轴节 2。

(1) 再次在右工具箱中单击 按钮，打开【打开】对话框。

(2) 打开教学资源文件 "\第 9 章\素材\Cross_Coupling\coupling_2.prt"，该零件为一连轴节模型，如图 9-58 所示。

(3) 设置约束类型为【销钉】，分别选取如图 9-59 所示的基准轴线作为约束参照，创建【轴对齐】约束。

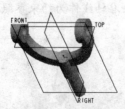

图9-58　连轴节模型

图9-59　参照设置1

(4) 继续选取如图 9-60 所示的表面作为约束参照，创建【平移】约束，子类型为【重合】。最后得到如图 9-61 所示的装配结果。

图9-60 参照设置2

图9-61 装配结果

(5) 选中刚才装配的连轴节后，选择【编辑】/【重复】命令，打开【重复元件】对话框。

(6) 选取两个装配约束，单击 <u>添加</u> 按钮为约束选取参照。

(7) 选取如图 9-62 所示的基准轴线和平面作为参照。

最后得到如图 9-63 所示的装配结果。

图9-62 选取参照

图9-63 装配结果

7. 装配套筒。

(1) 在右工具箱中单击 按钮，打开【打开】对话框。

(2) 打开教学资源文件 "\第 9 章\素材\Cross_Coupling\barrel.prt"，该零件为套筒模型，如图 9-64 所示。

(3) 设置约束类型为【滑动杆】，分别选取如图 9-65 所示的两个轴线作为【轴对齐】的约束参照。

(4) 继续选取如图 9-66 所示的基准平面作为【旋转】参照。

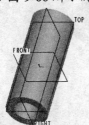

图9-64 套筒模型

图9-65 参照设置1

(5) 单击【新设置】选项，如图 9-67 所示，添加第 2 个滑动杆约束，选取的参照如图 9-68 和图 9-69 所示。

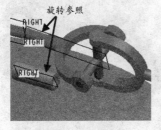

图9-66 参照设置2

图9-67 参数面板

图9-68 参照设置1

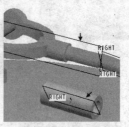

图9-69 参照设置2

(6) 继续单击【新设置】选项，添加销钉连接，选取如图 9-70 所示的基准轴和如图 9-71 所示的基准平面作为参照，输入偏移距离 "5"。

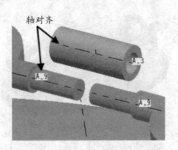

图9-70 参照设置1

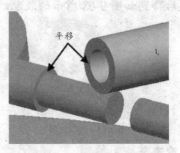

图9-71 参照设置2

(7) 设置完毕后单击鼠标中键退出，结果如图 9-72 所示。

图9-72 装配结果

至此，整个联轴器机构装配完毕。

二、进行机构运动仿真

1. 检查机构是否能顺利装配成机构组件。

把鼠标光标放在要移动的元件上，按住 Ctrl+Alt 组合键，拖动鼠标左键旋转右边的连轴节 1，拖动整个机构运动，如图 9-73 和图 9-74 所示。

图9-73 机构运动状态1

图9-74 机构运动状态2

2. 进入机构设计/分析模块。

(1) 选择【应用程序】/【机构】命令，进入运动仿真模块。

(2) 检查元部件之间的连接。在上工具箱中单击 ⊞ 按钮，打开【连接组件】对话框，单击 运行 按钮，开始检测，在打开的【确认】对话框中单击 灘 按钮。

3. 设置伺服电动机。

(1) 在右工具箱中单击 ⊃ 按钮，打开【伺服电动机定义】对话框。

(2) 修改电动机的名称为 "Master_Motor"。

(3) 选取如图 9-75 所示的运动轴作为参照，使电动机的运动轴落在此轴上，即动力源在此轴上。

(4) 单击 反向 按钮可以使电动机反向（电动机是以右手定则来定义方向的），此例使电动机的法向指向内，如图 9-76 所示。

图9-75 选取参照

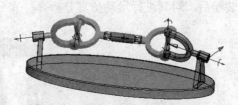
图9-76 调整法向

(5) 进入【轮廓】选项卡，设置规范类型为【速度】，模为【常数】，值为 "50"，即电动机以每秒 50° 的速度等速转动。

(6) 单击对话框中的 ⊠ 按钮，以图形方式显示电动机速度的函数曲线，如图 9-77 所示，其速度曲线为一平直线，大小为 50。

(7) 单击 确定 按钮退出，模型上显示出电动机的符号，如图 9-78 所示。

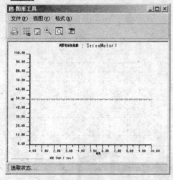
图9-77 【图形工具】对话框

图9-78 设置完成的电动机符号

4. 进行机构运动分析和仿真。

(1) 在右工具箱中单击 ⊠ 按钮，打开【分析定义】对话框。

(2) 将机构分析的【名称】设为 "Cross_coupling"。

(3) 将类型选项设为【运动学】，以进行机构的运动分析。

(4) 设置终止时间为 10s。

(5) 单击 运行 按钮，机构开始运行，完成后单击 确定 按钮退出。

5. 播放机构分析及仿真的结果。

(1) 在右工具箱中单击 ⊹ 按钮，打开【回放】对话框。

(2) 单击对话框中的 ⊹ 按钮，打开【动画】对话框，单击 ▶ 按钮，播放机构运动。

(3) 单击对话框中的 捕获... 按钮，打开【捕获】对话框，名称默认为 "CROSS_COUPLINGmpg"，类型为【MPEG】，接受默认的图像大小，单击 确定 按钮后，进入捕获的界面。

(4) 捕获出来的 ".mpeg" 格式的视频文件自动保存在工作目录下，用 Windows Media Player 等播放器可以打开。

(5) 单击【回放】对话框中的 按钮，保存当前结果，接受默认的文件名称 "Cross_coupling.pbk"。

9.4 实训——牛头刨床运动仿真

根据前面学过的知识，打开教学资源提供的模型文件，完成如图 9-79 所示的牛头刨床的装配后，对其进行运动仿真分析。

图9-79　牛头刨床

操作要点提示如下。

(1) 创建连接，装配步骤如图 9-80 所示。

(2) 检查机构是否能顺利装配成机构组件。

(3) 调整大小齿轮的位置。

(4) 设置齿轮连接。

(5) 设置伺服电动机。

(6) 进行机构运动分析和仿真。

(7) 播放机构分析及仿真的结果。

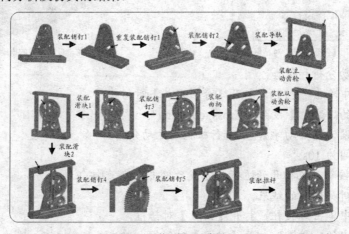

图9-80　装配原理示意图

小结

在现代设计中随着 CAD/CAE 技术的发展和完善，设计者正在尝试将生产过程逐步纳入"虚拟"的轨道。所谓"虚拟"就是在不涉及真实物理材料的前提下，利用计算机提供的数字环境来模拟加工过程。与真实的加工对象相对应，在虚拟环境中使用一种被称为"数字样机"的三维实体模型来取代作为真实加工对象的"物理样机"。数字样机不但不需要消耗材料和能源，而且可以方便地对其进行编辑和修改。更为重要的是，设计人员在 CAE 设计环境中可以对数字样机进行全方位的仿真分析，借助系统强大的分析工具，可以迅速、直观、简便地获得设计的工作过程信息，以发现设计中潜在的缺陷。

在仿真分析之前，首先要明白约束连接和机构连接的区别，并对常用连接接头的用法和用途有明确的理解，能够在仿真分析之前使用合理的接头来完成机构的组装。完成机构组装后，通常需要进一步检查主体的连接情况，并可以通过手工"拖动"零件来观察机构运动的轨迹是否符合预期要求。

思考与练习

1. 打开教学资源文件"\第 9 章\素材\Gearing\gear1.prt"和"\第 9 章\素材\Gearing\gear2.prt"，为其创建正确的连接后进行运动仿真，如图 9-81 所示。
2. 打开教学资源文件"\第 9 章\素材\Cam\cam.prt"和"\第 9 章\素材\Cam\pusher.prt"，为其创建正确的连接后，对其进行运动仿真，如图 9-82 所示。

图9-81 齿轮机构

图9-82 凸轮机构

第 **10** 章

模具设计

当前，模具行业已经成为一个国家工业的重要组成部分。模具可以制造形状复杂的零部件，具有生产率高、节约材料、成本低廉和产品质量优良等优点。随着计算机技术的发展，手工制作模具的设计方式正逐渐向模具 CAD 方式转变。本章重点介绍使用 Pro/E 进行模具设计的基本方法和技巧。

学习目标

- 理解模具的概念和用途。
- 掌握模具设计的基本原理。
- 掌握模具设计的基本流程。
- 掌握典型模具的设计技巧。

10.1 模具设计综述

模具的发展源远流长，远古时期的陶瓷制作就运用了模具的原理并产生了最初的模具技术，而钢铁冶炼技术的出现更促进了模具技术的发展，使得模具技术的应用范围进一步扩大。当前，随着计算机技术的兴起，模具技术走上了发展的快车道，已经渗透到人们生活的各个方面，成为现代生产中的一项重要技术。

10.1.1 模具的结构及其生产过程

模具设计的主要工作就是设计凸模和凹模，一般说来，一副完整的模具主要包括如图10-1 所示的结构。模具生产系统示意图如图 10-2 所示。

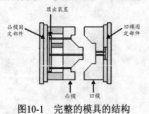

图10-1 完整的模具的结构

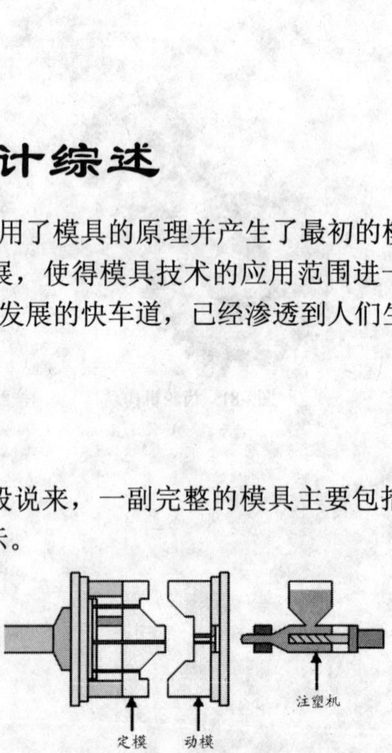

图10-2 模具生产系统示意图

凸模和凹模配合构成模腔，形成产品的外形，在模腔中填充固态或液态材料，在一定压力下成型后，形成产品。凸（凹）模固定零部件主要用来固定凸（凹）模，确保其在特定方向上的相对位置。顶出装置主要用来顶出已成型的产品，提高自动化程度，降低劳动强度。

生产时，凸模和凹模中的一个固定不动，另一个作周期性地往复运动，在一个周期内可以生产出一个或多个产品。以注塑模具为例，一个成型周期大致经过 6 个阶段，即初始位置阶段、合模阶段、注塑阶段、成型阶段、开模阶段及顶出成品（恢复到初始位置）阶段。生产周期中各个阶段的示意图如图 10-3 所示。

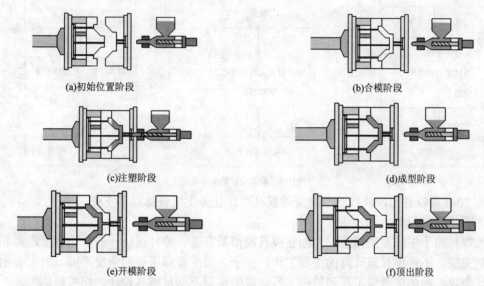

(a)初始位置阶段   (b)合模阶段

(c)注塑阶段   (d)成型阶段

(e)开模阶段   (f)顶出阶段

图10-3　注塑模具工作过程

10.1.2　Pro/E 模具设计流程

启动 Pro/E 后，在上工具箱中单击 按钮，打开【新建】对话框，在【类型】分组框中选择【制造】单选按钮，在【子类型】分组框中选择【模具型腔】单选按钮，如图 10-4 所示。【子类型】中有若干选项，其中与模具设计相关的主要有以下 3 个选项。

- 【铸造型腔】：主要用于设计压铸模。
- 【模具型腔】：主要用于设计注射模。
- 【模面】：主要用于设计冲压模。

设计时，通常在【新建】对话框中取消对【使用缺省模板】复选框的选择，然后在打开的【新文件选项】对话框中选择【mmns_mfg_mold】模板，如图 10-5 所示。

图10-4　【新建】对话框

图10-5　【新文件选项】对话框

使用 Pro/E 进行模具设计的基本流程如图 10-6 所示。

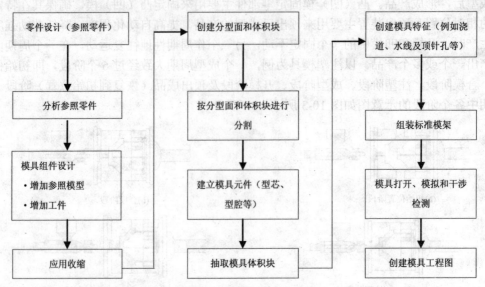

图10-6　模具设计的基本流程

从图 10-6 可以看出，执行一个典型的模具设计任务主要包括以下工作。

(1) 参照零件设计。

参照零件用于生成参照模型，为创建模具模型做准备。零件设计一般由造型工程师和结构工程师完成，不是模具设计师的主要工作。由于 3 类工程师所处的角度不同，时常会出现一些设计争议，例如按造型工程和结构工程完成的模型不满足模具设计的相关原则等。

(2) 分析参照零件。

分析参照零件的结构特点，初步拟定模具设计方案。

(3) 模具组件设计。

模具组件包括参照模型和工件。装配参照模型是指在已有相似或相同零件的情况下，直接通过调用参照模型来创建模具模型。工件是用于创建和分割模具的坯料，设计完成后，将其分割为多个相互独立的模具元件。

(4) 创建模具模型的收缩。

创建模具模型的收缩可为模型上的部分尺寸或全部尺寸创建各向同性的比例收缩或收缩系数，实现对由于温度变化而带来的热胀冷缩所产生的体积差异的补偿。由于各种熔融材料的物理性能不同，其收缩率也不尽相同，即使对于同一种熔融材料，不同的厂家在收缩率的设置上也有所差异。

(5) 创建分型面和体积块。

分模面是一种曲面特征，其主要用途就是将工件分割成单独的元件，并要确保在现有的技术水平下能够制造满足使用要求的各种元件，同时各元件在动力的驱动下能够正确运动，满足相关模具加工工艺的需要，该步骤是模具设计的重点和难点。

(6) 按分型面和体积块分割工件。

使用创建好的分型面或体积块将工件分开，为抽取体积块做准备。

(7) 建立模具元件。

根据分割结果建立各种型腔和型芯。

(8) 抽取模具体积块。

抽取模具体积块的目的是生成模具元件。抽取完毕后的模具元件成为功能完全的零件，可在【零件】模式下将其调出，在【绘图】模块中创建工程图，还可以使用 Pro/NC 对其进行数控加工。

(9) 创建模具特征。

浇口、流道和水线是模具中的重要组成部分。增加浇口、流道和水线作为模具特征是模具设计的重要步骤，在创建模具零件时要重点考虑到这些因素。

(10) 组装标准模架。

模架用于实现模具元件的打开和组装，以便于模具管理。目前模架设计已经标准化，可以使用 EMX 等软件来创建，简单方便。

(11) 模具打开、模拟和干涉检测。

通过定义模具打开步骤可对每一步骤都进行是否与静态零件相干涉的检测。必要时，应修改模具元件。用户可以对开模过程进行模拟，以观察各模具元件的相对空间位置和运动轨迹。

(12) 创建模具工程图。

用户可以通过 Pro/DETAIL 工程图模块完成模具视图的创建和编辑，尺寸的自动标注和手工标注，各种类型注释的创建和编辑，工程图框和模板的建立，自定义符号的创建，BOM 表的创建和输出，多模型和多页面工程图的管理以及出图打印等。

 参照模型是模具设计的依据，是产品的最初描述，没有参照模型就无法进行模具设计。模具是手段，是方法，是参照模型与产品的中间环节。通过模具能制造出符合设计者意愿的产品。产品是目的，只有生产出的产品满足设计者的意愿时，生产该产品的模具的设计才是成功的。在外观上，产品通常与参照模型相同或相似。

10.2 应用实例——鼠标盖模具设计

下面介绍一个鼠标盖零件的模具设计过程，其开模效果如图 10-7 所示。

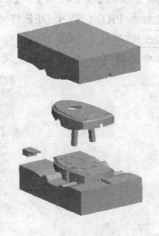

图10-7　鼠标盖零件的开模效果

1. 创建模具文件。

 单击 ▢ 按钮，新建一个模具文件，输入文件名称"Mouse_mold"，选择
 【mmns_mfg_mold】作为模板，完成后单击 确定 按钮，打开模具设计界面。

2. 创建参考零件。

(1) 在【模具】菜单管理器中选取【模具】/【模具模型】/【装配】/【参照模型】选项，系
 统打开先前设置的工作目录，双击参考零件"Mouse.prt"，将其导入，如图 10-8 所示。
 系统打开装配操作界面。

(2) 选取参考零件的基准平面 FRONT，然后选取模具组件的基准平面
 MAIN_PARTING_PIN，将约束类型改为【对齐】，完成第 1 组约束。

(3) 选取参考零件的基准平面 TOP，然后选取模具组件的基准平面 MOLD_RIGHT，将约束
 类型改为【对齐】，完成第 2 组约束。

(4) 选取参考零件的基准平面 DTM1，然后选取模具组件的基准平面 MOLD_FRONT，完成
 第 3 组约束，如图 10-9 所示。

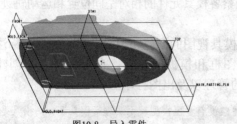

图10-8 导入零件

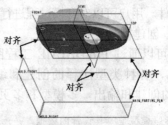

图10-9 设置装配参照

(5) 完全约束后的模型如图 10-10 所示，单击鼠标中键退出装配模式。

(6) 在打开的【创建参照模型】对话框中单击 确定 按钮，以接受默认的设置，系统打开【警
 告】对话框，单击 确定 按钮，以接受绝对精度值的设置。在【模具模型】菜单中选择
 【完成/返回】选项，完成参照模型的导入。然后单击上工具箱中的 ▱ 按钮，关闭基准
 平面的显示。

3. 设置收缩率。

(1) 在【模具】菜单管理器中选择【模具】/【收缩】/【按比例】选项，打开【按比例收
 缩】对话框，选取参考零件坐标系 PRT_CSYS_DEF 作为参照。

(2) 输入收缩率"0.005"后按 Enter 键确认，如图 10-11 所示，单击 ✓ 按钮，完成收缩率
 的设置。然后在【收缩】菜单中选择【完成/返回】选项，返回【模具】菜单管理器。

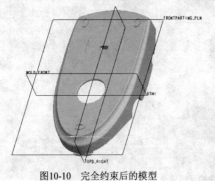

图10-10 完全约束后的模型

图10-11 设置收缩率

4. 创建工件。

(1) 在【模具】菜单管理器中选择【模具】/【模具模型】/【创建】/【工件】/【手动】选项，打开【元件创建】对话框，接受其中的默认设置，输入元件名称"Workpiece"后按 Enter 键确认，如图 10-12 所示。

(2) 在打开的【创建选项】对话框中选择【创建特征】单选按钮，单击 确定 按钮。

(3) 在【模具】菜单管理器中选择【特征操作】/【实体】/【加材料】选项，弹出【实体选项】菜单，选择【拉伸】、【实体】和【完成】选项，打开拉伸设计图标板。

(4) 选取基准平面 MAIN_PARTING_PIN 作为草绘平面，进入二维草绘模式。

(5) 选取基准平面 MOLD_FRONT 和 MOLD_RIGHT 作为标注和约束参照，绘制如图 10-13 所示的截面图形后，退出草绘模式。

图10-12 【元件创建】对话框

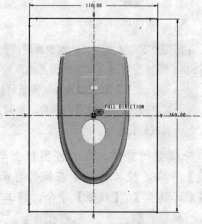

图10-13 绘制截面图

(6) 在图标板上单击 选项 按钮，打开上滑参数面板，分别设置【第 1 侧】和【第 2 侧】的拉伸深度为"36"和"36"，完成后单击鼠标中键退出。在菜单中分别选择【完成】和【完成/返回】选项，返回【模具】菜单管理器，生成的工件如图 10-14 所示。

5. 创建模芯分模面。

(1) 打开模型树窗口，在工件图标上单击鼠标右键，在弹出的快捷菜单中选择【遮蔽】命令，使工件不显示在操作界面上，如图 10-15 所示。

图10-14 生成的工件

图10-15 遮蔽工件

(2) 单击□按钮，进入分模面创建模式。下面使用曲面与边界方式复制参考零件面，选取如图 10-16 所示的种子面，然后按住 Shift 键选取如图 10-17 所示的边界曲面，结果如图 10-18 所示，这样就选取了两个边界包含的所有曲面的产品曲面。最后在工具条上依次单击□和□按钮，完成曲面的复制。

图10-16　选取种子面

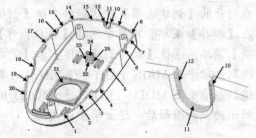

图10-17　选取边界曲面

在使用曲面与边界方式选取曲面时，先选取一个种子面，然后按住 Shift 键选取边界面，之后松开 Shift 键，这样就得到了所需要选取的曲面。但是，有时候需要选取的边界面太多，如果一直按住 Shift 键，就不能将模型旋转到希望的视角进行选取，这时可以松开 Shift 键，将模型旋转到适当的视角后再按住 Shift 键进行选取，直到选取完所有的边界曲面后再松开 Shift 键，可以看到高亮显示的曲面就是已经选取的曲面了。

(3) 打开模型树窗口，在工件图标上单击鼠标右键，在弹出的快捷菜单中选择【取消遮蔽】命令，使工件显示在操作界面上。在绘图区域中选择工件，然后选择【视图】/【显示造型】/【线框】命令，将工件用线框显示，如图 10-19 所示。

图10-18　选取结果

图10-19　设置线框显示方式

(4) 先选取如图 10-20 所示的曲面边 1，然后按住 Shift 键将鼠标光标移动到曲面边 2 上，选取到所需要的曲线边，如图 10-21 所示。

图10-20　选取曲面边

选取曲面边链

图10-21　设置线框显示方式

(5) 选择【编辑】/【延伸】命令，在图标板中单击□按钮，将曲面延伸到参考平面，选取如图 10-22 所示的曲面作为参考平面，单击鼠标中键确认，曲面延伸结果如图 10-23 所示。

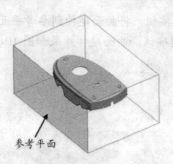

图10-22 选取参考平面

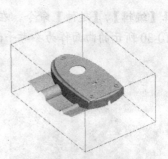

图10-23 曲面延伸结果

(6) 使用同样的方法，选取如图 10-24 所示的曲面边 2，然后按住 Shift 键将鼠标光标移动曲面边 1 上，如图 10-25 所示。

图10-24 选取曲面边

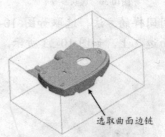

图10-25 选取边链

(7) 选择【编辑】/【延伸】命令，在图标板中单击 按钮，将曲面延伸到参考平面，选取如图 10-26 所示的曲面作为参考平面，单击鼠标中键确认，曲面延伸结果如图 10-27 所示。

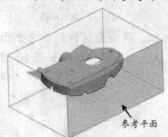

图10-26 选取参考平面

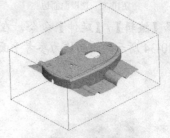

图10-27 曲面延伸结果

(8) 使用同样的方法，选取如图 10-28 所示的曲面边 2，然后按住 Shift 键将鼠标光标移动曲面边 1 上，如图 10-29 所示。

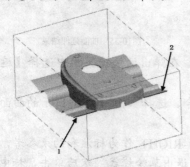

图10-28 选取曲面边

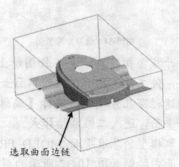

图10-29 选取边链

(9) 选择【编辑】/【延伸】命令，在图标板中单击 🔲 按钮，将曲面延伸到参考平面，选取如图 10-30 所示的曲面作为参考平面，单击鼠标中键确认，曲面延伸结果如图 10-31 所示。

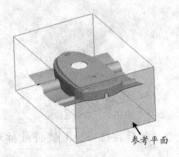

图10-30　选取参考平面

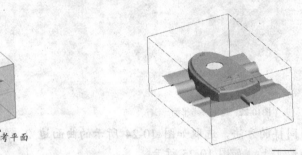

图10-31　延伸结果

(10) 使用同样的方法，选取如图 10-32 所示的曲面边 1，然后按住 Shift 键将鼠标光标移动曲面边 2 上，如图 10-33 所示。

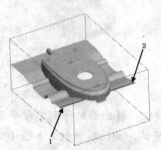

图10-32　选取曲面边

图10-33　选取边链

(11) 选择【编辑】/【延伸】命令，在图标板中单击 🔲 按钮，将曲面延伸到参考平面，选取如图 10-34 所示的曲面作为参考平面，单击鼠标中键确认，曲面延伸结果如图 10-35 所示。

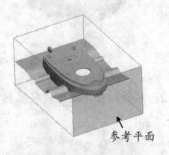

图10-34　选取参考平面

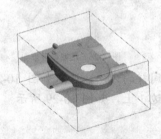

图10-35　曲面延伸结果

(12) 打开模型树窗口，在工件图标上单击鼠标右键，在弹出的快捷菜单中选择【遮蔽】命令，使工件不显示在操作界面上。

(13) 创建碰穿孔分模面。选择【编辑】/【填充】命令，选择如图 10-36 所示的曲面作为草绘平面，进入二维草绘模式。

(14) 选取模型的基准平面 MOLD_FRONT 和 MOLD_RIGHT 作为标注和约束参考，在草绘平面内绘制如图 10-37 所示的截面图形，完成后退出草绘模式。然后单击鼠标中键，完成碰穿孔分模面的创建，如图 10-38 所示。

图10-36 选取草绘平面

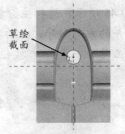

图10-37 草绘截面

(15) 如图 10-39 所示，选择主分模面 1 和碰穿孔分模面 2 后，在右工具箱中单击 按钮，之后单击鼠标中键，完成曲面的合并。

图10-38 创建的碰穿孔分模面

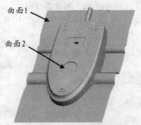

图10-39 选取合并曲面

6. 创建插穿孔分模面。

(1) 单击 按钮，在拉伸图标板上按下 按钮，选取如图 10-40 所示的模型基准平面 MOLD_RIGHT 作为草绘平面，进入二维草绘模式。

(2) 在草绘平面内绘制如图 10-41 所示的截面图形，完成后退出草绘模式。在图标板中单击 按钮，在如图 10-42 所示的上滑参数面板的【第 1 侧】和【第 2 侧】下拉列表中选择【到选定的】选项，结果如图 10-43 所示，分别选择扣位的两侧面作为拉伸终止面，并在图标板中选择【封闭端】复选框，如图 10-42 所示。然后单击鼠标中键退出，创建的曲面如图 10-44 所示。

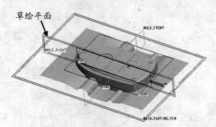

图10-40 选取草绘平面

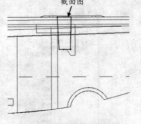

图10-41 绘制截面图形

图10-42 上滑参数面板

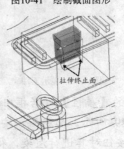

图10-43 设置拉伸终止面

(3) 如图 10-45 所示，选择主分模面 1 和插穿孔分模面 2，然后在右工具箱中单击 按钮，注意合并的方向向外，之后单击鼠标中键，完成曲面的合并，结果如图 10-46 所示。最后在右工具箱中单击 按钮，退出分模面创建模式，完成整个模芯分模面的创建。

图10-44　创建的曲面

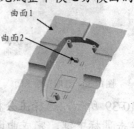

图10-45　选取合并曲面

图10-46　曲面合并结果

7. 分割前后模。

(1) 如图 10-47 所示，在模型树中选择工件标识，在其上单击鼠标右键，在弹出的快捷菜单中选择【取消遮蔽】命令，将工件显示出来。

(2) 单击 按钮，在弹出的【分割体积块】菜单中选择【两个体积块】、【所有工件】和【完成】选项，打开【分割】对话框。

(3) 选取如图 10-48 所示的模芯分模面后，单击鼠标中键两次。

图10-47　显示工件

图10-48　选取模芯分模面

(4) 在打开的【属性】对话框中输入后模名称 "COR"，然后单击 着色 按钮，分割的后模如图 10-49 所示，单击 确定 按钮。再次打开【属性】对话框，输入前模名称 "CAV"，单击 着色 按钮对其进行渲染，得到的前模如图 10-50 所示，然后单击 确定 按钮。

图10-49 分割的后模

图10-50 得到的前模

8. 创建滑块分模面。

(1) 在上工具箱中单击 按钮，打开【遮蔽–取消遮蔽】对话框，单击 分型面、 和 遮蔽 按钮，遮蔽掉所有的分模面。然后单击 体积块、 和 遮蔽 按钮，遮蔽掉所有的体积块。

(2) 在右工具箱中单击 按钮，进入分模面创建模式。在右工具箱中单击 按钮，在拉伸设计图标板上按下 按钮，选取如图 10-51 所示的面作为草绘平面，进入二维草绘模式。

(3) 选取模型的基准平面 MAIN_PARTING_PLN 和 MOLD_RIGHT 作为标注和约束参照，在草绘平面内绘制如图 10-52 所示的截面图形，完成后退出草绘模式。单击 选项 按钮，在弹出的上滑参数面板中选择【封闭端】复选框，并在【第 1 侧】下拉列表中输入深度值 "30"，如图 10-53 所示，然后在图标板上单击 按钮，将拉伸方向反向，最后单击鼠标中键退出，创建的曲面如图 10-54 所示。

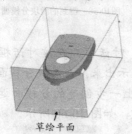

草绘平面

图10-51 选取草绘平面

草绘截面

图10-52 草绘截面图

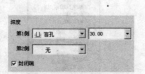

图10-53 设置参数

图10-54 创建的曲面

(4) 继续单击 按钮，创建拉伸曲面。重复先前的步骤，打开【草绘】对话框，在打开的【草绘】对话框中单击 使用先前的 按钮，以选取与上一步相同的参照来创建分模面，然后单击鼠标中键，进入二维草绘模式。

(5) 选取模型的基准平面 MAIN_PARTING_PLN 和 MOLD_RIGHT 作为标注和约束参照，在草绘平面内绘制如图 10-55 示的截面图形，完成后退出草绘模式。单击 选项 按钮，在弹出的上滑参数面板中选择【封闭端】复选框，并在【第 1 侧】下拉列表框中输入深度值 "15"。在图标板上单击 按钮，将拉伸方向反向，最后单击鼠标中键退出，创建的曲面如图 10-56 所示。

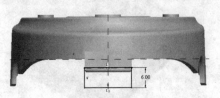

图10-55　绘制截面图

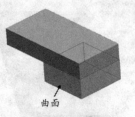

曲面

图10-56　创建的曲面

(6) 如图 10-57 所示，先选择曲面 1，然后按住 Ctrl 键选择曲面 2。在右工具箱中单击 🗋 按钮，在绘图区域中将箭头调整到图示方向，接着单击鼠标中键，完成曲面的合并，得到的滑块分模面如图 10-58 所示。最后在右工具箱中单击 ✓ 按钮，退出分模面创建模式，完成整个滑块分模面的创建。这一步的目的是加强滑块的强度。

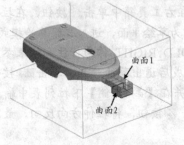

曲面1

曲面2

图10-57　选取合并对象

图10-58　得到的滑块分模面

9. 创建斜顶分模面。

(1) 在模型树窗口中单击 🔡 按钮，打开【模型树项目】对话框，在该对话框中选择【特征】复选框，如图 10-59 所示，在模型树中将特征显示出来。在滑块分模面上单击鼠标右键，在弹出的快捷菜单中选择【遮蔽】命令，将上一步创建的分模面遮蔽起来，但要注意，需要在分模面的第一个特征上单击鼠标右键，如图 10-60 所示。

图10-60　鼠标右键操作

图10-59　【模型树项目】对话框

(2) 在右工具箱中单击 🗋 按钮，进入分模面创建模式。单击右工具箱中的 🗗 按钮，创建拉伸曲面，选取模型的基准平面 MOLD_FRONT 作为草绘平面，进入二维草绘模式。在草绘平面内绘制如图 10-61 所示的截面图形，完成后退出草绘模式。在上滑参数面板中单击 选项 按钮，在【第 1 侧】和【第 2 侧】下拉列表中选择【到选定的】选项，然后选取如图 10-62 所示扣位的两侧面作为拉伸终止面，并在参数面板中选择【封闭端】复选框，如图 10-63 所示，然后单击鼠标中键退出。最后在右工具箱中单击✓按钮，退出分模面创建模式，完成斜顶分模面的创建，如图 10-64 所示。

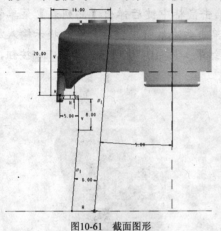

图10-61 截面图形

图10-62 拉伸终止面

图10-63 参数设置

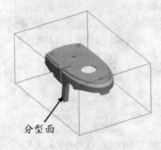

图10-64 斜顶分模面

(3) 经观测，由于左右的两边扣位成对称关系，所以可以将上一步创建的斜顶分模面镜像到另一边，得到另一斜顶分模面。

(4) 如图 10-65 所示，先选择分模面，然后选择【编辑】/【镜像】命令，此时系统提示选择进行镜像的平面，选择模型基准平面 MOLD_RIGHT，然后单击鼠标中键，得到另一斜顶分模面，如图 10-66 所示。

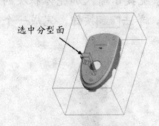

图10-65 选取镜像对象

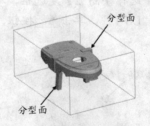

图10-66 复制结果

10. 分割滑块。

(1) 在右工具箱中单击 ✎ 按钮，打开【遮蔽–取消遮蔽】对话框，单击 分型面 和 取消遮蔽 按钮，打开相应的选项栏，选择 "PART_SURF_2"，单击 去除遮蔽 按钮，将滑块分模面显示出来。单击 体积块 和 取消遮蔽 按钮，打开相应的选项栏，选择 "COR"，单击 去除遮蔽 按钮，将后模体积块显示出来。

(2) 单击 ▣ 按钮，在弹出的【分割体积块】菜单中选择【一个体积块】、【模具体积块】和【完成】选项，打开【搜索工具】对话框。选择 "COR"，然后单击 >> 按钮，选择 COR 作为被分割的模具体积块，如图 10-67 所示。

(3) 选取创建的滑块分模面，如图 10-68 所示，单击鼠标中键后弹出【岛列表】菜单管理器，选择【岛 2】复选框，如图 10-69 所示，单击两次鼠标中键后，系统提示输入加亮体积块的名称，输入 "SLD"，单击 着色 按钮，结果如图 10-70 所示，单击 确定 按钮，完成滑块的分割。

图10-67 【搜索工具】对话框

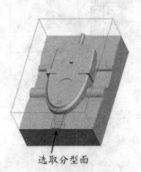

选取分型面

图10-68 选取滑块分模面

图10-69 【岛列表】菜单

图10-70 分割的滑块

11. 分割斜顶。

(1) 与上述步骤相同，单击 ▣ 按钮，在弹出的【分割体积块】菜单中选择【一个体积块】、【模具体积块】和【完成】选项，打开【搜索工具】对话框。选择 "COR"，然后单击 >> 按钮，选择 COR 作为被分割的模具体积块。

(2) 选择创建的一个斜顶分模面，如图 10-71 所示，单击鼠标中键后弹出【岛列表】菜单管理器，选择【岛 2】复选框，单击两次鼠标中键后，系统提示输入加亮体积块的名称，输入 "LIFT1"，单击 着色 按钮，结果如图 10-72 所示，单击 确定 按钮，完成一个斜顶的分割。

选取分型面

图10-71 选择斜顶分模面

图10-72 分割的一个斜顶

(3) 和上一步相同，继续单击 ▣ 按钮，在弹出的【分割体积块】菜单中选择【一个体积块】、【模具体积块】和【完成】选项，打开【搜索工具】对话框。选择 "COR"，然后单击 >> 按钮，选择 COR 作为被分割的模具体积块。

(4) 选择创建的另一个斜顶分模体积块作为分模面，如图 10-73 所示，单击鼠标中键后弹出【岛列表】菜单管理器，选择【岛 2】复选框，单击两次鼠标中键后，系统提示输入加亮体积块的名称，输入"LIFT2"，单击 着色 按钮后，结果如图 10-74 所示。单击 确定 按钮，完成另一个斜顶的分割。

选取分
型面

图10-73　选择分模面

图10-74　分割的另一个斜顶

12. 抽取模具元件。

(1) 在【模具】菜单管理器中选择【模具元件】/【抽取】选项，在打开的【创建模具元件】对话框中单击■按钮，如图 10-75 所示，然后单击 确定 按钮，完成模具元件的抽取。在【模具元件】菜单中选择【完成/返回】选项，返回【模具】菜单管理器。

图10-75　【创建模具元件】对话框

　　读者在操作过程中有可能出现抽模不成功的现象，如 COR，其可能原因是精度设置不合理，解决方法如下。

- 选择【工具】/【选项】命令，打开【选项】对话框，在对话框进行如图 10-76 所示的设置，然后单击 添加/更改 按钮，接着单击 应用 和 关闭 按钮，关闭对话框。

- 选择【编辑】/【设置】命令，然后在【零件设置】菜单管理器中选择【精度】选项，在下面板中单击 ✕ 按钮，然后在菜单管理器中选择【绝对】/【选取模型】选项，如图 10-77 所示，系统打开【打开】对话框，双击参考零件"Mouse"，单击两次 ■ 按钮，等待系统再生后完成精度的设置，此时分模组件的绝对精度将和参考零件保持一致。

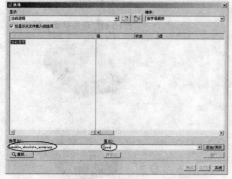

图10-76　【选项】对话框

图10-77　【模具】菜单

Pro/ENGINEER 中文野火版 4.0 基础教程

- 重新进行模具元件的抽取。

(2) 在右工具箱中单击 ✕ 按钮，打开【遮蔽–取消遮蔽】对话框，单击 □分型面 按钮，打开相应的选项栏，依次单击 ▤ 和 ▭遮蔽▭ 按钮，遮蔽掉所有的分模面。单击 □元件 按钮，打开相应的选项栏，依次选取 "WORKPIECE" 和 "MOUSE_MOLD_REF"（按住 Ctrl 键），然后单击 ▭遮蔽▭ 和 关闭 按钮，遮蔽掉工件和参考零件。

13. 产生浇铸件。

在【模具】菜单管理器中选择【铸模】/【创建】选项，输入浇铸件的文件名 "MOUSE_MOLDING"。

14. 定义开模动作。

(1) 在【模具】菜单管理器中选择【模具进料孔】/【定义间距】/【定义移动】选项，然后选取如图 10-78 所示的前模作为移动部件，单击鼠标中键确认。

(2) 选取如图 10-79 所示的平面作为移动的方向参照，输入移动距离 "160" 后按 Enter 键确认。选择【定义移动】菜单中的【完成】选项，结果如图 10-80 所示，前模已被上移。

(3) 继续在【模具】菜单管理器中选择【定义间距】/【定义移动】选项，选取如图 10-81 所示的浇铸件作为移动部件，单击鼠标中键确认。选取如图 10-82 所示的平面作为移动的方向参照，输入移动距离 "80" 后按 Enter 键确认，结果如图 10-83 所示，浇铸件已被上移。

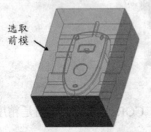

图10-78 选取移动部件

图10-79 选取移动方向参照

图10-80 前模移动结果

图10-81 选取移动部件

图10-82 选取移动方向参照

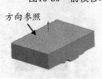

图10-83 浇铸件移动结果

(4) 继续在【模具】菜单管理器中选择【定义间距】/【定义移动】选项，选取如图 10-84 所示的滑块作为移动部件，单击鼠标中键确认。选取如图 10-85 所示的平面作为移动的方向参照，输入移动距离 "60" 后按 Enter 键确认，结果如图 10-86 所示，滑块已被移动。

| 图10-84 选取移动部件 | 图10-85 选取移动方向参数 | 图10-86 滑块移动结果 |

(5) 继续在【模具】菜单管理器中选择【定义间距】/【定义移动】选项，选取如图 10-87 所示的斜顶作为移动部件，单击鼠标中键确认。选取如图 10-88 所示的斜顶边作为移动的方向参照，输入移动距离 "80" 后按 Enter 键确认，结果如图 10-89 所示，斜顶已被移动。

| 图10-87 选取移动对象 | 图10-88 选取方向参照 | 图10-89 斜体移动结果 |

(6) 参照上述方法，继续在【模具】菜单管理器中选择【定义间距】/【定义移动】选项，选取如图 10-90 所示的另一斜顶作为移动部件，单击鼠标中键确认。选取如图 10-91 所示的斜顶边作为移动的方向参照，由于箭头方向朝下，输入移动距离 "-80" 后按 Enter 键确认，结果如图 10-7 所示，斜顶已被移动，这也就是最终的开模效果图。

| 图10-90 选取移动部件 | 图10-91 选取移动方向参照 |

15. 存档并清空进程。

(1) 在上工具箱中单击 按钮，打开【保存】对话框，系统默认的保存路径是先前设置的工作目录，按 Enter 键，接受默认的设置，完成文件的保存。

(2) 选择【文件】/【拭除】/【不显示】命令，在打开的【拭除未显示】对话框中单击 确定 按钮，将所有相关的零件从内存中删除。

10.3 实训——齿轮模具设计

使用教学资源文件"\第 10 章\素材\gear.prt"作为参照模型进行模具设计。

这是一个简单的模具设计，首先导入参考模型，然后进行模型的装配，接着创建工作和设计分模面，然后进行拆模（前模和后模），最后进行分模，设计大体流程如图 10-92 所示。

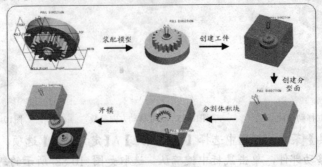

图10-92 齿轮分模的流程图

小结

随着我国制造工业的快速发展，一些新兴产业也取得了长足的进步。模具是工业生产的基础工艺装备，在机械、电子、汽车、航空及通信等领域内有着广泛的应用。随着人民生活质量的提高，日常生活中使用的物品越来越多地用到模具成型。目前，模具生产水平的高低已经成为衡量一个国家制造水平高低的重要标志。

当前，计算机技术和网络技术取得了突破性的发展，CAD/CAM 技术、数控加工技术及快速成型技术为模具技术的发展提供了强大的技术支持。同时，以高分子塑料为主的模具材料不断被开发出来，这些材料种类繁多、性能优良、价格低廉，更为模具产业的发展提供了有力的帮助。

模具设计是一个细致耐心的工作，请读者结合本章的实例掌握典型产品模具设计的一般流程和基本技巧，为今后深入学习这门技术奠定基础。

思考与练习

打开教学资源文件"\第 10 章\素材\box.prt"，如图 10-93 所示，使用学过的知识完成其模具设计。

图10-93 参照模型